勒克莱齐奥与音乐

李明夏 著

上海大学出版社

本书出版获中央高校基本科研业务费以及上海外国语大学学术著作出版资助；为上海市晨光计划项目"勒克莱齐奥作品的大众文化研究"（项目号：17CG31）、上海外国语大学校级青年科研项目"勒克莱齐奥作品的大众文化研究"（项目号：20171140045）的阶段性成果；并获得上海外国语大学青年教师科研创新团队资助（Supported by Innovative Research Team of Shanghai International Studies University），项目代码41004216，项目名称"比较文学跨学科阅读的方法论构建"

图书在版编目（CIP）数据

勒克莱齐奥与音乐 / 李明夏著. — 上海：上海大学出版社，2021.10
ISBN 978-7-5671-4353-1

Ⅰ. ①勒… Ⅱ. ①李… Ⅲ. ①勒克莱齐奥—小说研究 Ⅳ. ① I565.074

中国版本图书馆CIP数据核字（2021）第215155号

责任编辑　许家骏
书籍设计　缪炎栩
技术编辑　金　鑫　钱宇坤

勒克莱齐奥与音乐

李明夏　著

出版发行	上海大学出版社出版发行
地　　址	上海市上大路99号
邮政编码	200444
网　　址	www.shupress.cn
发行热线	021-66135109
出 版 人	戴骏豪
印　　刷	江苏凤凰数码印务有限公司
经　　销	各地新华书店
开　　本	710mm×1000mm 1/16
印　　张	14.5
字　　数	265千
版　　次	2021年10月第1版
印　　次	2021年10月第1次
书　　号	ISBN 978-7-5671-4353-1/I·642
定　　价	68.00元

版权所有　侵权必究
如发现本书有印装质量问题请与印刷厂质量科联系
联系电话：025-57718474

献给我的父母

Contents

序

前　言　聆听勒克莱齐奥笔下的音乐

♪ 第一章
　　勒克莱齐奥小说中的流行乐　／1

　　第一节　早期小说与摇滚乐　／6
　　第二节　后期小说与爵士乐　／22

♪ 第二章
　　勒克莱齐奥小说中的古典乐　／55

　　第一节　《兹娜》与歌剧《唐璜》　／58
　　第二节　《流浪的星星》《奥尼恰》《饥饿间奏曲》中的钢琴曲　／63
　　第三节　《饥饿间奏曲》与《波莱罗》　／74

♪ 第三章
　　勒克莱齐奥笔下的如乐世界　／113

　　第一节　勒克莱齐奥的音景书写　／118
　　第二节　勒克莱齐奥的音乐性语言　／141

♪ 结语　为何音乐？何为音乐？　／183
　　参考文献　／191
　　致谢　／203

foreword

李明夏博士从本科阶段就研读勒克莱齐奥的作品，孜孜矻矻近十年，现在研究成果即将出版，可谓十年磨一剑。我读了她的书稿，很是欣喜！

勒克莱齐奥是诺贝尔文学奖获得者，对他的创作研究成果众多，但专题研究其创作与音乐关系的，则很少。明夏的专著以勒克莱齐奥与音乐的关系为中心，历时性考察勒克莱齐奥创作与不同类型音乐的关系，研究角度新颖，也打开了进入勒克莱齐奥文学世界的一个新窗口。这本书，既是勒克莱齐奥研究专著，同时也是一部比较文学跨学科研究著作。

明夏阅遍勒克莱齐奥的作品，发现他小说中有大量音乐叙事，促使她思考，"作家为何引用数量如此庞大的音乐曲目？这些歌曲或乐曲在小说中又发挥了怎样的作用？它们是否在一定程度上反映了勒克莱齐奥的创作思想和精神世界？"这些问题，引领着明夏一步步深入勒克莱齐奥小说世界的幽深地带，最后聚焦"勒克莱齐奥与音乐的关系"这一核心问题。

明夏从多角度、多层面揭示和阐述了勒克莱齐奥与音乐的多重关系和意义。音乐，既是勒克莱齐奥建构主题、营造小说氛围的叙事策略，也是喻指人物生存处境、命运以及刻画人物性格的重要手段。同时，音乐也影响了其语言、文体风格的演变，体现了其深层的艺术观和小说理念。明夏将"勒克莱齐奥与音乐的关系"提炼为"书写音乐"与"音乐书写"，这既是勒克莱齐奥与音乐关系的两大主题，也是深入展开论述的两个角度。

在勒克莱齐奥作品中"书写音乐"或用音乐叙事是显而易见的，关键是要阐发音乐叙事与作品主题之间的互文关系，那么勒克莱齐奥对音乐之文学转化的"音乐书写"，则是隐性的，需要挖掘音乐之于勒克莱齐奥语言及文体风格演变的内在关系。两个视角，两个主题，一显一隐，明夏在论述中同时观照，将两者相互交织、融为一体，以获得对"勒克莱齐奥与音乐"复杂关系的圆满阐释。

按明夏分析，勒克莱齐奥小说中所涉及的音乐与小说主题密切相关，如他早期的小说大量涉及摇滚乐。20世纪60年代席卷法国的摇滚乐，与电动点唱机、广播和夜总会相联系，是时代的标志，更是当时法国青少年的身份象征，"作家在小说中引用大量的摇滚歌曲来隐喻这一代青年的叛逆精神"。缘起于美国南方黑奴和克里奥尔移民的爵士乐，则与勒克莱齐奥后期移民题材小说的种族交融、文化碰撞、身份认同等主题相映照。而古典音乐，则与勒克莱齐奥《流浪的星星》《饥饿间奏曲》等小说的主题构成对位、共鸣和互文关系。

在"音乐书写"研究层面，明夏通过大量文本事例分析，指出音乐如何影响了勒克莱齐奥的语言和文体风格。音乐给予了勒克莱齐奥文学语言创新的启示和动力："我必须打碎原有的模子，新的语言才能流淌出来，这是一种'有声响'的语言。"勒克莱齐奥有意模仿音乐的音律和节奏，来打破固化的语言表达模式，为自己的小说语言增强表达力。此前虽已有研究者注意到勒克莱齐奥创作的语言演变，但明夏的研究则更进一步地发现、分析、探讨并阐述了勒克莱齐奥语言风格的历时性演变与音乐的关系。她发现，"作家在更换音乐类型的同时，他的创作主题和语言风格也相应发生了转变"。音乐与语言风格转变关系的具体体现，就是勒克莱齐奥"早期小说多见短小、重复、铿锵有力的断句，有着摇滚R&B生硬粗犷的美学特征；而后期的移民题材小说则采用温柔、伤感的语调，文中随处可见的个人独白、即兴发挥和摇摆节奏，使行文如爵士布鲁斯（blues）般灵动而凄婉"。

除摇滚乐、爵士乐、古典乐之外，明夏还发现了勒克莱齐奥作品中的另一种"音乐"：如乐的音响。在勒克莱齐奥看来，只要有敏感之心和倾听的耳朵，音乐无处不在。万物皆乐，凡音皆乐。大自然世界里的雷鸣、雨声、海浪阵阵、水流潺潺、云雀啁啾、蟋蟀鸣唱，社会生活中的汽车马达、行人脚步、市井人声、街市喧闹等等，都被他敏锐地捕捉、感知、体会，从而转化为他笔下的声音形象，融入小说情境之中，成为音景、氛围、烘托、隐喻和象征。"作家正是通过如乐的文字世界，试图将语言从概念的枷锁中解放出来，充分发掘其感官、感性的力量"。

勒克莱齐奥之所以如此重视音乐，如此敏感一切声响，这与他的艺术观和小说观密切相关，他"不仅旨在颠覆艺术内部的等级，还通过扩大'音乐'本身的概念范畴，在周围的声响世界中寻找共通的音乐之美，从而试图消解艺术与非艺术的传统界限"。勒克莱齐奥认为，艺术不是仅陈列于艺术馆中，而是"活生生的"，人人可见，人人可知，人人可感，是在大街上、在墙上、在人们脸上、在人们的想象中、在日常生活中——因为"生活本身就是一种艺术""生活本身就是艺术"，既是勒克莱齐奥的创作理念，也是洞察勒克莱齐奥与音乐关系、进入其小说世界的一个重要视角。明夏总结说："无论是狭义的音乐，还是广义的音乐，它在勒克莱齐奥的作品中始终有着重要的象征意义和美学启示：小说中的歌曲或乐曲与小说文本始终保持着互文、互释的关系。"

文学与音乐关系的研究，在比较文学中属于跨学科研究。比较文学跨学科研究自20世纪六七十年代提出以来，虽然一直作为比较文学的一个重要研究领域，但优秀的成果并不多。有的比较文学跨学科研究，重点不在文学，而是其他学科，文学作品成了陪衬。这样的跨学科研究，不仅背离了比较文学的"文学性"，也丢失了研究目标，缺乏比较文学的"学术性"。明夏的这部著作，大量涉及并详细分析勒克莱齐奥作品中的音乐，其研究的文学立场一以贯之，研究目标清晰明确，那就是"以作家的整体创作为研究对象，通过解读不同作品中出现的各种类型的音乐，挖掘它们在文本中的各自含义，从而探讨勒克莱齐奥选择引用音乐的原因和意义，最终更好地理解作家的创作思想和精神世界"。明夏说道："研究勒克莱齐奥笔下的音乐，'聆听'作家对战争、对全球化、对人性和对语言、对文学、对艺术的思考，是对其作品的一次再阅读、再发现和再诠释。"

明夏的这部著作，是比较文学跨学科研究的一个很好范例，同时，也为文学与音乐关系的研究，提供了一个富有学术启迪性的视角和方法。

6

勒克莱齐奥与音乐

明夏在文本细读上所下的功夫之深，对文本分析所费心力之巨，令人印象深刻。明夏不仅阅读、研读、带着问题重读勒克莱齐奥作品，还不厌其烦地聆听他作品中所涉及的音乐。几年前，明夏爸爸李基安教授笑着对我说，明夏从早到晚播放音乐，摇滚乐、爵士乐、歌剧轮番播放，一遍又一遍。家人饱受"音乐轰炸"，不堪其扰，而明夏却不厌其烦，百听不厌，每有会意，则欣喜不已。遇到音乐上不懂的问题，就去找上海音乐学院教授请教。她不仅要听出音乐的主题，谙熟音乐的结构、旋律、节奏、音调，还要听出各种配器、音色等等。她带着勒克莱齐奥作品来听音乐，会意出他引用这些音乐的用意；又带着音乐来重读勒克莱齐奥作品，读出他小说中的音乐、旋律、意蕴和象征。正是下了这样的功夫，明夏对勒克莱齐奥创作与音乐关系的分析，才会如此细致，如此到位！

明夏出身于书香之家，父母都是大学教授。良好的家庭教养培养了她纯朴而雅致、真诚而脱俗的气质，体现在她的学术研究上，就是为学的真诚、文风的朴实，可谓是言为心声、文如其人！

越来越多的文学博士论文，惯于搬演花样翻新、运用各式各样的时髦理论，其结果，研究的问题不见了，作家研究、文本分析成了演绎理论、论证理论正确的论据和注脚。这种理论湮没问题的所谓的文学研究，实际上是假借理论来掩饰自己思想的不足，以故弄玄虚来掩盖自己探讨的肤浅。明夏不从流俗，坚持以文本为基础，以问题为核心，不做空洞之谈，不发虚言高论，踏踏实实地贴着文本来分析，贴着问题来写，有一分心得说一分话。这种治学态度，令人赞赏！

明夏学术入门正、起点高。明夏读本科时，就开始阅读勒克莱齐奥，读硕士、博士阶段，陆续发表相关研究成果，如《勒克莱齐奥小说的音乐性：论＜饥饿间奏曲＞的＜波莱罗＞情结》《勒克莱齐奥与爵士乐》《论勒克莱齐奥作品中的流行乐元素与作家创作思想的演变》等，先后发表在《中国比较文学》《外国文学》上。

明夏从本科到硕士、博士，一直听我的比较文学课。我也看着她从一名法语专业本科生，渐而明确自己的人生方向，立志从事文学研究，继而攻读硕士、博士，到现在成为一位具有独立研究能力的青年学者。从明夏身上，我也看到一个本科生，如何一心向学，经过孜孜不倦的努力，而成为一名学者的完整过程。

  以明夏出众的法语、英语能力，扎实的专业基础，良好的文学修养，严谨的治学态度和好学深思的精神，相信她在法语文学和比较文学研究领域，定会有更多、更大的学术成就！

2021 年 2 月 10 日

Introduction

前　言

聆听勒克莱齐奥笔下的音乐

Music in the works of
Jean-Marie Gustave Le Clézio

在2008年诺贝尔文学奖得主、法国作家让—玛丽·古斯塔夫·勒克莱齐奥（Jean-Marie Gustave Le Clézio）的作品中，音乐占据重要的位置。他在小说里引用大量的欧美流行歌曲和古典乐曲：《诉讼笔录》（*Le Procès-verbal*, 1963）中的"威士忌"夜总会里放着科勒曼（Ornette Coleman）、珀克（Chet Baker）和布莱克（Art Blakey）的战后爵士乐；《战争》（*La Guerre*, 1970）中的投币点唱机传出滚石乐队（The Rolling Stones）的《满足》（Satisfaction）、强尼·基德与海盗乐队（Johnny Kidd and the Pirates）的《浑身颤抖》（Shaking all over）、比吉斯（Bee Gees）的《吉奥弗雷爵爷拯救了世界》（Sir Jeoffrey saved the world）等歌曲；《另一边的旅行》（*Voyages de l'autre côté*, 1975）中的娜嘉·娜嘉（Naja Naja）拨动车载收音机的旋钮，披头士乐队（The Beatles）在那儿唱着《漂泊者》（Nowhere Man）；《流浪的星星》（*Étoile errante*, 1992）中的特里斯当（Tristan）回忆母亲战前常常弹奏的德彪西（Claude Debussy）钢琴曲《沉没的大教堂》（La Cathédrale engloutie）；《金鱼》（*Poisson d'or*, 1997）中的莱拉（Laïla）学唱妮娜·西蒙娜（Nina Simone）的《我的心上人头发是黑色的》（Black is the color of my true love's hair）、《我对你施咒》（I put a spell on you）以及比莉·何莉黛（Billie Holiday）的《成熟女人》（Sophisticated Lady）；《饥饿间奏曲》（*Ritournelle de la faim*, 2008）中的艾黛尔·布伦（Ethel Brun）去巴黎歌剧院观看拉威尔（Maurice Ravel）的《波莱罗》（Boléro）的首场演出……

音乐在勒克莱齐奥小说中如此高频率地出现，使它成为其作品中不可忽视的重要组成部分。作家为何引用数量如此庞大的音乐曲目？这些歌曲或乐曲在小说中又发挥了怎样的作用？它们在一定程度上是否反映出勒克莱齐奥的创作思想和精神世界？这些问题在国内外学术界却很少有人关注。自 1963 年至今，勒克莱齐奥已发表了长篇小说、中短篇小说集和随笔集四十余部，他的早期小说如《诉讼笔录》《发烧》（*La Fièvre*, 1965）、《洪水》（*Le Déluge*, 1966）、《逃之书》（*Le livre des fuites*, 1969）、《战争》《巨人》（*Les Géants*, 1973）等以离奇荒诞的城市主题和大胆前卫的叙事风格，在当时被贴上了诸如"空间性语言"[1]"反形式主义小说"[2]"新小说边缘"[3]之类的标签；而 80 年代起，作家开始关注游离于西方"主流文明"之外的地区——毛里求斯岛、北非马格里布、撒哈拉以南非洲、南美印第安部落等——写出了《沙漠》（*Désert*, 1980）、《寻金者》（*Le chercheur d'or*, 1985）、《墨西哥之梦》（*Le rêve mexicain*, 1988）、《奥尼恰》（*Onitsha*, 1991）、《非洲人》（*L'Africain*, 2004）、《乌拉尼亚》（*Ourania*, 2006）、《比特娜，在首尔的天空下》（*Bitna, sous le ciel de Séoul*, 2018）等一部部充满异域风情的作品，其中不乏以移民为题材的长篇小说或中短篇小说集，如《飙车》（*La Ronde et autres faits divers*, 1982）、《春天》（*Printemps et autres saisons*, 1989）、《金鱼》《暴雨》（*Tempête*, 2014）等等，与此同时，越来越多的研究者也将重心转向勒克莱齐奥后期作品中常常出现的神话主题[4]、文化异质性[5]、自然主题[6]、寻根情结[7]或现代性[8]。总而言之，国内外关于勒克莱齐奥研究逐渐趋于多元化，但针对其作品中的音乐研究却始终处于边缘位置。一些散见的文章——如索菲·乔兰-贝尔托齐（Sophie Jollin-Bertocchi）的《勒克莱齐奥作品中的歌曲与音乐性》（Chanson et musicalité dans l'œuvre de J.M.G. Le Clézio, 2004）、雅克琳·杜东（Jacqueline Dutton）的《爵士之路与爵士之根：勒克莱齐奥<金鱼>中音乐的意义》（Jazz Routes or the Roots of Jazz, Music as Meaning in Clézio's Poisson d'or, 2004）、卡特琳娜·凯恩-乌多（Catherine Kern-Oudot）的《勒克莱齐奥作品中的歌唱诗学》（Poétique du chant dans l'œuvre de J.M.G. Le Clézio, 2006）、伊莎贝拉·胡塞尔-芝耶（Isabelle Roussel-Gillet）的《勒克莱齐奥：起舞的文字》（Le Clézio, écrire-danser, 2010）以及笔者的《勒·克莱齐奥小说的音乐性：论<饥饿间奏

曲＞的＜波莱罗＞情结》（2014）、《勒克莱齐奥与爵士乐》（2016）、《论勒克莱齐奥作品中的流行乐元素与作家创作思想的演变》（2019）等——仅仅探讨了作家一部（或少数几部）小说中的音乐现象，从作家整体创作出发的音乐研究在现有的文献中尚未见到。本书的初衷，正是填补勒克莱齐奥研究的这一空缺：以作家的整体创作为研究对象，通过解读不同作品中出现的各种类型的音乐，挖掘它们在文本中的各自含义，从而探讨勒克莱齐奥选择引用音乐的原因和意义，最终更好地理解作家的创作思想和精神世界。

本书共分为三大部分，分别针对勒克莱齐奥作品中的三大音乐类型，即流行音乐、古典音乐及如乐的声响世界。首先，笔者将考察勒克莱齐奥在小说中频频提及的摇滚乐和爵士乐，它们与作家勾勒的西方现代社会紧密相连，标志着由电动点唱机、广播和夜总会为主要传播途径的大众文化全球化时代。摇滚乐于20世纪60年代席卷法国，并很快成为当时法国青少年的身份象征。勒克莱齐奥的早期小说（如《战争》《巨人》《逃之书》《另一边的旅行》）大多描绘了战后法国年轻人——历史学家让-弗朗索瓦·西里内利（Jean-François Sirinelli）称他们为"婴儿潮一代"（les baby-boomers）——对社会现实的抗拒，作家在这些小说中引用大量的摇滚歌曲影射这一代青年的叛逆精神。而爵士作为一种缘起于美国南方黑奴和克里奥尔移民的音乐，与勒克莱齐奥的后期移民题材小说（如《奥尼恰》《流浪的星星》《金鱼》《暴雨》）中的人口迁徙、种族交融、文化碰撞、身份认同及女性等主题相吻合。另外，摇滚乐和爵士乐与小说不仅在主题上形成呼应，其不同的曲风特点也在作家不同时期的写作语言中各有体现：早期小说多见短小、重复、铿锵有力的断句，有着摇滚R&B节奏布鲁斯生硬粗犷的美学特征；而后期的移民题材小说则采用温柔、伤感的语调，文中随处可见的个人独白、即兴发挥和摇摆节奏，使行文如爵士布鲁斯（blues）般灵动而凄婉。

在本书的第二部分，笔者将围绕作家笔下数量不多的古典曲目：短篇小说《兹娜》（Zinna）中的莫扎特歌剧《唐璜》（Don Giovanni）、《流浪的星星》

中的德彪西钢琴曲《沉没的大教堂》《奥尼恰》中的萨蒂（Érik Satie）的《裸男舞曲》（Gymnopédies）和《玄秘组曲》（Gnossiennes）以及《饥饿间奏曲》中出现的肖邦《夜曲》（Nocturne）和拉威尔的《波莱罗》，探讨这些古典乐曲和小说之间的紧密联系：《唐璜》与《兹娜》共同讲述的爱与背叛；《奥尼恰》与萨蒂钢琴曲共同倾诉的孤独；《流浪的星星》中犹太人民的命运被纳粹的恐怖暴行吞噬，如同德彪西谱写的大教堂沉没在汹涌的海浪中；而《饥饿间奏曲》的艾黛尔则在战乱中表现出肖邦式的爱国英雄气概。除了主题上的共鸣，音乐与小说在美学上也有互通点，例如《沉没的大教堂》中"水"的意象及其温柔而又苦涩的调性在《流浪的星星》中得到充分体现。然而，勒克莱齐奥笔下的任何一部古典乐曲都未能达到《波莱罗》在小说《饥饿间奏曲》中的重要地位。作家在小说中充分借鉴了《波莱罗》的旋律双重对比性与反复性、渐强配器法和舞蹈设计，将这些特点巧妙地融入叙事结构、人物塑造和景物描写中。可以说，这是勒克莱齐奥唯一一次将一首完整的古典乐曲融进小说，使之成为名副其实的小说主题曲。

除了流行歌曲和古典乐曲，勒克莱齐奥笔下的音乐不仅仅是具体的音乐曲目，它还泛指周围一切的声响现象：海浪冲向岸边的轰隆声"美得如同音乐一般"（《寻金者》）；水滴在倒扣的碗盆上发出的"啼——啼——嘣"是"醇厚音和尖锐音交换节奏的音乐"（《行走的男人》）；纽约街头的车辆驶过地面的震颤是萨克斯"失而复得的乐句"（《逃之书》）；红发马里奥（Mario）的口哨"柔柔的，尖尖的，（是）从来没有听过的音乐"（《流浪的星星》）……因此，在本书的最后一部分"勒克莱齐奥的如乐世界"中，我们将听到作家笔下由自然、工业、城市声响和人声共同谱写的这首庞大的世间交响乐。从勒克莱齐奥的这种"万物皆乐"思想中，我们可以看到20世纪后半叶一些实验音乐思潮的影响，无论是奥利维埃·梅西安（Olivier Messiaen）的"鸟鸣音乐"，皮埃尔·舍费尔（Pierre Schaffer）的"具体音乐"（la musique concrète），还是约翰·凯奇（John Cage）的"机遇音乐"（chance music），都在试图打破音乐与非音乐之间的界限。

总而言之，无论是狭义的音乐，还是广义的音乐，它在勒克莱齐奥的作品中始终有着重要的象征意义和美学启示：小说中的歌曲或乐曲与小说文本始终保持着互文、互释的关系，一些小说还通过对曲式特色的模仿和借鉴而成为地地道道的音乐叙事小说。不仅如此，作为作家的勒克莱齐奥追求写作语言的诗意与乐感，试图通过字词音素的组合、句段节奏的搭配使文字发出悦耳的乐声。值得注意的是，他笔下的很多人物文化水平并不高，对语言的认知仅停留在口头感性的层面，作家正是通过如乐的文字世界，试图将语言从概念的枷锁中解放出来，充分发掘其感官、感性的力量。因此，对勒克莱齐奥作品中的音乐研究既是主题研究，也是语言研究，因为对于作家来说，"书写音乐"和"音乐书写"是不可分开的，它们互相交融，彼此影响。研究勒克莱齐奥笔下的音乐，"聆听"作家对战争、对全球化、对人性和对语言、对文学、对艺术的思考，是对其作品的再一次阅读、发现和诠释。

注释：

1. 参见：FOUCAULT M. Le Langage de l'espace, Le Procès Verbal[J].Critique, 1964 (203) : 379-380.

2. 参见：ZELTNER, Gerda. Jean-Marie Gustave Le Clézio : le roman antiformaliste[M]// Positions et oppositions sur le roman contemporain. Paris : Klincksieck, 1971 : 215-226.

3. 参见：BOTHOREL N, DUGAST F, THORAVAL J. Les Nouveaux romanciers[M]. Paris : Bordas, 1976.

4. 参见：WAELTI-WALTERS J. Icare ou l'évasion impossible, étude psycho-mythique de l'œuvre de J.M.G. Le Clézio[M].Sherbrooke : Éditions Naaman, 1981；VALAYDON V. Le mythe de Paul et Virginie dans les romans mauriciens d'expression française et dans Le Chercheur d'or de J.M.G. Le Clézio[M]. l'île Maurice : Éditions de l'Océan indien, 1992；GILLER-PICHAT M. Image, imaginaire, symbole : la relation mythique dans l'œuvre de J.M.G. Le Clézio : Les Géants, L'Inconnu sur la terre, Désert[M].Lille : ANRT, 1992.

5. 参见：DUTTON J. Le Clézio : le chercheur d'or et d'ailleurs : l'utopie de J.M.G. Le Clézio[M].Paris : L'Harmattan, 2003; VAN ACKER I. Carnets de doute. Variantes romanesques du voyage chez J.M.G. Le Clézio[M].Amsterdam/New York : Rodopi, 2008; THIBAULT B. J.M.G. Le Clézio et la métaphore exotique[M].New York : Éditions Rodopi B.V., 2009; 陈小莺. 同处当地和异域，属于不同的历史——勒克莱齐奥小说解读 [J]. 外国文学研究，2009（4）：99-103; CAVALLERO C. Le Clézio, Glissant, Segalen : la quête comme déconstruction de l'aventure[M]. Annecy : Presses de l'université de Savoie, 2011； KOUAKOU J-M. Le Clézio : Accéder en vrai à l'autre culturel[M].Paris : L'Harmattan, 2013; BALINT A. Imaginaires et représentations de la mobilité[M].New York : Peter Lang, 2020.

6. 参见：GNAYORO J-F R. La nature comme un cadre matriciel, dans quelques cas

d'œuvres chez Giono et Le Clézio[M].Paris : Éditions Edilivre, 2009; GNAYORO J-F R. L'expression de la nature chez Giono et chez Le Clézio, [M].Sarrebruck : Éditions Universitaires Européennes, 2011; GNAYORO J-F R. La Naturévasion de Giono et Le Clézio[M].Mauritius: Éditions Universitaires Européennes, 2018.

7. 参见：PIEN N. Le Clézio, la quête de l'accord originel[M].Paris : L'Harmattan, 2004; ANOUN A. J.-M.G. Le Clézio : Révolutions ou l'appel intérieur des origines[M]. Paris : L'Harmattan, 2005; DAMAMME-GILBERT B. Les enjeux de la mémoire dans Onitsha et L'Africain de J.M.G. Le Clézio[J].Australian Journal of French Studies, 2008 (45) :16-32; LE BON S. Le port d'attache de Jean-Marie Gustave Le Clézio : La quête d'une vérité et d'une nouvelle identité[M]. Saarbrücken : Verlag Dr. Müller, 2009; 樊艳梅，许钧 . 风景、记忆与身份——勒克莱齐奥笔下的"毛里求斯"[J]. 外国文学研究，2017（3）：34-43.

8. 参见：GLAZIOU J. La Ronde et autres faits divers, de J. M. G. Le Clézio. Parcours de lecture[M].Paris : Bertrand-Lacoste, 2001; SALLES M. Le Clézio : Notre contemporain[M].Rennes : Presses universitaires de Rennes, 2006; SALLES M. Le Clézio, peintre de la vie moderne[M].Paris : L'Harmattan, 2007.

Part One

勒克莱齐奥
小说中的流行乐

"您想知道当今一些伟大诗作的名称吗?"
——勒克莱齐奥,《战争》

3

Music in the works of
Jean-Marie Gustave Le Clézio

自第一部小说《诉讼笔录》以来，流行音乐就常常出现在勒克莱齐奥的作品中。《诉讼笔录》的主人公亚当·波洛（Adam Pollo）坐在酒吧的一角，一边听着电唱机里传出的《红河》（Red River Rock），一边用手在桌面上敲着节拍；《另一边的旅行》中的娜嘉·娜嘉转动车载收音机的旋钮，寻找她喜爱的深紫乐队（Deep Purple）、披头士乐队、平克·弗洛伊德乐队（Pink Floyd）和鲍勃·迪伦（Bob Dylan）；《流浪的星星》中，艾斯苔尔（Esther）和她的母亲坐船离开法国，船舱一角的电唱机里，比莉·何莉黛慵懒地唱着《寂寞》（Solitude）和《成熟女人》；《饥饿间奏曲》的主人公艾黛尔听着从伦敦寄来的爵士唱片，迪兹·吉莱斯皮（Dizzy Gillespie）、贝西伯爵（Count Basie）、埃迪·康墩（Eddie Condon）、贝德贝克（Bix Beiderbecke）；《暴雨》收录的中篇小说《没有身份的女孩》（Une femme sans identité）中，拉歇尔（Rachel）即使堵起耳朵，也能随时听到艾瑞莎·富兰克林（Aretha Franklin）、贝茜·史密斯（Bessie Smith）和贝加（Becca）的歌声……

在勒克莱齐奥笔下庞大的流行曲库中，我们会发现，作家引用的流行歌手、演奏家和歌曲大多来自英美国家，且属于20世纪西方流行音乐的两大流派——爵士乐和摇滚乐。[1]它们是小说描绘的西方社会现代性的重要标志，而这种现代性显然已与20世纪初期的不同。娜嘉·马伊亚（Nadja Maillard）在文章《法国文学中的爵士乐（1920-1940）》（Le jazz dans la littérature française [1920-1940]）中指出，20世纪30年代的法国作家在作品中写到爵士乐时有一个共同的特征，即将爵士乐视为现代工业文明的标志。"如果这类音乐与它的时代如此吻合，"她写道，"那是因为它有着冷冰冰的、纠缠不休的节奏，而这种节奏来自工厂，来自内燃机，来自一切现代的技术。"[2]例如，马克斯·雅各布（Max Jacob）在

4

勒克莱齐奥与音乐

诗歌《从城堡出发》(Départ du château, 1936)中将火车行驶在铁轨上不断发出的咔嚓声与爵士乐的布基伍基低音连奏(boogie-woogie)联系起来；马克·奥朗(Mac Orlan)则在随笔《定制的面具》(Masques sur mesures, 1937)中将巴黎的圣旺(Saint-Ouen)工厂比作"庞大的爵士乐队，机动锻锤正打着鼓，钢板的切割机发出班卓琴似的敲击声，铰孔机如萨克管一般沉吟"。[3]

勒克莱齐奥沿袭了法国上世纪30年代作家将爵士乐与现代性结合的思想，而他笔下的爵士乐所代表的现代性，首先是西方现代城市的嘈杂和纷乱。小说《逃之书》的主人公奥冈(Hogan)走在纽约街头，四周车辆驶过地面的震颤，明晃晃的使人晕眩的车灯，两旁耸立的摩天大厦，犹如一首喧闹、激烈的毕波普乐曲：

> 此地适合令人激动的音乐，适合一连串相同的音和长长的机械滑行声。适合催眠的、不断重复的歌曲，适合萨克斯持续创造同一个乐句、失而复得的乐句的沉闷声音。一片片阴影是迟疑、摸索的大提琴的震动。有节奏的打击乐是街道，街道……耸入云天的大厦的立方体，音乐的立方体！暗槽的城市，音乐的城市！头灯晃眼的汽车朝未知行驶，滑行，前进。爵士乐的汽车！耸立于海上的桥是一声声的呼唤！车辆震颤的高速公路上行下行！空荡荡的广场，树木无语的昏暗花园：你们需要的不再是鸟儿，而是单簧管！

其次，勒克莱齐奥在作品中多次提及的英美流行歌手——如披头士乐队、滚石乐队、平克·弗洛伊德乐队、鲍勃·迪伦、比莉·何莉黛、妮娜·西蒙娜等等——体现了20世纪以来英美流行文化对欧洲大陆的冲击。文本中频繁出现的电唱机、投币点唱机、广播和夜总会都标志着西方社会大众传媒的兴盛和娱乐消费的膨胀。1963年，23岁的勒克莱齐奥凭借处女作《诉讼笔录》初登法国文坛，并摘得雷诺多文学奖(Prix Renaudot)；而20世纪60年代的法国正是大众文化深深扎根并迅速繁殖的"伙伴"时代[4]。作家在《诉讼笔录》中描绘了一伙伙少男少女，身着棉毛衫、T恤衫、蓝色牛仔裤，把半导体收音机的声音开得响响的。他们的

5

Music in the works of Jean-Marie Gustave Le Clézio

收音机里播放的是什么？根据让-弗朗索瓦·西里内利在《婴儿潮一代：1945-1969》(*Les baby-boomers : Une génération 1945-1969*)中的统计，1963至1964年间，超过52%的法国年轻人在收听《伙伴们，你们好》(Salut les copains)——一档由欧洲第一电台（Europe 1）于1959年创办的摇滚乐节目。[5] 通过这档节目，英美摇滚明星被大规模地引进法国，在法国青年群体中掀起了一阵"耶耶"音乐浪潮。

最后，也是最重要的一点，流行乐与勒克莱齐奥作品中的人物有着精神上的共鸣。早期小说《洪水》《战争》《巨人》《另一边的旅行》和《逃之书》的主人公弗朗索瓦·贝松（François Besson）、Bea B、波果（Bogo）、娜嘉·娜嘉和奥冈以20世纪六、七十年代的法国青年为原型，代表法国战后井喷的"婴儿潮一代"——据统计，1968年有33.8%的法国人不足20周岁，16—24周岁的年轻人数量超过800万，占法国总人口的16.1%。[6] 以"婴儿潮一代"法国青年为原型的小说人物处处表现出对社会现状的不满和反抗，小说中大量出现的摇滚歌曲正是体现了这一群体的叛逆精神；而爵士乐作为一种吸收了多元文化的"混血"音乐，则频繁出现在勒克莱齐奥20世纪80年代之后的移民题材小说中。《金鱼》《流浪的星星》《脚的故事》(*Histoire du pied*, 2011)、《没有身份的女孩》的主人公莱拉、艾斯苔尔、拉歇尔等都是移民女孩，她们遭遇的文化冲突、身份困惑、两性不平等之类的困境都与小说中提及的爵士乐（尤其是比莉·何莉黛和妮娜·西蒙娜的爵士歌曲）有很高的契合度。其中，与爵士乐关系最密切的要数1997年发表的《金鱼》，在这部讲述非洲女孩莱拉先后在法国和美国漂泊不定的移民生活的小说中，勒克莱齐奥安排了大量诸如莱拉听爵士乐、莱拉学唱爵士歌曲、莱拉在酒吧弹奏爵士的音乐场景，爵士乐既暗示了莱拉受到的不同文化的熏陶，其非洲根源又时时提醒我们主人公的母体文化，而莱拉身为黑人女性所遭遇的种族、性别双重歧视也使得她在她的偶像比莉·何莉黛的歌声里找到了共鸣。

因此，在这一章中，笔者将围绕以上三点，分别考察摇滚乐和爵士乐在勒克莱齐奥小说中的重要性。此外，我们还会发现，摇滚的R&B风格和爵士的摇摆节奏也在勒克莱齐奥不同时期的小说中各有体现，这使其早期和后期写作语言呈现出两种截然不同的风格。

第一节 早期小说与摇滚乐

在《战争》《另一边的旅行》《巨人》等勒克莱齐奥的早期小说中，摇滚乐占有绝对主导的地位。《战争》中酒吧女招待向投币点唱机扔进一枚钱币，机器立刻传出"一些当今伟大的诗作"——滚石乐队的《满足》、强尼·基德与海盗乐队的《浑身颤抖》、比吉斯的《吉奥弗雷爵爷拯救了世界》。《另一边的旅行》中，娜嘉·娜嘉来到舞厅，那里正放着《月之暗面》（The dark side of the moon）、《跷跷板》（Seesaw）、《蓝色铁路》（Big Railroad Blues）和《星际超速》（Interstellar Overdrive）等摇滚歌曲，她随着音乐节奏剧烈地扭动身体，像鸟一般疯狂地扑闪翅膀，企图冲破舞厅的顶棚。

在这些小说中，以娜嘉·娜嘉为代表的 20 世纪六、七十年代法国青年通过摇滚乐来抒发对现实的不满和对自由的向往。第二次世界大战与刚刚结束的殖民地独立战争在他们的心里投下了阴影，战后的政权体系和社会制度又使他们感到失望和压抑，他们急于卸下沉重的历史包袱，跳出社会现实的条框，渴望简单随性、轻松自由的生活方式。娜嘉·娜嘉转动车载收音机的旋钮，寻找她喜爱的音乐节目。她说道："广播无聊的地方在于，有很多的信息、广告、圆桌讨论、气象预报。但我们最终还是能找到一个频道，披头士乐队在那儿唱《漂泊者》，这样就好。"1965 年，披头士乐队的约翰·列侬（John Lennon）创作了歌曲《漂泊者》，这是一首典型的列侬式哲学歌曲，歌词描写的是一个男人长时间坐着发呆的场景：

他是真正的漂泊者

（He's a real Nowhere Man）

坐在他的荒芜岛

（Sitting in his Nowhere Land）

做着他的白日梦

（Making all his Nowhere Plans）

不为任何人

（for Nobody）

《漂泊者》中的"他"与现实相当脱节，现代社会的政治、经济、文化等方面似乎与"他"毫无关联。"大千世界，熟视无睹，他只看到想看的"（He's as blind as he can be/Just sees what he wants to see），披头士乐队唱出了上世纪60年代西方青年对社会现实的抗拒。他们的父母经历了两次世界大战的戕害，后又在冷战和核威胁的恐惧中生活，于是他们决定摆脱上一代人被动荡局势支配的生活方式，躲在自己的"荒芜岛"上，做着属于自己的"白日梦"。其实，勒克莱齐奥早期小说的主人公正是这样的"漂泊者"：《诉讼笔录》中的亚当波洛离家出走，独自一人住在山上被废弃的房子里，他坐在一扇敞开的窗前，斜对着阳光，一呆就是几个钟头；《逃之书》中的奥冈躺在飞机场平屋顶的一把长椅上，目不斜视地朝前望，空气泛白而轻盈，没有什么可看的；《战争》中的 Bea B. 转动收音机的旋钮，一连数小时地听着这些干扰噪音，看着伸向天花板的金属天线。他们的目光都朝向上方，对地面上的人和事物毫不关心；他们的思绪或随风飘荡，或空空如也，不受外界制度和规范的束缚与要求。这些"透明又富有诗意"[7]的心灵漂泊者是勒克莱齐奥的寓意载体，他们的身上凝聚着六、七十年代法国青年的自由精神，与小说中的摇滚乐一拍即合。

"大千世界，熟视无睹"，法国战后"婴儿潮一代"青年表现出对政治时事的漠视。短篇小说《发烧》中，主人公罗什（Roch）一想到收音机里会传出类似种族冲突、库尔布瓦案件或柬埔寨国王的记者发布会的新闻就顿觉烦躁不已。"他只看到想看的"，这一代年轻人将视线从外部收回，转向自己日常生活的喜怒哀乐，

8

勒克莱齐奥与音乐

而关注日常正是摇滚乐的一大特色。查理·吉耶（Charlie Gillett）在《城市之音：摇滚之崛起》(*The sound of the city : The rise of Rock & Roll*, 1996)一书中指出，摇滚歌曲的巨大吸引力就在于它们反映了人们的真实生活琐事，诸如"车子、街道、麂皮鞋、小巷、酒店、汽车旅馆、高速公路、投币点唱机、车站、派对、父母"等。[8] 比如，披头士乐队的名曲《辛劳之夜》（A Hard Day's Night）讲述的就是一个男子在一整天的辛苦工作后，回到家拥抱心爱的人的平凡故事："真是个难熬的夜晚 / 我像条狗一样地工作 /…… / 但当我回到家里 / 看到你做的事 / 我会觉得一切都还好"（It's been a hard day's night/And I'd been working like a dog/…… /But when I get home to you/I find the things that you do/Will make me feel alright）。

在摇滚乐频繁出现的勒克莱齐奥早期小说中，主题一样取材于简单真实的生活。如果说披头士乐队歌唱的是平凡百姓的日常"小确幸"，那么勒克莱齐奥更多关注的是他们生活中的"小愤怒"和"小痛苦"，虽然小，但使人难以承受，甚至失去平衡，就像他在《发烧》的前言中说道：

> 我其实并不那么相信宏大的情感。相反，我看见有一支昆虫或蚂蚁小部队正啃啮着人的所有感官……发烧、疼痛、劳累、困顿，这些突入袭来的情感和爱情、折磨、仇恨或死亡一样强烈，一样令人绝望。
>
> 每天，我们都因为体温偏高、牙痛，或者一阵短暂的晕眩而失去理智。我们发火，我们感到兴奋，我们喝醉酒，这些不会持续很长时间，但也够了。我们的皮肤、眼睛、耳朵、舌头每天积蓄着无数感觉，没有一样被忘记，这便是危险之处。我们是真正的火山。

《发烧》发表于1965年，这是一部由9个关于"小疯狂"（petite folie）的故事组成的短篇小说集。它的第一则故事讲述的是一名叫罗什的男子在一个热到发疯的酷暑天的经历：游完泳的罗什感到身上的水滴在烈日下慢慢蒸发，就像成千上万只蚂蚁在啃咬自己；当他回到家，准备躺在床上读报时，卧室里的湿热空气使他读不进报纸上的任何新闻,整个人就像黏在床垫上一样;当他步行回办公室时,头顶的炎炎烈日终于让他失去了理智,罗什冲着一对陌生人大喊道:"吭!吭!看呐!疯了!我疯了!吭!"最后,他在人行道上拾起一块大石头,冲着他就职的旅行社的橱窗狠狠地砸去。在酷暑中发疯的罗什能使我们想起法国作家阿尔贝·加缪(Albert Camus)的小说《局外人》(*L'Étranger*)的主人公默尔索(Meursault),小说中,脑袋被太阳晒得嗡嗡作响的默尔索感到"聚集在眉头的汗珠,一股脑儿流到眼皮上,给眼睛蒙上了一层温热、稠厚的水幕"[9],当阿拉伯人抽出刀子时,刀刃闪亮的锋芒和炙热难耐的阳光使他顿觉"天门大开,天火倾泻而下"[10],他随后扣动了手枪的扳机,打破了这一天的平衡。

除了太阳的炙烤,勒克莱齐奥早期小说中人物的痛苦还来自人为社会,因为他们无法挣脱现代城市的规则和束缚。《诉讼笔录》中,亚当·波洛的粮食储备渐渐吃空,当他想到要去城里购买食品时,他就高声叫喊:"去城里顶个屁用?"《战争》中的 Bea B. 来到城市中心的一座类似庙宇的大型商场,那里既是金字塔、宝塔、教堂,又是卫城,人们川流不息,不时地被庙宇的大嘴吞食,她发出怒吼:"战争远没有终止,没有,没有!"二战结束后的"辉煌三十年"(les Trente Glorieuses)给法国带来巨大的社会财富,使国家全面步入了消费时代,现代消费社会也因此成为勒克莱齐奥笔下的城市青年心中的"新战场"。在与《战争》同年出版的论著《消费社会》(*La société de consommation*)中,社会学家让·鲍德里亚(Jean Baudrillard)就声称:"我们处在'消费'控制着整个生活的这样一种境地"[11],并将现代的超级购物中心比作先贤祠、阎王殿。鲍德里亚的这个比喻在勒克莱齐奥的小说中得到呼应,反映出 20 世纪后半叶西方对消费神话、商品拜物教的批判性思考。在《战争》中,勒克莱齐奥反复引用了滚石乐队的著名歌曲《满足》,这正是一首批判现代消费社会的歌曲。《满足》的主歌部分描绘了一个现代人无时无刻不被商业广告噪音侵扰的情景:

(主歌 1)

当我开着我的车

(When I'm drivin' in my car)

那男人在广播里

(And that man comes on the radio)

说着一堆堆没用的话

(He's tellin' me more and more/About some useless information)

……

(主歌2)

当我看着我的电视

(When I'm watchin' my TV)

那男人在电视上

(And that man comes on to tell me)

说我的衬衫可以有多白净

(How white my shirts can be)

……

　　在每段主歌之后，副歌部分（即歌曲的流行句）"我得不到！满足！我得不到！噢没有，没有，没有！"（I can't get no! Satisfaction! I can't get no! Oh no no no!）重复出现，语句短小，节奏强劲，主唱米克·贾格尔（Mick Jagger）一遍遍地叫喊着，身后的电吉他和电贝司为他扩音。值得注意的是，《战争》中Bea B.的怒吼"战争远没有终止，没有，没有！"（La guerre n'est pas près de finir, non, non!）与《满足》的副歌部分"我得不到！满足！我得不到！噢没有，没有，没有！"句式非常相似，这使小说有了浓厚的摇滚风格。摇滚风格来源于节奏与布鲁斯（rhythm and blues，R&B），这是1950年前后出现在美国南部的一种音乐体裁，它用鼓提供单一强劲的节拍，用电吉他和电贝司制造更有攻势的音响织体。[12] 因此，摇滚乐具有简单剧烈的节奏和高分贝音量；它的歌词通常是叛逆的，常常是喊出来的和唱出来的一样多。摇滚歌手大卫·鲍伊在1972年发行的专辑《基吉星尘的兴亡和火星蜘蛛》（The Rise and Fall of Ziggy Stardust and the Spiders From Mars）时坚持要求歌曲必须以"最大音量播放"（TO BE PLAYED AT MAXIMUM VOLUME）[13]，大写的字母也在模仿歌手喧喊的姿态。《诉讼笔录》中，亚当·波洛身边的少男少女把半导体收音机的声音开得响响的，想必是遵从了他们的偶像歌手的指令。滚石乐队曾在1969年的专辑《任血流淌》（Let It Bleed）中也有类似的建议："本唱片必须大声播放"，甚至引发了联合国教科文组织的国际音乐理事会的抗议，后者发表声明："鉴于私人和公共场合中录制音乐和播放音乐的滥用，每个人都有享受安静的权力。"[14]

与有着跳动节奏和高分贝的摇滚歌曲相似，勒克莱齐奥早期小说的语句都很简短、铿锵有力，句尾往往带有感叹号，更起到了扩音的作用。《战争》之后的《巨人》也是一部控诉现代消费社会的小说，世界被压缩在一个叫百宝利（Hyperpolis）的大型超市里。商场顶棚的高音喇叭张着血盆大口，正在嚷嚷："听着！听着！走啊！买吧！吃吧！要爱惜自己！喝比尔森！有品位的人喝这样的饮料！抽烟！活着！死！"人被淹没在物的海洋，耳朵被天花板传来的轰炸式的广告声震聋。面对消费社会的物化统治和奴役，主人公安宁（Tranquilité）在故事一开始就发出了反抗的号召："我要说：解脱出来！"（Je vais vous dire : libérez-vous!）在小说的第一章里，"解脱出来！"的口号重复出现了8次，"自由"（libre）这个单词也反复出现在文本中："从未拥有自由""如此岂能自由？""做自由的人""自由！自由！"。除此之外，其他同样激烈的口号，如"醒醒吧！""要说！赶快！把气泡打破！""打碎玻璃！""注意！"等，也大量出现在第一章内。和滚石乐队的《满足》中开门见山式的嘶吼相同，勒克莱齐奥在《巨人》伊始就定下了反叛的基调，用愤怒的呐喊来号召城市青年打碎百宝利的玻璃，打破消费社会的美好气泡，从物欲中醒来，从物化世界的统治中解脱出来，重新找回人性和自由。

由此可见，勒克莱齐奥的这些小说语言风格简单而粗犷，与小说中频繁提及的摇滚乐的曲风相近。米利安·斯丹达·布洛斯（Miriam Stendal Boulos）就曾称作家的语言有种"表面的简单性"（une simplicité apparente）[15]，底下却暗涌着一股"攻击性的情感"（un sentiment d'agression）[16]。在布洛斯之前，勒克莱齐奥写作语言的"简单性"就已受到不少研究者的关注，康拉德·布罗（Conrad Bureau）就在其 1976 年发表的《功能语言学与客观语言学：普鲁斯特、纪德和勒克莱齐奥的比较研究》（*Linguistique fonctionnelle et stylistique objective : étude comparative de Proust, Gide et Le Clézio*）中指出，如果普鲁斯特的文笔以繁琐的长句闻名，那么勒克莱齐奥笔下简单短小的句子也是他的风格体现：

> 小说《战争》的语言或许可以被看作是"反修饰主义"，无论读者如何反应，这正是勒克莱齐奥的风格。这部小说的惊人之处就在于作家频繁地使用法语中最简单、最常用、最口语化的句型——比如"这里有……""这里是……""这里以前有……""这以前是……""就这样"——它们是任何一本修辞课本都会强调避免使用的词。[17]

确实，《战争》中随处可见的是简短、重复的"清单式"语句，比如小说的最后一章"世界开始产生"：

> 有蒸汽、电、云和闪电……还有肉食植物、肉食动物、肉食机器。什么剑齿虎啦，双角龙啦，霸王龙啦，这些都不算什么……还有那么多流星……那么多电闪雷鸣。那么多太阳、星星、月亮……那么多阴晴圆缺，那么多旋转的星系，那么多昏暗的星云。

勒克莱齐奥的这种可能会使读者不快的"清单式"列举在其他早期小说中也大量出现。《诉讼笔录》里，亚当·波洛在一片纸上写下他要去城里购买的东西：烟卷、啤酒、巧克力、吃的东西、纸、报纸……当他在城里行走时，道路两旁形形色色的商店——第十三照相馆、高尔乐家具店、弗里吉戴尔冰箱、精制食品店、高塔咖啡店、威廉宾馆、明信片与纪念品、太阳琥珀·马特斯长廊、烟酒馆、跑马赌场、国民彩券——差点将他淹没。《巨人》中，安宁看着她周围，人们发疯似地把商品扔进购物车，一块块奶酪、一盒盒牛奶、一管管奶油、一包包明胶、一罐罐酸奶、一瓶瓶蛋奶、一杯杯冰点，它们有着各种口味：巧克力味的、咖啡味的、奶油味的、桃子味的、草莓味的、菠萝味的…… 这让我们联想到法国自然主义作家埃米尔·左拉（Émile Zola）的《卢贡—马卡尔家族》系列（Les Rougon-Macquart）中的小说《女士乐园》（Au Bonheur des Dames），主人公德尼丝（Denise）去大型百货公司"女士乐园"，被分配在成衣部做销售员。她工作首日正逢商店的周一大展销，女性顾客们争先恐后地涌进"女士乐园"，在花边部、披肩部、内衣部、针织品部、成衣部、手套部等柜台疯狂地抢购；丝绸部里也挤满了人，撑着展厅玻璃顶的几根熟铁柱子上披挂着水流般光亮、柔软的绸缎："皇后缎、文艺复兴缎，水晶般剔透的绸子有尼罗绿、印度青、五月红、多瑙蓝；另外还有更厚实的织品，锦缎、大马士革缎、织锦、嵌珠子或撒金箔的绸子……"[18] 如果说左拉在小说中对百货商店的新型资本经营模式大加赞赏（"女士乐园"的巨大成功主要来自品类齐全、价廉物美的商品），并将书中的"女士乐园"描写成"一座灯塔"[19]，在巴黎这个黑暗又寂静的城市里发出代表希望的生命之光，那么勒克莱齐奥则恰恰相反，他的冗长"清单"表现了现代消费社会对人的压迫，这种压迫不仅是视觉上的，还是听觉上的。《巨人》中，安宁听着超市喇叭电子合成的女声滔滔不绝地喊着："……青春……美丽……容光焕发……您的皮肤……薇妮尔，再造您的皮肤……色彩妖娆……胸……光滑柔嫩的手……护肤霜……连裤袜……纯净水……"她睁不开眼睛，也喘不过气来。

　　杰尔达·泽尔塔纳（Gerda Zeltner）认为，勒克莱齐奥的这种书写方式是对抗世界的一种"激烈的自卫"[20]。《逃之书》中，叙述者用了整整四页的篇幅对社会中碰到的形形色色的人拼命地咒骂，好似一名摇滚歌手愤怒的嘶吼，以下是一段摘录：

14

勒克莱齐奥与音乐

现在是骂人话：

下流胚！臭大粪！无赖！骗子！笨蛋！平足！秃脑瓜！怪物！蠢货！猪！白痴！混蛋！没教养的人！流氓！一肚子糨糊！农民！庸人！狗东西！守财奴！丑女！痞子！强盗！色鬼！讨厌鬼！畸形人！驼背！见鬼！叉杆子！淘气鬼！懒猪！乡巴佬！狗屎堆！毛孩子！流哈喇子的人！老糊涂！怪人！下等窑姐儿！叫花子！不怀好意转来转去的人！异教徒！灰林枭！吸血鬼！浅薄的人！土匪！移民工！傻瓜！胆小鬼！脏耗子！猴脸！屁股皮！莽撞司机！脏东西！小丑！腐化女人！诡计多端的人！自命不凡的女人！杂种！胆小的人！妓女！矮子！粗俗的女胖子！窑子！无耻！该死！叛徒！垃圾！暴君！该上绞刑架的坏蛋！灵媒发散物！怯懦的人！醉鬼！酒鬼！瘾君子！大猩猩！笨东西！乌龟！毒蛇！杀人犯！宗教狂！教条！刽子手！傻子！无能！傻X！笨家伙！斜眼儿！邋遢女人！秃瓢儿！窝囊废！……

由此可见，以《战争》《巨人》《逃之书》为代表的勒克莱齐奥早期小说中的语言简短而粗暴，具有一定攻击性，这一点与摇滚乐颇为相似。查理·吉耶在研究摇滚乐的崛起和影响时就常称它为暴力性音乐，他甚至将摇滚乐不断扩大的影响力和青少年的犯罪率飙升挂钩，认为前者很有可能是后者主要的诱发原因之一。让·弗朗索瓦·西里内利在《婴儿潮一代：1945-1969》中详细记录了法国摇滚史上的一大盛事：1963年（也就是勒克莱齐奥第一部小说《诉讼笔录》出版的那一年），欧洲一台的摇滚节目《伙伴们，你们好》于当年6月22日在巴黎国家广场（la place de la Nation）举行大型公益演唱会，前来助阵的有强尼·哈里代（Johnny Hallyday）、理查德·安东尼（Richard Anthony）、艾迪·米切尔（Eddy Mitchell）等法国本土摇滚歌手，吸引了超过15万的法国青年前来聚集到广场。西里内利在书中描述了演唱会次日的狼藉场面，汽车被烧毁，商店和咖啡馆的玻璃橱窗被砸碎，树干被砍断。在勒克莱齐奥的小说中，听摇滚乐的年轻人除了怒吼、咒骂等口头暴力行为之外，还时不时地攻击他人，甚至实施犯罪，如《发烧》

中向旅行社玻璃橱窗狠狠砸石头的罗什；短篇小说《飙车》中骑着摩托车夺抢行人的黑色手提包的马尔迪娜（Martine）；《阿丽亚娜》（Ariane）中对主人公克里斯蒂娜（Christina）实施强奸的廉价房小混混等。

在小说里，勒克莱齐奥不止一次明确提到摇滚乐攻击性的一面。《战争》中，酒吧女招待向投币点唱机扔进钱币，机器立即喷发出"战争的音响"：

> 这是一首十分优美的乐曲，从一台金属机器传出……机器的腹部有一个马达隆隆响着。这台机器电力很足，四周迸出一圈火星，女招待的手指触摸按钮时发出噼噼啪啪的声音……每当音乐从机器传出，人们便忘记一切。这些是战争的音响，就是这样，它们具有节奏是为了杀人，或者为了变得凶恶残忍。首先是猛烈而低沉的爆炸声，在地面回荡，并从你的脚直渗入你的体内，扩散，不断地扩散开来。这些可能是死亡之声……它们持续了好几个钟头。接着又响起其他声音，一些飘忽不定，但却具有渗透力的音符，混杂在低沉的巨大爆炸声中。如果你身临其境，你便会知道这意味着什么：它要告诉你不再有未来，不再有过去，所有的时间洞坑都被翻寻过，一直掏挖到骨头。
>
> 电动机器将声音直射到时间尽头，它擦去所有的年代号：637、1212、1969、2003、40360、Aa222、AnⅦ。一切荡然无存。它还将音符直抛向语言的尽头，践踏词语。人们沉默不语，不再有什么要说的。机器代替你思维，这是真的，我向你发誓，它具有一切思想……机器一边慢慢启动转轮，在电流的交替振荡下渐渐使螺旋桨超速运行，一边残酷地将电波发射到人们的大脑里，思想便诞生了。
>
> 于是人们听见词语猛地冲进寂静的咖啡店，从火星四溅的机器里涌出，在密封的空气中振动，人们听着，什么也不想。

在小说的后几页中，勒克莱齐奥为投币点唱机传出的歌曲列了一份清单：滚石乐队的《满足》、强尼·基德与海盗乐队的《浑身颤抖》、爱神之子（Aphrodite's child)的《世界末日》(End of the world)、普洛可哈伦乐团(Procol Harum)的《更浅的苍白阴影》(A White shade of pale)……这些在小说中被称为"当今一些伟大诗作"的摇滚歌曲与投币点唱机的"马达隆隆"声和火星四溅的"噼噼啪啪"声纠缠在一起,组成了"杀人的""凶恶残忍的""战争的音响"。摇滚乐声从机器里"涌出","猛地冲进"咖啡店的密封空间,它的侵入使店里的所有人丧失言语功能("人们沉默不语,不再有什么要说的"),甚至停止思维("人们听着,什么也不想"),使他们如空壳一般。法国作家帕斯卡尔·基尼亚(Pascal Quignard)曾在《乐之恨》(La haine de la musique, 1996)中写道:"人的听觉与视觉不同。可视的东西能被眼皮遮住,能被挡板或门帘隔绝,它也无法穿透筑起的围墙。然而,可听的东西却势不可挡,是眼皮、挡板、门帘或围墙所不能拦住的。"[21]《战争》中,投币点唱机传出的摇滚乐如"电波"般被"发射"到人们的大脑。勒克莱齐奥一定知道,在所有的乐器中,弦乐器——从古希腊的西塔拉琴、里拉琴,到意大利的曼陀林、小提琴、大提琴,再到如今的电吉他——的前身就是弓箭。我们或许还记得荷马在《伊利亚特》中描写阿波罗向人群和牲畜射箭的场景,被奉为"银弓之神"的阿波罗用的不是普通弓箭,而是一把西塔拉琴:

> 他(阿波罗)心里发怒,从奥林波斯岭上下降,
> 他的肩上挂着弯弓和盖着的箭袋。
> 神明气愤地走着,箭头的箭矢琅琅响,
> 天神的降临有如黑夜盖覆大地。
> 他随即坐在远离船舶的地方射箭,
> 银弓发出令人心惊胆颤的弦声。
> 他首先射向骡子和那些健跑的狗群,
> 然后把利箭对准人群不断放射。
> 焚化尸首的柴薪烧了一层又一层。[22]

在上文《战争》的摘录中，勒克莱齐奥描绘了如同《伊利亚特》"黑夜盖覆大地"般的末日场景。投币点唱机里的摇滚歌曲被作家比喻为"战争的音响""杀人的节奏"，机器将这种具有毁灭性的歌声"直射到时间""直抛向语言的尽头"，以致所有的年代号和词语都被"擦去""践踏"。法国当代思想家贾克·阿达利（Jacques Attali）曾在《噪音：音乐的政治经济学》（*Bruits: Essai sur l'économie politique de la musique*, 1977）一书中对以摇滚乐为代表的大众音乐嗤之以鼻，称它们为"消音的音乐"[23]——勒克莱齐奥在这一点上或许会认同阿达利的观点。

是什么让摇滚乐和摇滚一代的青少年如此具有攻击性？上文我们看到的来自现代消费社会的压迫是重要原因之一，除此之外，还有战后西方社会令人窒息的气氛，使追求自由的年轻人喘不过气来。就法国而言，让·弗朗索瓦·西里内利重点分析了20世纪上半叶持续不断的战争在法国土地上留下的深刻烙印：

> 第一次世界大战引发的构造性（tectonique）震动及其持续几十年的冲击波；1940年战败后陷入的黑暗的占领时期，以及它带来的永久创伤；从印度支那到阿尔及利亚的独立战争。此外，广岛和长崎的原子弹爆炸使人们对核威胁越来越恐惧。国际紧张局势并未在二战结束后得到缓解，反而雪上加霜。法国很快发现自己同时卷入了殖民地独立战争和冷战中。[24]

和其他"婴儿潮一代"的年轻人一样，勒克莱齐奥也深受战争的影响。首先是第二次世界大战。他曾在一次采访中坦言，战争是他一生中重要的经历之一。作家于1940年4月13日在法国尼斯（Nice）出生，并在那里度过整个童年。当德国军队抵达这座城市时，他与母亲、祖父母（他的父亲当时在尼日利亚）逃往尼斯郊外的小村庄，不远处有一个叫圣—马丁—维苏比（Saint-Martin-Vésubie）的犹太人聚居区。勒克莱齐奥在采访中回忆了他曾目睹的两次战争事件，第一件是非洲军团（Afrika Korps）向维苏比山谷浩浩荡荡的进军，第二件是德国对尼斯港的轰炸，这两个战争场景日后被他写进《流浪的星星》《乌拉尼亚》《饥饿间奏曲》等小说中。但在早期小说里，勒克莱齐奥更多书写的是法国青年的战后创伤，其中不仅来自第二次世界大战，还有1954年至1962年的阿尔及利亚独立战争。他的第一部小说《诉讼笔录》出版于阿尔及利亚战争的后一年，作家在小说序言中制造了一个谜团，称小说叙述的是一个不清楚是从军营还是精神病院出来的男子的故事。战后时期人的困惑和迷茫在小说中被表现得淋漓尽致，亚当·波洛在酒吧与三个美国水兵闲谈后陷入思考："重要的是战争结束后，应该知道做些什么。"小说故事发生在地中海沿岸的一个法国城市，与勒克莱齐奥的出生地尼斯极为相似。这座常常与阳光、沙滩和古希腊神话联系在一起的海滨小城却是作家的痛苦之乡，他将它描写成"有着棕榈树、洛可可建筑和粉墙高楼的地狱"。[25] 二战虽已结束，但紧随而来的美苏冷战和多地爆发的殖民地独立战争使法国民众仍生活在惶恐中，而广岛的原子弹爆炸（1945）、苏联的首次核爆破试验（1949）和古巴导弹危机（1962）无疑加剧了这种恐惧。《诉讼笔录》中，亚当·波洛与米雪儿的一段对话反映出五、六十年代笼罩世界的核威胁：

  人们都传了些什么？是不是会发生，噢，至少他们是不是觉得不久会爆发原子战争？
  原子？
  原子，对呀。

于是，被禁锢在消费社会和长期战争噩梦中的西方青年决定起身反抗。亚当波洛从学生作业簿上撕下一张纸，在纸正中写下一行字：在蚁群中遇难之诉讼笔录，我们或许也可以将勒克莱齐奥的第一部小说（甚至他的所有早期作品）看作是作家以及与他同时代的青年"蚁群"对世界的"诉讼笔录"。历史表明，20世纪中叶崛起的摇滚乐与当时在欧美国家轰轰烈烈的反抗、解放运动密不可分。那些1963年涌入《伙伴们，你们好》演唱会的法国青少年，正是五年后掀起"五月风暴"学生运动和大罢工的同一人群，这场运动最终导致法国国民议会的解散。而在与战争、权威、压迫对抗的持久战中，西方青年急于将自己和上一代人区分开来，自称为"新品种"，摇滚乐正好为这一群体编织出一个只属于他们自己的世界，在这个世界里，成年人尤其是他们的父母和老师都被看作"局外人"。查理·吉耶在《城市之声：摇滚的崛起》中分析了摇滚乐迷如何将他们所处的封闭式团体视为"部落"，并通过夸张醒目的装饰物和怪异的行为举止宣示"部落"特性。他们在摇滚歌手中寻找自己的"部落"领袖，比如《战争》《巨人》和《另一边的旅行》里都出现的鲍勃·迪伦，他在《风中飘荡》（Blowing in the Wind）中唱着"炮弹要飞多少次，才能将其永远禁止？"（How many times must the canon balls fly/Before they are forever banned）；在《布鲁斯之隐秘乡愁》（Subterranean Homesick Blues）中唱着："别去追随什么领袖了，瞅瞅停车计时器吧"（Don't follow leaders/Watch the parkin' meters）；在《时代在变化》（The Times They Are A-Changin'）中唱着："无论何处漫游，请快聚首。承认吧，周围洪水已经涨起"（Come gather'round people/Wherever you roam/And admit that the waters/Around you have grown）。在勒克莱齐奥的作品中，夜夜响起摇滚歌曲的夜总会往往被描绘成一个昏暗、神秘的场所，它在小说《战争》中被比作"秘密坟墓"或"庙宇"；在《另一边的旅行》中则被称为"洞穴"（caverne）——这也许不是巧合，披头士乐队在成名之前，曾每晚在利物浦的一家名叫"洞穴"（Cavern）的俱乐部演唱。

总之，勒克莱齐奥于20世纪六、七十年代发表的小说中充满了摇滚乐的气息，标志着与他同时代的法国年轻人反消费社会和反战的狂热情绪。与此同时，作为一名60年代开始文学生涯的作家，勒克莱齐奥受到当时的新小说派（le Nouveau Roman）、"潜在文学实验工场"（OULIPO）、"原样派"（Tel Quel）等激进文学团体的影响，试图颠覆19世纪巴尔扎克式小说传统，力求在文学上做出突破和革新。从这一角度看，他的小说中大量出现的摇滚乐也反映了作家对传统文学的反叛。在一次电视采访中，勒克莱齐奥曾称自己对传统语言和文学进行了"侵略性的决裂"，并称必须打碎原有的模式，新的语言才能"流淌"出来，这是一种"有声响"的语言。在本书的第三章,我们会详细看到勒克莱齐奥是如何创造(或者说再造)"有声响"的语言。这里需要强调的是,作家不仅致力于开创"新的语言",他还试图革新传统的文学体裁。克劳德·卡瓦利罗(Claude Cavallero)在《勒克莱齐奥文集》(Les Cahiers J.-M.G. Le Clézio)第五期《诗学冲动》(La Tentation poétique)的导言中指出,勒克莱齐奥的作品显示出"一种拒绝体裁束缚的创作多态性"。[26]《诉讼笔录》出版后不久,让·奥尼穆斯(Jean Onimus)曾评价这部小说为"绝对新颖的东西"。[27]《诉讼笔录》因叙事线索的模糊性和人物的不确定性与当时的新小说派风格虽有几分相似,但两者却有很多不同点。在合编《新小说家》(Les Nouveaux Romanciers)一书时,尼科尔·波托雷尔(Nicole Borthorel)、弗朗辛·杜卡斯特(Francine Dugast)和让·索拉瓦尔(Jean Thoraval)将勒克莱齐奥归在了"新小说边缘"的模糊地带。[28]的确,勒克莱齐奥在之后的作品中越来越多地展现出自己有别于其他先锋文学团体的独特性:《诉讼笔录》大获成功后,他相继出版了《发烧》《洪水》《物质狂喜》(L'Extase matérielle, 1967)《特拉阿玛塔》等作品,综合了小说、童话、日记、诗歌等体裁,这些传统的文学形式在勒克莱齐奥笔下彻底爆裂,这使他的作品有种"野性的新鲜感"(la fraîcheur sauvage)。[29]那些曾证实《诉讼笔录》与新小说紧密相连的研究者很快转变了观点:杰尔达·泽尔塔纳声称勒克莱齐奥作品最大的特点便是"可恶的无法归类"(scandaleusement inclassable)[30];米莉安·斯丹达·布洛斯也认为他的小说"同时拒绝了传统小说的标准和前卫派的信条"。[31]《逃之书》中,作家仍以"清单"书写方式,无不讽刺地罗列出我们熟知的传统小说类型:

嘟嘟囔囔的小说,跟老妪一样唠叨的小说。由无故事的人写的无历险的小说!像打弹子一样的小说……用第一人称书写、但作者远远躲在纸墙后的小说。心理小说、爱情小说、武侠小说、现实主义小说、系列小说、讽刺小说、侦探小说、科幻小说、新小说、诗体小说、随笔小说、小说式小说!

这段文字让我们想起上世纪 70 年代约翰·列侬和妻子小野洋子共同创作的反战歌曲《给和平一个机会》（Give Peace a chance）中的歌词："每个人都在谈论手袋主义、蓬乱主义、拖拉主义、癫狂主义、戏弄主义、紧随主义、这个主义、那个主义……"（Ev'rybody's talking about Bagism, Shagism, Dragism, Madism, Ragism, Tagism, This-ism, That-ism…）

综上所述，勒克莱齐奥早期创作所展露的攻击性，是对压抑的战后政治环境、令人失望的社会体系和沉甸甸的文学遗产的"激烈的自卫"，而作家的这种书写方式在 70 年代中期发生了变化。勒克莱齐奥结束了在南美印第安部落的四年生活（1970-1974），从墨西哥返回法国。1975 年，他发表小说《另一边的旅行》，虽然摇滚乐仍大量出现在小说中——娜嘉·娜嘉和她的朋友们没日没夜地听着披头士乐队、鲍勃·迪伦、平克·弗洛伊德乐队、感恩而死乐队（The Grateful Dead）——但此时它与其说是宣泄愤怒和叛逆的工具，不如说是通向梦想彼岸的重要媒介。与《战争》中"直射"出"战争的音响"的投币点唱机不同，《另一边的旅行》中的点唱机传出的哈尔孤松乐队（Hal Lone Pine）的《缅因海岸》（Coast of Maine）一阵阵地吹进娜嘉·娜嘉的耳朵，音乐变得空灵、安静，如风声穿过鸽子小屋。小说中的夜总会也不再是某个邪恶的地方，人们听着普罗可哈伦乐团的《我们之间太多了》（Too much between us）、平克·弗洛伊德乐队的《跷跷板》、感恩而死乐队的《蓝色铁路》，跟随音乐的节奏缓缓张开双臂。娜嘉·娜嘉独自站在舞厅中央跳着，旋转着，接着其他人纷纷加入，最后他们一起变成了海鸥，冲破舞厅的天花板，飞向城市的夜空。以下是整部小说最具诗意的场景：

> 突然，他们飞了起来，鸟儿们从岩石上振翅飞起，冲向天花板。它们飞得很高，穿梭在四盏蓝色大灯之间。音乐可能不再是音乐，平克·弗洛伊德乐队在唱《月之暗面》……音乐的速度加快了，又放慢了，鸟儿们飞翔着，在寻找出口，在等待娜嘉·娜嘉为它们指明通向自由的路，通向风的路，通向海的路。现在，舞厅里正放着《银色丝绸女王》、《女士，女士》、《星

际超速》,娜嘉·娜嘉从鸟群中挣脱出来,她穿过了天花板,直飞向天,在夜空中俯视着城市。其他鸟儿使劲跟着她,它们愤怒地扑闪自己的翅膀,它们也飞向了城市上空,在霓虹灯牌上,在塔尖上,成群结队地飞翔。

由此可见,《另一边的旅行》是勒克莱齐奥写作生涯的一个重要转折点。阅读上文时,我们能感觉到,作家的语言风格也开始发生变化。相比《诉讼笔录》《战争》《巨人》和《逃之书》,《另一边的旅行》的语句更长,波浪式的二拍、三拍节奏也显示出一定抒情性。此外,值得注意的是,摇滚乐在《另一边的旅行》之后的作品中渐渐消失,取而代之的则是爵士乐的大量出现。

第二节 后期小说与爵士乐

爵士乐极少出现在勒克莱齐奥的早期作品里。《诉讼笔录》中,亚当·波洛走进一家名叫"威士忌"的夜总会,那里放着科勒曼、珀克和布莱克的爵士唱片:

> 里面,气氛紧张,充斥着各种声响,灯光血红血红的,人们全在跳呀、叫呀。唱片播放的是科勒曼、切特·珀克和布莱克的音乐,节奏快速奔放。吧台后站着一位女人,朝他(亚当·波洛)俯过身子,跟他说了什么。亚当没有听清。她示意他靠近点。最后,亚当终于明白了几分意思,他朝她迈了一步,高声问道:
> "什么?"
> "我说——请您进来!"
> 亚当愣着,一动不动,没有想什么,也没有说什么,足足有十秒钟之久;他感到自己全身各个部位都被扯碎,摊在至少十平方米的地面上。这里,声

音嘈杂，纷乱……昏暗的空间，殷红的灯光，大腿和胯骨抽搐似的摆动，这两间毗连的厅堂，像马达一样发出隆隆的声响。人们仿佛猛地套上了一层钢盔铁甲，打个比方吧，就像钻进了摩托车的汽缸盖，囚禁在四面铁墙之中，里面，一股巨大的气体，稠密，强烈，就要爆炸，汽油，火花，火星，煤，一触即发……前冲后退，前冲后退，前冲后退：原来是热气。

亚当还喊叫着："不，我想……"

接着，他喊得更响："索尼娅·阿玛杜尼！"

"……索尼娅·阿玛杜尼！"

女郎答了一句，可由于亚当总是听不清楚，她耸耸肩……

勒克莱齐奥在此处提到了三位爵士音乐演奏家——欧奈特·科勒曼、查特·珀克和阿特·布莱克——他们分别代表了二十世纪五、六十年代的的爵士乐：冷爵士（Cool）、硬波普（Hard Bop）和自由爵士（Free Jazz）。和同时代的摇滚乐相同，那个时期的爵士乐节奏快而剧烈，音响强度达到"近乎狂喜和癫狂的状态"[32]。引文中前半部分描写的正是这些战后爵士乐的"紧张"的气氛和"快速奔放"的节奏，人们在"血红"的灯光下疯狂地"跳呀，叫呀"。夜总会里"充斥着"各种高分贝的声音，以至于亚当冲着吧台后的女人高声喊叫（"喊叫"一词在段落中多次出现），对方却听不见。与《战争》中投币点唱机段落传出的毁灭性摇滚乐相似，《诉讼笔录》中夜总会播放的爵士乐也成为了消音的音乐，它抹杀了人的思维和一切肢体行动：面对吧台后的女人，亚当"一动不动"，"没有想什么"，"也没有说什么"，他愣了"足足有十秒钟之久"，甚至感到全身的部位"被撕碎"，最后"摊在"这一片噪音和喧闹声中。

作为勒克莱齐奥的早期小说，《诉讼笔录》的语句大多是短小的、零碎的，如"这里，声音嘈杂，纷乱"，或"里面，一股巨大的气体，稠密，强烈，就要爆炸，汽油，火花，火星，煤，一触即发"，有着生硬铿锵的摇滚特色。然而，除此之外，这段文字还表现出一定地"爵士性"。与摇滚乐不同，爵士乐的曲式结构相对松散，尤其是文中提到的科勒曼所代表的自由爵士，演奏者不依照曲谱，而是最大限度地即兴发挥。段落中的"打个比方吧"体现了叙事的某种随意性，叙述者从客观描写突然转为与读者直接对话，这使讲故事的人从幕后走到了台前，好似爵士演奏家在表演之余与台下听众进行的小小互动。此外，段落的"爵士性"还体现在"热"这个词上，它几乎是爵士的代言词：20世纪20年代成立的爵士乐队，如杰利·罗尔莫顿（Jelly Roll Morton）的红辣椒（Red Hot Peppers）、路易·阿姆斯特朗（Louis Armstrong）的热力五人组（Hot Five）和七人组（Hot Seven）的名字中都带有"热"（hot）一词，为了点明爵士"火焰般的表现力"[33]，而文中出现的"爆炸""火花""火星""煤""热气"等词正好与之形成呼应。

由此可见，爵士乐偶尔出现在勒克莱齐奥的早期小说中。不过，《诉讼笔录》中嘈杂的爵士酒吧与高分贝播放摇滚乐的投币点唱机相同，仍标志着战后西方青年的焦躁、亢奋和反叛。我们不要忘记，摇滚、"垮掉的一代"（Beat Generation）和冷爵士都是同时代的产物。至于自由爵士，它更是与艺术、历史的共鸣和交汇达到了前所未有的程度，菲利普·卡尔勒（Philippe Carles）、安德烈·克莱杰（André Clergeat）和让—路易·柯莫利（Jean-Louis Comolli）在《爵士新辞典》（*Le nouveau dictionnaire du jazz*, 2011）中对自由爵士注释时强调："自由爵士不仅仅体现在风格上，它更体现在美学上、哲学上、政治上"。[34] 自由爵士反映出的西方青年的追求自由解放的迫切心情——"思想自由、身体自由、生产自由"[35]，与60年代在欧美国家兴起的性解放运动、黑人民权运动、"五月风暴"学生运动等政治热潮相呼应。因此，从这个角度看，勒克莱齐奥在早期作品中引用爵士乐，与摇滚乐具有相同的原因和意义。

80年代起，作家已不再选择冷爵士、硬波普或自由爵士这类的战后爵士乐，而开始频繁提及上世纪二、三十年代的爵士音乐家和歌手，如比莉·何莉黛、贝茜·史密斯、贝德贝克（Bix Beiderbecke）、贝西伯爵（Count Basie）、埃迪·康墩（Eddie Condon）、迪兹·吉莱斯皮等等。这个时期的爵士乐，以拉格泰姆（Ragtime）、新奥尔良爵士（New Orleans Jazz）和摇摆乐（Swing）为主，很大程度上仍专属于美国南部的黑人和克里奥尔移民，他们将非洲、欧洲和美洲的不同音乐特征融合在一起，催生出具有异域风情的、充满活力的新音响。因此，爵士乐在勒克莱齐奥的后期作品中有了新的寓意。它作为一种包容、吸收了多元文化的熔炉（melting-pot）音乐，大量地出现在作家以移民为题材的小说中，如《沙漠》《飙车》《奥尼恰》《金鱼》《流浪的星星》等。20世纪70年代起，勒克莱齐奥就将视线从本国的青年群体渐渐转向"游离于主流文明之外"[36]的异域文化和人群，这与他的毛里求斯家族史、南美印第安部落的生活经历和游牧般的旅行习惯有着密切关系。不过，勒克莱齐奥绝不是仅仅描写异国风情的作家，他更关心的是当今全球化环境下人口迁徙的现象，以及它带来的种族交融、文化冲击、移民身份困惑等问题。他围绕这些问题写下了多部移民题材小说：《沙漠》的一支故事线讲述了摩洛哥女孩拉拉（Lalla）逃离贫民窟生活和包办婚姻的命运，坐船前往法国马赛和巴黎的经历；《飙车》收录的短篇小说《偷渡客》（Le Passeur）讲述了一名叫米洛兹（Miloz）的南斯拉夫非法移民在尼斯郊外的建筑工地打黑工的故事；另一则短篇《逃犯》（L'Échappé）讲述了遭法国警察追捕的北非难民塔亚（Tayar）的命运；《奥尼恰》中，主人公樊当（Fintan）和他的母亲玛乌（Maou）坐船前往尼日利亚，在一个叫奥尼恰的河港小镇与樊当的父亲吉奥弗洛瓦（Geoffroy）重聚；《流浪的星星》中，犹太女孩艾斯苔尔和母亲逃离二战时期被德军占领的尼斯，坐船投奔即将成立的以色列。在勒克莱齐奥的其他非移民主题小说里，也不乏身为移民的重要小说人物，如《乌拉尼亚》中的墨西哥妓女莉莉（Lili）、《暴雨》中的海女后代俊娜（June）、《比特娜，在首尔的天空下》中的退伍警察周先生，以及《寻金者》《隔离》《变革》和《饥饿间奏曲》中以勒克莱齐奥家庭成员为原型的毛里求斯人。在这些小说里，爵士乐出现的频率越来越高，其中，最显著的例子莫过于1997年出版的小说《金鱼》，它称得上勒克莱齐奥最"爵士"的小说。

《金鱼》讲述的是非洲女孩莱拉颠沛流离的成长经历。莱拉来自摩洛哥南部的一个小村庄，6岁那年，她被拐卖到一名叫拉拉·阿斯玛（Lalla Asma）的犹太老妇人家。老妇人去世后，她坐船去欧洲，先后在巴黎、尼斯认识了来自海地的地铁歌手西蒙娜（Simone）和来自美国的酒吧歌手萨拉（Sara）。莱拉向她们学习唱歌，她选择模仿的歌曲是爵士乐女歌手妮娜·西蒙娜的《我的心上人头发是黑色的》《我对你施咒》（I put a spell on you）和比莉·何莉黛的《成熟女人》。之后，莱拉跟随萨拉到了美国，在酒吧做业余歌手。被一位音乐制作人看中后，她在录音棚里录制了第一张单曲唱片《在屋顶》（On the roof）。然而，正当她的音乐事业开始起步时，莱拉抛开一切，孤身回到非洲，回到她从前被拐卖的村庄。

在《金鱼》这部小说中，爵士乐几乎无处不在，且发挥了至关重要的作用。首先，《金鱼》是一部"音乐成长小说"(roman de la formation musicale)。[37] 在文章《勒克莱齐奥作品中的歌曲与音乐性》中，索菲·贝尔托齐梳理了莱拉不同阶段接受的不同音乐教育类型：她与音乐的初次接触是在养祖母拉拉·阿斯玛家偶尔听到的乌姆·卡尔苏姆（Oum Kalsoum）、萨伊德·达尔维奇（Said Darwich）、彼巴·姆斯卡（Hbiba Msika）、法依鲁茨（Fayrouz）等北非或南美女歌手的歌曲；当她出发去欧洲之后，莱拉夜夜守着收音机，如饥似渴地听着广播里传出的妮娜·西蒙娜、保罗·麦卡特尼（Paul McCartney）、赛门与葛芬柯(Simon & Garfunkel)和凯特·斯蒂文斯（Cat Stevens）的歌曲；到了巴黎，莱拉在定期举办的黑人聚会上接触到慢核（slow）、拉伊（raï）、雷鬼（raggae）等音乐类型。截止这里，莱拉听的音乐基本属于流行乐范畴，且种类繁杂，而在这之后，她逐渐确定了自己的音乐喜好：爵士乐，尤其是妮娜·西蒙娜和比莉·何莉黛的爵士歌曲。从声乐学习者到酒吧业余歌手，再到唱片公司的签约艺人，爵士是她选择的唯一音乐类型；即使当她突然解除合约，抛弃了职业歌手生涯时，她依然没有停止对爵士乐的喜爱。

从这个角度来看，《金鱼》的确可以被视为"音乐成长小说"，爵士乐对莱拉的影响和启示远远超越了音乐美学层面。雅克琳·杜东（Jacqueline Dutton）在文章《爵士之路与爵士之根：勒克莱齐奥＜金鱼＞中音乐的意义》中指出，爵士乐在小说中起到两个关键的作用——它引导莱拉走上音乐的道路（routes）；

同时，莱拉也通过爵士乐重新正视自己的非洲根源（roots）[38]——这能解释为何莱拉最后选择离开欧洲，回到自己的故乡。爵士乐是以美国黑人为主体的音乐，渗透着非洲母体文化，这或许是莱拉被爵士乐深深吸引的原因之一。当她在巴黎的地铁通道里第一次听到西蒙娜的歌声时，她感到浑身颤抖：

> 当我来到这条走廊通道，当我听到鼓声时，我浑身颤抖起来。这太神奇了。我无法抵抗它。我可能当初就是被这个音乐牵引着，渡过了大海和沙漠……"这是西蒙娜，她是海地人"，努努说。她的声音沉厚、活力满满、炙热，直抵我的内心深处，直到我的肚子。她唱歌时用的是克里奥语，夹杂一些非洲单词，她在唱回家的路，横渡大海，这是那些岛上的人死去时会做的。她站着唱，几乎不挪动身体；突然，她猛地原地转起圈来，双手击打着胯骨，她的宽大的长裙展开。她是那么美丽，我几乎要窒息。

从那以后，莱拉迷上了西蒙娜的歌声，这使她想起童年时在拉拉·阿斯玛的院子里听到的宣礼呼喊（muezzin），想起努努的舅公埃尔·哈吉（El Hadj）的故乡塞内加尔河，想起自己的祖先伊拉勒（Hilal）：

> 我们不再说话。妮娜独自蹲在那里，被长裙包裹着，晃动着上半身，弹奏着她的音乐，唱着她的非洲曲子，这些曲子直抵海的那一边。我模仿着她的动作，重复着她的乐句，甚至学习她眼睛的移动和手势。我不知道是怎么回事，仿佛一股磁力把我和她联系了在一起……我忘记了所有的事情，乌里娅、帕斯卡拉·玛丽卡、贝阿特里斯和雷蒙、玛丽-赫莲娜、努努、玛耶小姐和弗罗玛杰女士。所有这一切都渐渐掠过，慢慢消逝。接着一幅画面袭来，它将我吞没，那就是塞内加尔的大河、法勒美河口、红土切开的河岸，那是埃尔·哈吉的故乡，是西蒙娜的音乐带我去的地方。

因此，在《金鱼》中，爵士乐（尤其是西蒙娜的爵士乐）的第二个重要作用在于，它唤起了莱拉的寻根意识，这是她自我认知过程中非常关键的一步，也是她在故事最后不顾一切地返回非洲故乡的直接原因。除了《金鱼》之外，勒克莱齐奥的其他移民题材小说中的爵士乐也与思乡、返乡主题紧密相连：《流浪的星星》中，犹太女孩艾斯苔尔和她的母亲逃离法国，坐船去投奔新的家园——即将宣布成立的以色列，在西西里附近，在丹吉尔，爵士乐随着海风一阵阵地飘出来，这一切都远了，然后又回来了，比莉·何莉黛唱着《寂寞》和《成熟女人》。短篇小说《偷渡客》中，米洛兹打开收音机，听到一个美国黑女人正在唱歌，声音低沉，这使他开始思念自己的故乡，思念父亲和母亲，思念村子里的房屋，思念光秃秃的大山。

《金鱼》中，主人公莱拉的思乡之情日益增强。如果说她在出发去欧洲的前几天着了魔似地在本子上记下广播里听到的西方流行歌曲，这一切就像一场漫长的等待，那么当她登上驶向巴黎的火车的那一刻，她开始想到了故乡，她说："我不知道为什么，我第一次真正想到了我的故乡……"在这之后，返乡的念头反复出现：当好友乌里娅（Houriya）产下婴儿时，莱拉心想："可能是因为这个吧，我开始想念南方，想回到有阳光的地方。这样，阳光就能照在宝宝的皮肤上，她也不用再闻着这不见天日的街道的腐朽气味。"南方，对莱拉来说，是非洲，那里有太阳和热量，而西蒙娜的歌声在莱拉听来也是炙热的。当她在西蒙娜的公寓里学习爵士唱法时，她总会想起从前在客栈和"公主们"共同生活的时光；音乐课间隙，西蒙娜谈起她的故乡和祖先，莱拉仿佛听见了她自己父母的名字。

除了以上这些明确交代莱拉思念家乡的语句，小说中还出现了三件具体的物品，它们也与莱拉返乡的主题密切相关，且在文中反复出现，形成某种环形叙事结构。第一件物品是莱拉的新月形状耳环，它象征了主人公所属的部落——伊拉勒。当拉拉·阿斯玛为她戴上这对耳环时，莱拉仿佛听到了自己的名字；之后，莱拉向乌里娅提起这副耳环，她谈到拉拉·阿斯玛的儿媳妇佐哈（Zohra）是如何在老妇人死后抢走了所有的首饰，乌里娅详细询问了耳环的形状，并称她知道伊拉勒在哪儿,这些"新月族人"在群山的那一头,在一条干涸的大河旁。除了新月耳环之外,另两件反复出现的物品则是两本书:法属马提尼克文学创始者、"黑人性"思想(la négritude)奠基人艾梅·塞泽尔(Aimé Césaire)的诗集《返乡笔记》(*Cahier du retour au pays natal*)和殖民地黑人解放斗争代表人物弗朗兹·法农(Frantz Fanon)的论著《全世界受苦的人》(*Les Damnés de la terre*)。在西蒙娜唱完一首爵士歌曲后,莱拉忍不住背诵起塞泽尔的著名诗句:"该我了,我的舞蹈/我的坏黑人的舞蹈/该我了,我的舞蹈/舞蹈粉碎桎梏/舞蹈炸毁监牢/他-美-而-俊-黑人-是-合法的舞蹈";当她以社会考生(candidat libre)的身份参加法国高中会考(baccalauréat)的口试时,她坚持选择分析塞泽尔的诗歌,尽管它不在考试范围内。同样,《全世界受苦的人》作为莱拉的枕边书,也频繁地出现在小说中。莱拉在巴黎结识的塞内加尔朋友哈基姆(Hakim)带她参观非洲与大洋洲艺术博物馆[39]时递给她此书,并神秘兮兮地说:"读读这本,你会明白很多事。"《全世界受苦的人》于1961年11月底出版,是弗朗兹·法农的最后一部论著。这位发表过《黑人的生活体验》(*L'expérience vécue du Noir*, 1951)、《黑皮肤,白面具》(*Peau noire, masques blancs*, 1952)、《阿尔及利亚革命的第五年》(*L'An V de la révolution algérienne*, 1959)的法属马提尼克作家、精神病理学家终其一生与殖民主义作斗争,揭露并分析西方的长期殖民统治对非洲社会结构的影响,以及对非洲人民身心的摧残。对莱拉而言,如果说西蒙娜的爵士声乐课唤醒了她的黑人民族意识,那么塞泽尔的《返乡笔记》和法农的《全世界受苦的人》则使她坚定了自己作为黑人历史的使命。无论在法国巴黎、尼斯,还是在美国波士顿、芝加哥,莱拉始终带着法农的这本小册子,时不时翻读几页。但到故事最后,当她决定重返非洲时,莱拉把这本书送给了照料她的护士纳达(Nada),这个举动表明了主人公寻根之旅的结束。

然而,爵士乐不仅有非洲根源,它还是一个受到不同文化影响,后天形成的混合物。克雷格·莱特(Craig Wright)曾如此定义爵士乐:"黑人音乐复杂的节奏、敲击性的音响、扭曲的声乐风格与白人音乐方整的乐句、强大而规则的和声相融合，产生了一种有活力的新音响。"⁴⁰ 爵士乐的起源可以追溯到美国黑人的祖先——17世纪被贩卖到美洲大陆的黑人奴隶，他们在到达新大陆时必须经过一次文化"清洗"，同一家族或部落的成员被分散在奴隶市场上，他们被迫放弃母语、宗教信仰、甚至自己的名字，接受强加于他们的外来习俗。他们将接触到的新事物吸收进来，与自身的非洲传统相结合，重新创造出一种特有的文化。

因此，爵士乐是一种包容、吸收了不同地域文化影响的熔炉式音乐，它作为一种将非洲、欧洲和美洲的不同音乐特征融合在一起的新音响，暗示了《金鱼》中莱拉在非洲、欧洲和美洲受到的不同文化的熏陶，这就使音乐与小说在宏观主题上形成了对位的结构。小说中，莱拉和美国黑奴一样，经历了从自我迷失到自我重建的漫长过程。小说伊始，莱拉就表明自己是一个身份缺失的女孩，她不知道自己的父母是谁，家乡在哪里，她一遍遍地说："我从南方来，从很远的地方来，那个地方或许已经不存在了。"她甚至不知道自己姓名的真实，莱拉这个名字是收留她的犹太老妇人拉拉·阿斯玛为她起的。她最早的记忆是来自六岁那年被拐卖的经历，只有那条满是灰尘的路、黑色的鸟和口袋。而在这之前，什么都不存在。当她第一次见到西蒙娜时，她们同样不确定性的身份使两人一见如故：

> 她（西蒙娜）问我是谁，从哪里来。我不知道为什么，我和她说了实话，这些我从没和任何人说过，包括努努、玛丽-赫莲娜、哈基姆。我说我不知道自己是谁，也不知道从哪里来，一天夜里有人把我拐卖走了，当时我的耳朵上戴着一对新月形状的耳环。她看了我很长时间，她朝我微笑，我觉得她有些激动。她握着我的手——她的手很大，很热，富有力量。她对我说："你和我一样，莱拉。我们都不知道自己是谁。"

于是，没有身份或者说被剥夺身份的莱拉选择四处流浪，找寻自己的立身之地。她游历非洲、欧洲和美洲，所到城市或地区有梅拉（Mellah）、巴黎、尼斯、波士顿、芝加哥和圣贝纳迪诺（San Bernardino）；她碰见形形色色的不同种族、不同肤色的人，如拉拉·阿斯玛、客栈的"公主"们、巴黎让—布顿街的非洲和安的列斯非法移民、努努、哈基姆、西蒙娜、萨拉和纳达；她阅读左拉、加缪、雷蒙·格诺（Raymond Queneau）、桑德拉尔（Blaise Cendrars）、乌罗古姆（Yambo Ouologuem）、塔哈尔·本·杰伦（Tahar Ben Jelloun）、斯托夫人（Harriet Beecher Stowe）、阿加莎·克里斯蒂（Agatha Christie）、屠格涅夫（Tourgueniev）、尼采（Nietzsche）、戴维·休谟（David Hume）、约翰·洛克（John Locke），当然还包括弗朗兹·法农和艾梅·塞泽尔。莱拉丰富的生活阅历使她构建出了一个流变性的自我，雷蒙·姆巴西·阿泰巴（Raymond Mbassi Atéba）在《勒克莱齐奥作品中的身份与流变性：一种全球性诗学》（*Identité et fluidité dans l'œuvre de Jean-Marie Gustave Le Clézio : Une poétique de la mondialité*, 2008）一书中认为，与"根块身份"（identité-racine）相反，勒克莱齐奥笔下的许多人物的身份都是"流动"（fluide）的，受到了爱德华·格里桑（Édouard Glissant）所说的"混合文化"（cultures composites）的影响。[41] 阿泰巴还借用了吉尔·德勒兹（Gilles Deleuze）与菲力克斯·加塔利（Félix Guattari）的"根茎身份"概念（identité-rhizome），来解释勒克莱齐奥小说人物身份的去中心化和多元异质特征。当小说接近尾声时，莱拉照着镜子，她注意到自己的样貌发生了神奇的变化：

> 我只是试穿一些衣服，仅此而已。这是我变成其他人的方式，或者说变成我……接着，我套上黑色裤子、我的猩红色衬衫和我的贝雷帽，然后离开。我在找的，是我在镜子里的样子。它让我害怕，也让我着迷。这是我，这又不再是我……我的眼睛不再是我的眼睛，它们像是画出来的，长长的，弯弯的，像纳达的眼睛一样呈树叶的形状，像西蒙娜的眼睛一样呈火焰的形状。我的眼角和老塔卡蒂尔的很像，已经有细小的笑纹。我也有了深深的黑眼圈，就像等待临盆的乌利娅那样。

由此，我们看到，莱拉的身份构建完成了阿泰巴所说的，"从无所归属到归属一切"（de la désappartenance à l'appartenance à tous）[42] 的过程，她的流变性身份与爵士乐的熔炉特征形成明显的呼应。如果我们观察爵士乐的诞生地美国路易斯安那州的新奥尔良的历史和地理位置，就会发现，没有哪座城市能像新奥尔良那样为爵士乐所需的多元文化交融提供肥沃土壤。新奥尔良的法国与西班牙文化传统、它与非洲和加勒比海地区的联系，以及因处于密西西比河的枢纽位置而与美国各地保持密切交流的文化优势，使它成为一鼎熔炉，"坐落在美国社会这个更庞大的熔炉之中"。[43] 在新奥尔良这个非凡的多元文化生态圈里，种种活力四射的文化传统被迫近距离交流，从中涌现出爵士乐这样精彩的混合品。因此，爵士不仅是背井离乡之人的代言曲，它还是不同种族与文化融合、合作的象征，是一种"再创造"（re-création）[44] 的产物。小说《金鱼》最后，莱拉结束了她的流浪生活，在加利福尼亚的一间录音棚里，她唱了几首先前反复学唱的歌曲后，开始演唱自己原创歌曲《在屋顶》，这首歌汇聚了她生命中不同阶段的重要回忆，是对自己成长历程的一次回顾和提炼；莱拉在演唱中还产生了对美国黑奴劳作歌和田间哭嚎的联想，勒克莱齐奥在此处再次暗示了莱拉与他们之间的命运共鸣：

  我就像在鹬鹬之丘的房子里向西蒙娜学的那样，弯着腰在键盘上弹奏，为了听到音符低沉地滚动。我唱着妮娜·西蒙娜的《我对你施咒》《我的心上人头发是黑色的》。然后我唱了自己的曲子。我像砍甘蔗的工人一样吆喝，像拉拉·阿斯玛院子上空的雨燕一样鸣叫，像那些在种植园或海上的奴隶一样呼喊他们看不见的祖先。我给我的歌曲起名《在屋顶》，为了纪念加弗洛路和那段通向顶楼的消防梯。我的心跳得太快。为了给自己鼓气，我想起从前在塔布里克村庄常常听的吉埃玛，她的声音纯净、新奇，我把收音机贴在耳朵上，听她在"美国之音"丹吉尔频道上介绍卡特·斯蒂文斯。

  现在，经过了这么多年，我知道我想听什么了……现在，我唱着曲子，我不再害怕，我知道我是谁。就连我左耳后断裂的那根小骨头，也没什么要紧的了；就连那个黑色的口袋，那条白色的街道，那只厄运鸟嘶哑的叫声，也无所谓了。

《在屋顶》的创作和录制不仅是莱拉"音乐成长"的最后一步，它也代表了其自我建构的完成。"现在，我唱着曲子，我不再害怕，我知道我是谁。"莱拉的人生阅历填补了自己的身份空白，这使她找到了重回原点的勇气，直面生命最初痛苦、不幸的根源。《金鱼》的最后一章中，勒克莱齐奥向读者揭示了主人公的故乡，以及她被绑架的原因。这一段与小说第一页中主人公的自述"我从南方来，从很远的地方来，那个地方或许已经不存在了……对我来说，在这之前什么都不存在，只有那条满是灰尘的路，黑色的鸟和口袋。"遥相呼应，使小说展现出首尾相连的"圆形"叙事结构：

> 我不必走得更远了。现在，我知道我终于到达了旅行的终点……白花花得像盐的街道，一动不动的墙，乌鸦的叫声。这里就是我被拐卖的地方，事情发生在15年前，仿佛过去了很久很久。绑架我的是来自克里尤加部落的人，这个部落和我所属的伊拉勒族势不两立，为了水，为了井，他们实施了报复。

通过上文的分析，我们可以看出，爵士乐与《金鱼》在主题上始终保持着互文、互释的关系。爵士出现在莱拉人生轨迹的几乎每一个阶段，它的熔炉特征象征了莱拉身份的流变性，而它的非洲音乐传统又时刻提醒着主人公的"黑人性"，暗示了莱拉回到非洲的结局。除此之外，如果我们细读小说，就会发现，《金鱼》在语言风格上也与爵士乐有许多相近之处。首先，小说充满了与假想读者"您"直接对话的语句，如"就像我曾经说过，我不知道自己真实的姓名""我第一件要做的事，就像您想象的那样，是奔向那家客栈""我是如何完成剩下的旅行到了巴黎，这是我不能和您说的""在这一点上我不是很善良，我很同意您，但我什么也做不了""我很害怕这成了一桩新闻，如果您懂我想说什么""我们坐火车去尼斯，我说我们，但其实只有我一个人"，这些独白使整部小说具有浓厚的口语化色彩。小说的口语化现象盛行于 20 世纪二、三十年代，而这也是爵士乐蓬勃发展的时代。让—皮埃尔·马丁（Jean-Pierre Martin）在他的《有声作家群像：贝克特、塞林纳、杜拉斯、热内、佩雷克、盘热、格诺、萨洛特、萨特》（*La bande sonore : Beckett, Céline, Duras, Genet, Perec, Pinget, Queneau, Sarraute, Sartre*, 1998）一书中就指出，20 世纪初独白式的口语化小说的兴起与爵士乐的诞生密切相关，前者在后者的影响和启发下，"力图还原写作中的姿态、声音和身体"。[45] 马丁还认为，詹姆斯·乔伊斯（James Joyce）是第一个在小说中频繁使用内心独白的作家，特别是在小说《一个青年艺术家的画像》（*A Portrait of the Artist as a Young Man*, 1916）和《尤利西斯》（*Ulysses*, 1922），他将乔伊斯称为"夏尔·克罗和路易斯·阿姆斯特朗的私生子"。[46] 除了安插大量的内心独白，一些作家如海明威（Ernest Hemingway）、福克纳（William Faulkner），塞林纳（Louis-Ferdinand Céline）、格诺、吉奥诺（Jean Giono），拉缪（Charles-Ferdinand Ramuz）等还将日常通俗甚至粗俗的语言，比如塞林纳的《长夜行》（*Voyage au bout de la nuit*, 1932）用在文学创作中，他们的小说读起来"就像直接对着你的耳朵诉说"[47]一样。勒克莱齐奥就是一位很擅长运用日常通俗语言的作家，他在一次访谈中将其早期小说归为"咖啡馆时代"——年轻时期的他常与朋友在咖啡馆里聊天，并将他们的谈话内容进行记录和整合，最终提炼出口语化的书写语言。比如，在《诉讼笔录》中，主人公亚当·波洛走进一家酒馆，遇见了一名自称爵士音乐家的人，两人的对话以断句和重复为主，呈现出早期爵士拉格泰姆（Ragtime）式的切分节奏（syncope）；对话渐渐变成了自言自语，好似爵士乐队中各声部的即兴演奏：

"您还在从战，您？"

"不，不是从战。而是……服兵役，嗯，您也是，对不对？"

"不，我不，我服过了。（接着补充道）"我喜欢美国书，我很喜欢威格尔沃恩，蔡尔德，还有那位诗人罗宾逊·杰弗森，他写了《他玛》。我也很喜欢斯图亚特·恩格斯朗。您熟悉吗？"

"不。我是个搞音乐的——搞爵士乐。吹萨克斯中音。那一年我跟贺拉斯·帕朗及谢利·玛纳合作演奏过，还有罗密欧·彭克，他是吹笛子的。我跟约翰·厄德莱很熟悉，他棒极了，棒极了。"

《金鱼》中莱拉的独白也显示出很大的随意性，"可能是因为这个吧，我开始想到南方""我不知道为什么，我第一次真正想到了我的故乡"，这些同样使我们联想到爵士乐的即兴弹奏。即兴弹奏是爵士乐的主要特征之一，它允许演奏者在固定主题的基础上，根据自己的创造力和情绪（feelings），加进自己喜欢的旋律，使表演显得随意却不散乱。20世纪20年代，"国王"奥利弗（King Oliver）、路易斯·阿姆斯特朗、艾灵顿公爵（Duke Ellington）、本尼·古德曼（Benny Goodman）等当时最杰出的爵士音乐家就在他们的演奏中用到了即兴元素，但当时盛行的大乐队（Big Band）照谱演奏的方式还是大大限制了演奏者的创作自由。因此，在30年代出现了小型乐队排演（jam-sessions），这给予如查理·帕克（Charlie Parker）这样的爵士乐独奏家更多自由发挥的空间。勒克莱齐奥在《诉讼笔录》中就将爵士结构的稳定性与即兴的不稳定性相结合，运用到小说叙事中。《诉讼笔录》的第一章节主要描述的是亚当·波洛坐在窗前给米雪尔写信的场景，文中五次出现了书信抬头"我亲爱的米雪尔"：

1. 亚当连衬衣的扣子也没扣，从毯子间拿出一个黄色的笔记本，像学生作业簿那样大小，本子的首页写着抬头，像是一封信的格式：
我亲爱的米雪尔：

2. 他打开膝盖上的笔记本，翻了翻本子里写得密密麻麻的纸张，片刻，从口袋里掏出一支圆珠笔，念了起来：
我亲爱的米雪尔：

3. 他重新朝笔记本俯下身子，太阳穴上的青筋鼓鼓的，蛋形的脑壳上披着浓密的头发，任凭太阳猛烈照射；这一次，他写道：

我亲爱的米雪尔：

4. 他打开了黄色的笔记本，首页上写着抬头，像是一封信的格式：

我亲爱的米雪尔：

5. 他动笔给米雪尔写道：

我亲爱的米雪尔：

在这一段中，"我亲爱的米雪尔"就像爵士乐中反复出现的重叠乐句（riff），而作家多次打断亚当写信的过程，并插入大量与写信主题无关的行为或心理活动，比如亚当天马行空般的想象"确实，渐渐地，他终于重新拼凑出一个充满孩提时代那种种恐惧的世界……"，或者日常生活的片段，如吹塑料芦笛、看飞蛾扑火，甚至大段对窗外风景的描绘"山丘顺势而下，坡道不算陡，也不算缓……"。如果将这一章节比作一首爵士乐曲，那么书信的抬头"我亲爱的米雪尔"就是不断重复的固定主题乐句，每一次的题外话则如爵士演奏家的即兴弹奏，最终总会回归到写信这个主题上。这使得这一章节如爵士乐一般，有着精确的放纵和有控制的混乱，在自由灵动的旋律中仍保持着整体的连贯性和流畅性。

然而，在《金鱼》中，我们看到了爵士乐的另一种更为"激进"的即兴元素：

但我不唱那些歌词，我只发一些声音，不只用我的嘴唇和喉咙，那些声音来自更深处，从我的肺部和腹部发出……我唱着：巴布里布，巴贝咯啦里，啦里啦咯啦……

小说中，莱拉在学唱妮娜·西蒙娜和比莉·何莉黛的歌曲时，常常只哼唱零散的音节。这种用爵士风格演唱无词义的一些音节的形式被称为"斯卡特唱法"（scat-singing），路易斯·阿姆斯特朗在他的歌曲《Heebie Jeebies》中首次用到这个技巧，据说这是他忘了歌词时临时填补的拟声词。在《金鱼》中，我们还在其他两处地方发现了斯卡特唱法：在通往巴黎的火车上，莱拉听到吉普赛人在过道上边弹边唱，"他同时弹着、说着、唱着，更确切地说，他用舌头哼着一些词，嘟嘟哝哝，哼，啊哼，鼾，就像这样。"到了巴黎，莱拉在杰维洛街（Javelot）地下车库的黑人派对中再一次听到这种唱法："努努打起鼓来，哈基姆也开始摆弄他的桑扎，大家唱着，只发出一些声音，啊，欧，哎欧，哎哎，啊哎，呀欧，呀，轻轻地。"除了《金鱼》之外，斯卡特唱法还出现在勒克莱齐奥的其他小说：《春天》中，主人公萨巴（Saba）走在空无一人的城市，嘴里时而唱着"一颗土豆，两颗土豆"，时而哼着"哇嘟哇嘟，辛邦巴豆嘟，辛邦巴豆嘟，哔哔哔哔，哔哔哔，斯卡提欧，斯卡提欧耶！"在《没有身份的女孩》中，拉歇尔哼着园丁亚奥（Yao）的小曲，没有歌词，只有"嗯……呜……呜……嗯……"

勒克莱齐奥为何要在作品中穿插如此多的即兴元素？要回答这个问题，我们首先需要明白爵士即兴演奏的初衷，以及它的意义。菲利普·卡尔勒、安德烈·克莱杰和让·路易·柯莫利在《爵士新辞典》中将即兴弹奏大受欢迎的原因归为其"欢乐的趣味性"（joyeux ludisme）[48]，总之，即兴即快乐。在上述例子中，我们会发现，斯卡特唱法只出现在小说人物感到真正快乐的时候：莱拉与西蒙娜的声乐课、火车上吉普赛人的临时表演、杰维洛街的黑人派对，现有的语言不足以表达内心的欣喜，因此他们丢掉唱词，直接哼唱起音节。事实上，人类创造或演绎音乐的重要原因之一，便是抒发词语无法胜任的情感。在西方，远在爵士乐诞生之前，人们已在中世纪的格里高利圣咏中欢唱内心的喜悦（jubilation）：

向主歌唱一首新的赞美诗；为了主，欢乐地歌唱……什么是欢乐地歌唱？
是领会，但无法用词语表达内心所唱之事。那些无论是在大丰收时，还是其

他任何工作完成时歌唱的人们,他们心中充满了那样的喜悦,没有语言能够表达,于是他们抛弃语言,投向喜悦之乐。⁴⁹

然而,和格里高利圣咏的喜悦不同的是,爵士乐中的欢乐混合了笑声和泪水,因为爵士歌手不会忘记他们的祖辈曾经历的奴隶制、贫穷、种族隔离和其他苦难。因此,爵士是一种集快乐与痛苦于一身的音乐。小说《金鱼》中,莱拉能够忍受通向法国的漫长旅途中的饥饿与寒冷,因为她在吉普赛人的音乐中获得新的力量;到了巴黎,莱拉和其他来自瓜德罗普、安的列斯和非洲的非法移民一起住在没有暖气的公寓里,她的"开心时刻"便是定期举行的黑人派对,那里有人吹着爵士小曲。这些西方社会的"边缘人"经受了长途跋涉的辛劳、居无定所的窘迫,以及来自白人的欺凌侮辱,但他们选择咽下泪水,用足够多的笑声使这些苦痛变得可以忍受。这让我们想起法国作家拉伯雷(François Rabelais)在《巨人传》(*Gargantua*)中写道的:"哭不如笑好,因为只有人类才会笑。"⁵⁰

然而,爵士的即兴演奏更为重要的意义,在于它的自由精神。正因如此,爵士乐也常常被视为人权与政治自由的象征。我们已看到自由爵士和摇滚乐与西方六十年代兴起的女权运动、性解放、黑人政治运动、"五月风暴"学生革命之间的关联性;在第二次世界大战期间,爵士吉他手姜戈·莱因哈特(Django Reinhardt)的歌曲《云端》(*Nuages*)成为了法国人民反抗德国纳粹的革命歌曲,夏尔·德罗内(Charles Delaunay)经营的"法国爵士俱乐部"(Hot Club de France)还在二战时期参与了对抗德军的间谍活动。勒克莱齐奥显然也很看重爵士的自由寓意。2009年,他在杂志上公开发表了一篇题为《论布鲁斯和爵士中对自由的渴求与呼唤》(*La liberté, comme une supplique, comme un appel dans la voix du blues et du jazz*)的文章,这篇文章还显示出作家渊博的爵士知识:

在回响着布鲁斯的甘蔗、棉花种植园,在升腾着爵士的布朗克斯、哈莱姆区,在阿姆斯特朗、科特兰、明格斯、蒙克和科勒曼的演奏中,在贝西·史密斯、比莉·何莉黛、艾拉·费兹杰拉、妮娜·西蒙娜的歌声里，在大比利布隆奇、约翰·李·胡克、吉米·里德、穆迪·沃特斯、雷·查尔斯的嗓音里……唯有暴力、爱和温情的气息，它存在于霍阿和阿斯特鲁德·吉巴托演唱的波萨诺瓦节奏《伊帕内玛女孩》中，在迈尔斯·戴维斯吹奏的《巧克力片》里。忍耐、抵抗的气息存在于北非尼阿瓦斯人令人眩晕的节奏中，它也在达尼埃尔·瓦霍的马洛亚音乐里，在鼓沃卡音乐里，在特立尼达铁鼓伴奏的卡利普索音乐里，在毛里求斯人蒂菲尔的拉瓦纳鼓和马拉瓦纳吉他声中，在查利兹娅歌唱的流亡的查戈斯人中，在波多黎各的雷基顿中，在死在路易港监狱的卡亚的塞鬼音乐中，在布朗克斯和东洛杉矶的嘻哈乐中，

什么都没有，唯有自由。[51]

《金鱼》中，爵士的自由精神与莱拉的性格一拍即合。莱拉从小就是一个无法适应任何形式纪律的，只追寻自己的意愿的女孩，她在收留她的拉拉·阿斯玛死后，逃到一家客栈和被称为"公主"的妓女们住在一起，这是莱拉一生中难得的自由时光。她在客栈与一位名叫乌里娅的女子结为好友，之后两人一起偷渡去了法国。乌里娅这个名字还出现在勒克莱齐奥的短篇小说《逃犯》中，它在阿拉伯语里意为"自由"。在客栈的那段日子里，莱拉曾被女主人娅米拉女士（Jamila）送去寄宿学校，但莱拉立刻表现出对学校针线活和道德课的抗拒，她说道："我在罗丝小姐那儿没学什么东西，但我学会了欣赏我的自由。我对自己承诺，将来不管怎样，我都不会被夺走那份自由。"之后，莱拉被拉拉·阿斯玛的儿媳妇佐哈抓走，被软禁在家中，莱拉想靠摄影师德拉海耶先生（Delahaye）帮助她逃脱，但发现后者是一个恋童癖患者。当他借故给莱拉拍照而关起房门时，莱拉立刻感到一阵恶心，差点喘不过气来。

于是，莱拉抱着对自由的渴望逃离了佐哈家，甚至逃离非洲。但在地中海的另一边，一切并没有什么好转。莱拉在巴黎的街道，周围到处有男人把她当作妓

女，尾随她，靠近她。渐渐地，莱拉学会在这座危险的城市如何不被人注意：

> 我远远地就能识别出那些小流氓，他们三五成群，在街上，在伊弗利那里，或者在贞德广场那边。一看到有个小团伙，我就会穿过马路，在汽车间穿行，消失在街的另一边。我那么快，那么灵活，没有人能够跟上我。有时，我觉得这里仿佛是丛林，或是沙漠；那些街道是河流，那些铺满岩石的漩涡般的大河，而我从一块岩石跳到另一块，跳着舞。

看到这里，我们也就明白了为何勒克莱齐奥将小说取名为《金鱼》，因为莱拉正是那条拼命躲闪着鱼钩和渔网的小金鱼。她的生存困境不仅来自贫穷和文化隔阂，还有作为女性在当时充满犯罪、暴力和情色的社会中的弱势地位，这也是勒克莱齐奥在作品中常常写到的问题。早在《诉讼笔录》中，作家就试图为遭受性侵却被迫保持沉默的女性发声：

> "去了，我去了警察局。"米雪尔说。这有点不可信。
> "你知道你所做的是什么吗？……我是想说，这会引起什么后果吗？"
> "知道。"
> 亚当又重复了一遍：
> "那么？"
> "那么，没什么……"
> "怎么，没什么？他们说了些什么？"
> 米雪尔摇摇头。
> "他们什么也没说。我不会告诉你的，算了。"
> "就我所知，我在报上什么也没见到。"
> "报纸有别的东西要登，不是吗？"
> "那么，你为什么要上警察局？"

"我当时想——我记不清了,我当时想你该让人收拾一顿。"

"那现在呢?"

米雪尔手一摆,呈抛物线状,大概是表示不愿说。

亚当装着不肯罢休。

"现在呢?"

她嗓门提高了几分:

"现在,都已经完了,还能有什么好纠缠的?"

小说中,勒克莱齐奥通过米雪尔的遭遇,以及她和亚当·波洛这段对话,谴责男性主导的社会对女性的伤害和漠视。需要特别补充的是,作家本人在上世纪60年代末赴泰国服兵役时,就因向报社揭露当地的儿童卖淫现象而遭到驱逐。虽然两性平等问题不是勒克莱齐奥早期作品的主要议题,但我们还是能在《诉讼笔录》《战争》等小说中看到作家对物化女性、消费女性等社会现象充满讽刺的描写。例如,《诉讼笔录》中的旋转展示架上摆放着画着同一个女人的带情色意味的明信片:

年轻的女郎跪在一片卵石海滩上,笑得很开心。她正用右手在解比基尼游泳裤的搭扣,露出了髋部的一角,圆滚滚的,晒得黝黑。她用另一只手遮着乳房的顶部。为了让人彻底看明白她胸部无遮无掩,她身旁扔着胸罩。而为了让人看懂这是一副胸罩,又将它摊放在沙砾上,胸罩兜朝向天空……

又如,《战争》中的淫秽报刊杂志里充斥着坦胸露乳的女人,钻着脐洞的白肚皮,臀部,大腿,长满鸡眼的脚,男人们躲在肮脏的老店铺里,站在阴暗的过道里翻阅着这些杂志。如果说女性在勒克莱齐奥的早期小说中尚处在相对边缘的位置,那她们在80年代后的移民题材小说里占据中心,这些小说几乎全部以女性为主人公——《沙漠》中的拉拉、《奥尼恰》中的玛乌、《流浪的星星》

中的艾斯苔尔、《金鱼》中的莱拉、《饥饿间奏曲》中的艾黛尔、《暴雨》中的俊娜和拉歇尔、《比特娜，在首尔的天空下》中的比特娜（Bitna）……与此同时，作家在这些小说中提到爵士乐时，几乎无一例外引用的是爵士女歌手，这并非巧合。爵士乐与勒克莱齐奥的移民小说不仅在文化交融、身份建构主题上产生共鸣，在反映两性不平等的问题上也高度契合。据说，"爵士"这一名词来自美国新奥尔良的红灯区，那里的妓女在当时被称为"爵士贝拉"（jazz-belles），意为"爵士美人"[52]；另一种说法则是，"爵士"一词由"jasm"演变而来，后者原指精液，这也赋予了爵士乐某种阳刚之气。艾当·拜恩（Aidam Byrne）和尼科拉·阿兰（Nicolas Allen）在文章《论杰基·凯的＜喇叭＞、吉姆·克雷斯的＜后续的一切＞和艾伦·普拉特的＜贝德贝克三部曲＞中的男性气概和爵士》（Masculinity and Jazz in Jackie Kay's Trumpet, Jim Crace's All That Follows, and Alan Plater's The Beiderbecke Trilogy）中指出，爵士基本上就是"老男人的音乐"（the music of old men）[53]。爵士乐历史上最著名的女歌手——玛米·史密斯（Mamie Smith）、阿尔伯达·亨特（Alberta Hunter）、埃塞尔·沃特斯（Ethel Waters）、莎拉·马丁（Sarah Martin）、贝西·史密斯，以及后来的"爵士声乐四天后"比莉·何莉黛、艾拉·菲兹杰拉德（Ella Fitzgerald）、莎拉·沃恩（Sarah Vaughan）和黛娜·华盛顿（Dinah Washington），都无一例外地终其一生与男性主导的音乐环境抗争。弗兰克·贝尔杰罗（Franck Bergerot）在《爵士全方位》（*Le jazz dans tous ses états*）中记述到，爵士女歌手常常因被当作头脑简单的性感尤物而不得不忍受乐团里男性成员的轻视：

> 在那些大型俱乐部，她（爵士女歌手）通常站在舞台前方，以便更好地吸引观众的眼球，这使她变得和女舞者一样。在这种极具性别歧视的大环境里，她必须靠自己杰出的音乐素养来获得乐手们的尊重。[54]

很显然，勒克莱齐奥在这些爵士女歌手身上找到了其小说女性角色的原型，这些在小说里被抢夺、被侵犯、被抛弃、被背叛、被虐待的女性人物与她们崇拜的爵士女歌手之间产生了命运共鸣。例如，我们在《金鱼》的莱拉身上就能看到比莉·何莉黛的身影，她们有许多相同的人生经历（领养、卖身、性侵、无果的爱情等等）。如果说勒克莱齐奥笔下的女主人公大多是以受害者的身份出场，那么比莉·何莉黛无疑是她们的代言人，1935年，艾灵顿公爵在制作一部题为《黑色交响曲：黑人生活狂想》（*Symphony in Black : A Rapsody of Negro Life*）的电影时，曾邀请比莉·何莉黛扮演片中的一位受害者，认为她身上有那种"不走运的，会被人欺骗的，会遭爱人移情别恋的"[55]气质。的确，爱情的苦楚正是比莉·何莉黛歌曲的一大主题，在小说《奥尼恰》中，母亲玛乌坐船去尼日利亚寻找自己的丈夫，船舱一角的电唱机里，何莉黛慵懒地唱着《成熟女人》："不，成熟女人啊，我知道，你想念失去已久的爱；而无人在旁时，你会哭泣"。

因此，以莱拉为例的勒克莱齐奥后期小说的主人公和比莉·何莉黛一样，遭受着种族与性别的双重歧视。1939年，比莉·何莉黛发行了她著名的爵士歌曲之一《奇异果实》（Strange Fruit），控诉美国南方对黑人处以私刑并将尸体吊挂在树上的残暴行径——"南方的树上结着奇异的果实，血红的叶，血红的根，黑色的尸体随风飘荡"（Southern trees bearin' strange fruit/Blood on the leaves and blood at the roots/Black bodies swinging in the southern breeze）。《金鱼》中，莱拉被一个水果商贩逮住，后者扯着她的头发喊道："小黑妞，你个小偷！我倒要让你看看我是怎么对付你们这种人的！"在波士顿，每当莱拉去见萨拉的朋友时，她必须像个"真正的黑人"，来逗乐周围的美国人：

> 萨拉很喜欢把我展示给她的朋友们。她喜欢把我打扮得和她一样，穿着黑色紧身裤、黑色衬衫、戴贝雷帽，或者把我的头发编成一条条小发辫……她为我感到骄傲，说我和谁都不像，说我是个真正的非洲人。这也是她这么和她的朋友们说的："这是玛丽玛，她从非洲来的。"那些人发出"啊！"或"欧！"，他们问些愚蠢的问题，比如"那边你们说什么语言？"我就回

答:"那边吗?我们那边不说话的啊。"一开始,我配合地玩着萨拉的游戏,但后来我对他们的问题,他们的眼神,他们的无知感到无聊了。

强加于莱拉的黑人刻板印象(stéréotype)使我们想起19世纪中叶在美国盛行的黑人舞台表演(ministrel show),白人演员将自己装扮成"典型"的"黑人模样"——厚厚的嘴唇,笨拙的姿势,乖孩子般的天真,做出滑稽的动作来逗笑台下的观众。而对于黑人歌手或演员,人们由于过分关注他/她的肤色而常常忽视其才华。一次爵士音乐会上,比莉·何莉黛的演唱屡次被打断,原因是观众对她的肤色提出抗议,认为她"不够黑"[56],这使得她不得不暂停演出,到后台去涂了一层厚厚地深色粉底再重新登场。在法国,黑人爵士音乐家的处境依旧得不到改善。爵士乐于上世纪20年代进入法国,最先受到法国知识分子和艺术家的追捧,但他们大多是出于对"黑人艺术"的猎奇心理。雅尼克·赛义德(Yannick Séité)在《爵士与文学》(*Le jazz, à la lettre : La littérature et le jazz*, 2010)中就指出,该时期的法国作家如保罗·莫朗(Paul Morand)、让·科克多(Jean Cocteau)、菲利浦·苏波(Philippe Soupault)、米歇尔·雷利斯(Michel Leiris)、布雷斯·桑德拉尔(Blaise Cendrars)等,他们关注的并非爵士乐,而是从事爵士乐的黑人。[57] 弗朗索瓦莫里亚克(François Mauriac)在小说《爱的荒漠》(*Le Désert de l'amour*, 1925)中描写一名爵士演奏家时,特意补充这是一个"黑白混血的人"[58];而在萨特(Jean-Paul Sartre)小说《恶心》(*La Nausée*, 1938)中,咖啡馆一角的留声机传出了一个"黑女人"[59]的爵士歌曲《这些日子》(Some of these days)。

由此,我们可以得出结论,爵士乐在《金鱼》等勒克莱齐奥的移民题材小说中有着多维度的意义:它的熔炉特性象征了这些远漂移民的流变性身份;它的非洲母体文化暗示了他们的寻根情结;而以比莉·何莉黛和妮娜·西蒙娜为代表的黑人爵士女歌手的音乐又体现了莱拉等女性人物遭受的来自种族和性别歧视的双重压迫。《金鱼》中,当莱拉第一次进入法国尼斯的一间酒吧听萨拉的演唱时,她被门口的一座雕像深深吸引住，那座雕像展现的是一个青铜做的高大女人正拼命地从两块巨大的混凝土里挣开的场景。在所有听过的音乐类型里，莱拉最终选择了爵士乐，或许是因为她在爵士的即兴演奏中听到了对自由的渴望。最后，让我们不要忘记她最爱的书——弗朗兹·法农的《全世界受苦的人》，它讲述的正是殖民统治下非洲人民对自由的梦想和斗争：

> 我梦想我能跳跃，我能游泳，我能奔跑，我能攀爬。我梦想我能爆发出笑声，我能一脚跨过河流；当我被一群车子追赶时，没人抓得住我……60

摇滚乐与爵士乐，勒克莱齐奥在小说中引用的这两种流行音乐和其笔下小说人物的生存困境息息相关：战后创伤、核威胁、消费社会、全球化移（难）民潮、种族歧视、性别歧视，这使他的小说自始至终具有很强的现实意义。然而，受到摇滚、爵士不同曲风特点的影响，勒克莱齐奥的早期和后期小说呈现出两种不同的语言风格：摇滚乐占主导的早期小说语句短小急促、节奏强劲，具有摇滚生硬的美学特征；而爵士乐出现频率较高的后期小说语言则出现一定的爵士布鲁斯风格，句子变得更长、更抒情，与摇滚粗犷的R&B曲风形成鲜明的对比。布鲁斯（又称蓝调）是爵士乐的前身，是起源于19世纪八、九十年代美国南部黑奴的一种田间悲歌，用于宣泄痛苦，宽慰忧郁的灵魂。布鲁斯歌手为了逃脱被奴役的命运，带上他心爱的吉他远走他方。这一群体往往身有残疾（双目失明居多），无法适应新的环境，因而被社会边缘化。在丛林般的大城市里，他有时不得不用刀子为自己打下一片天地，而当他拿起心爱的吉他时，他会在歌里倾诉自己遭遇的一切。

当我们阅读小说《金鱼》中莱拉的独白时，就像在听一首低声吟唱的蓝调歌曲：莱拉好似一名黑人女歌手，如小说中反复提及的妮娜·西蒙娜或比莉·何莉黛那样，独自一人站在舞台上，对着麦克风，对着台下的听众，轻轻地演唱，诉说着自己的故事。事实上，比莉·何莉黛的许多歌曲的确有着布鲁斯哀叹的声乐风格,歌曲中缓慢、匀称的4/4拍节奏,给人以摇摆的律动感,这使何莉黛成为爵士摇摆乐的领军人物。日本作家(同时也是爵士爱好者)村上春树就曾在随笔《爵士乐群英谱》(1998)中评价何莉黛的音乐为"世界随着她的摇摆而摇摆"[61]。摇摆乐是流行于20世纪三、四十年代,是由大型乐队演奏的爵士乐类型,它不同于20年代的拉格泰姆或新奥尔良爵士乐那样有着尖锐、粗犷的切分音,而代之以温和、匀称的4/4拍节奏,给人以摇摆或上下起伏的律动感,摇摆节奏也渐渐成为爵士乐必不可少的特征,一些爵士演奏家甚至认为,20年代的爵士乐称不上是真正意义的爵士乐,因为它们还未摇摆起来。在《金鱼》中,勒克莱齐奥大量运用舒缓的4/4拍节奏,使整部小说就如一首何莉黛的爵士歌曲:

> 我的手指在琴键上滑动着,我又找到了和弦、曲调。我弹奏着比莉……那些互相拉扯的,纷纷坠落的乐章。我想到什么就弹奏什么,没有顺序,没有停歇……现在,我听见了音乐,不是用我的耳朵,而是用我的整个身体。一次将我包围的颤抖,滑动在我的皮肤上,它使我疼痛,直到神经,直到骨头。那些听不见的声音在我的指间升腾,它们和我的血液、和我的呼吸混在一起,它们和留在我脸颊、背脊的汗水混在一起。

在这一段落中,我们发现,与《战争》或《巨人》中短小生硬的词句相比,《金鱼》的语句较长,尖锐粗犷的敲击性节奏在此处被平缓流畅的摇摆节奏所代替,"我想到什么/就弹奏什么""没有顺序/没有停歇""不是用我的耳朵/而是用我的整个身体""它们和我的血液/和我的呼吸混在一起/它们和留在我脸颊、背脊的汗水混在一起"——使读者不由地左右摇摆起来,与勒克莱齐奥早期的摇滚风格小说形成了强烈的反差。

除了《金鱼》之外,爵士的摇摆节奏还出现在作家其他移民题材的小说里,且常常与海浪的起伏联系在一起。《奥尼恰》中,樊当跟随母亲玛乌坐船去非洲寻找父亲，他躺在船舱里，感到长浪缓慢的波动扼紧了他的胸口和脑袋，他的双臂紧紧贴着身体，髋部随着波动而摇摆；他靠在床铺上，静听玛乌的呼吸，静听大海的喘息；他们的旅行是那么悠长、缓慢。船舱一角的电唱机里，比莉·何莉黛慵懒地唱着《成熟女人》，暗示了母亲玛乌对父亲的思念之苦。在小说的前半部分，勒克莱齐奥使用"慢""静""长"的字眼和4/4拍节奏的语句，并结合比莉何莉黛这首具有明显摇摆风格的歌曲《成熟女人》，营造出海上旅行的漫长、舒缓、且略带伤感的气氛。在《流浪的星星》中，艾斯苔尔在通往以色列的船上，伴随着海风听着爵士乐一阵阵地飘出来，这一切都远了，然后又回来了，比莉·何莉黛唱着《寂寞》和《成熟女人》。在《没有身份的女孩》中，拉歇尔跟随家人在战乱中从非洲逃亡到法国，她在陌生的巴黎街道漫无目的地行走，没有过去，没有未来，现实如水流般托着她，漂到这里或那里，她的耳边回响起阿瑞莎·弗兰克林和贝西·史密斯的歌声。

其实，在笔者之前，已有勒克莱齐奥的研究者注意到作家的语言演变，称他的文笔从早期"轰炸式的咄咄逼人"（saturation）到后期"符咒般的喃喃自语"（incantation）[62]，从"锋芒"到"遁逸"[63]，显得"平静了许多"（apaisée）[64]。笔者在这里想补充的是，勒克莱齐奥作品的历时性变化，与其作品中的流行音乐息息相关。作家在更换音乐类型的同时，他的创作主题和语言风格也相应发生了转变。从早期的R&B风格到后期的摇摆节奏，我们会发现，告别了青年时代的愤怒和反叛，步入中年的勒克莱齐奥在后期创作中流露的情感更克制，却更有深度，和爵士乐一样耐人寻味。他笔下的爵士爱好者在面对移民生活的艰辛和窘迫时，并没有选择哭嚎或嘶吼，而是在摇摆中慢慢抒发自己的伤愁，遭受了生活重创的他们，最后在音乐中学会了宽恕，学会了与命运讲和。在《金鱼》中，勒克莱齐奥四次写到莱拉对童年时被拐卖的经历的记忆，我们能在前两段文字中感受到她的恐惧和愤怒：

  这像是一场梦，一场遥远的、可怕的噩梦……白得像盐的街道，空荡荡的，满是灰尘，天空很蓝，有只黑色的鸟尖声叫着。突然，男人的手把我扔进大口袋，让我窒息。

一切像在重演，我被吓得不能动弹。我看见那白色街道和太阳渐渐消失。我在小卡车里蜷成一团，膝盖抵着肚子，双手捂着耳朵，眼睛紧闭，我又在那个黑色的大口袋里了。

而后两段描写中，句子变得更长，更抒情。这说明莱拉已克服了她的恐惧，能够直面最令她痛苦的人生起点：

我不再害怕那条白色的街道和鸟的尖叫声，已经没有人再把我扔进口袋，已经没有人再打我了。

现在，我知道我终于到达了旅行的终点……白花花得像盐的街道，一动不动的墙，乌鸦的叫声。这里就是我被拐卖的地方，事情发生在15年前，仿佛过去了很久很久……在这里，当我把手放在这片沙漠的尘土上，我在触碰我出生的土地，我在触碰我母亲的手。

最后，在谈到勒克莱齐奥小说里的爵士乐和爵士女歌手时，有一部作品是我们不能忽略的，那就是与《金鱼》同年出版的随笔《歌唱的节日》（*La fête chantée*）。书中，作家描写了他在墨西哥结识的一位名叫艾尔薇拉（Elvira）的女歌手，她在经历情人抛弃和丧子之痛后，每逢节日便在酒吧里歌唱，她的歌就像是一个女人搂着她的朋友，摇摆着身体，在她的耳边轻唱着："朋友，我的朋友，请你坐下，请你听我唱……"。可以说，艾尔薇拉是勒克莱齐奥后期小说女性角色的代表和象征，当她歌唱时，她的脸被一种内在的喜悦和优雅所辉映着，这些消除了所有她曾经历的一切。巧合的是，村上春树在评价比莉·何莉黛的歌声时，也说过类似的话：

  每次听比莉·霍丽黛晚年的歌声，我都觉得她静静地包揽了我生存或写作过程中迄今所犯的许多错误，所伤害的许多人的心，并统统予以宽恕，告诉我可以了，忘掉好了。那不是治愈，那只能是宽恕。[65]

注释：

1. 根据《牛津音乐指南》中"流行音乐"（popular music）一词的注释，20 世纪西方流行音乐从爵士乐开始，从世纪初的拉格泰姆、迪克西兰爵士、摇摆乐发展到二战前后的毕波普、冷爵士和自由爵士。然而，爵士乐在五、六十年代开始衰退，取而代之的是摇滚乐的兴起。20 世纪最著名的摇滚歌手和乐队有比尔·哈利、"猫王"普雷斯利、披头士乐队、滚石乐队、鲍勃·迪伦、亨德里克斯、平克·弗洛伊德乐队、大卫·鲍威等。参见：LATHAM A. The Oxford Companion to Music[M].Oxford: Oxford University Press, 2002 : 980-984.

2. 参见：MAILLARD N. Le jazz dans la littérature française (1920-1940)[J].Europe, 1997 (820-821) :50.

3. 参见：MAILLARD N. Le jazz dans la littérature française (1920-1940)[J].Europe, 1997 (820-821) :50.

4. 参见：里乌，西里内利. 法国文化史 IV 大众时代：二十世纪 [M].吴模信，潘丽珍，译. 上海：华东师范大学出版社，2006：272.

5. 参见：SIRINELLI J-F. Les baby-boomers : Une génération 1945-1969[M].Paris : Fayard, 2003 : 8.

6. 参见：SIRINELLI J-F. Les baby-boomers : Une génération 1945-1969[M].Paris : Fayard, 2003 : 9.

7. 参见：BOULOS M S. Chemins pour une approche poétique du monde : Le roman selon J.M.G. Le Clézio[M].Copenhagen : Museum Tusculanum Press, 1999 : 64.

8. 参见：GILLETT C. The sound of the city: The rise of Rock & Roll[M].London: Souvenir Press, 1996 : xii.

9. 参见：加缪. 局外人 [M]. 柳鸣九，译. 上海：上海译文出版社，2010：60.

10. 参见：加缪. 局外人 [M]. 柳鸣九，译. 上海：上海译文出版社，2010：61.

11. 参见：鲍德里亚. 消费社会 [M]. 刘成富，全志钢，译. 南京：南京大学出版社，2017：5.

12. 参见：莱特. 聆听音乐 [M]. 余志刚，李秀军，译. 北京：生活·读书·新知三联书店，2015：441.

13. 参见：戈德史密斯. 噪声的历史 [M]. 赵祖华，译. 北京：北京时代华文书局，2014：201.

14. 参见：戈德史密斯. 噪声的历史 [M]. 赵祖华，译. 北京：北京时代华文书局，2014：200.

15. 参见：BOULOS M S. Chemins pour une approche poétique du monde : Le roman selon J.M.G. Le Clézio[M].Copenhagen : Museum Tusculanum Press, 1999 : 207.

16. 参见：BOULOS M S. Chemins pour une approche poétique du monde : Le roman selon J.M.G. Le Clézio[M].Copenhagen : Museum Tusculanum Press, 1999 : 208.

17. 参见：BUREAU C. Linguistique fonctionnelle et stylistique objective[M].Paris : Presses Universitaires de France, 1976 : 174.

18. 参见：ZOLA É. Au bonheur des dames[M].Paris : Gallimard, 1980 : 141.

19. 参见：ZOLA É. Au bonheur des dames[M].Paris : Gallimard, 1980 : 58.

20. 参见: ZELTNER, Gerda. Jean-Marie Gustave Le Clézio : le roman antiformaliste[M]// Positions et oppositions sur le roman contemporain. Paris : Klincksieck, 1971 : 221.

21. 参见：QUIGNARD P. La haine de la musique[M].Paris : Éditions Calmann-Lévy, 1996 :107.

22. 参见：荷马. 伊利亚特 [M]. 罗念生、王焕生，译. 北京：人民文学出版社，2003：3.

23. 参见：阿达利. 噪音：音乐的政治经济 [M]. 宋素凤，翁桂堂，译. 郑州：河南大学出版社，2017：241.

24. 参见：SIRINELLI J-F. Les baby-boomers : Une génération 1945-1969[M].Paris : Fayard, 2003 : 66.

25. 参见：CORTANZE G (de). Le Clézio. Le nomade immobile[M].Paris : Éditions du

Chêne, 1999 : 112.

26. 参见: Association des lecteurs de J.M.G. Le Clézio. Les Cahiers J.-M.G. Le Clézio : La Tentation poétique[J].2012 (5). Paris : Éditions Complicités, 2012 : 9.

27. 参见: OMINUS J. Pour lire Le Clézio[M].Paris : Presses Universitaires de France, 1994 : 7.

28. 参见: BOTHOREL N, DUGAST F, THORAVAL J. Les Nouveaux romanciers[M]. Paris : Bordas, 1976 : 5.

29. 参见: OMINUS J. Pour lire Le Clézio[M].Paris : Presses Universitaires de France, 1994 : 7.

30. 参见: ZELTNER, Gerda. Jean-Marie Gustave Le Clézio : le roman antiformaliste[M]// Positions et oppositions sur le roman contemporain. Paris : Klincksieck, 1971 : 215.

31. 参见: BOULOS M S. Chemins pour une approche poétique du monde : Le roman selon J.M.G. Le Clézio[M].Copenhagen : Museum Tusculanum Press, 1999 : 7.

32. 参见: 沃尔德, 马丁, 米勒, 塞克勒. 西方音乐史十讲 [M]. 刘丹霓, 译. 北京: 世界图书出版公司, 2015 : 276.

33. 参见: CARLES P, CLERGEAT A, COMOLLI J-L. Le Nouveau dictionnaire du jazz[M]. Paris : Éditions Robert Laffont, 2011 : 610.

34. 参见: CARLES P, CLERGEAT A, COMOLLI J-L. Le Nouveau dictionnaire du jazz[M]. Paris : Éditions Robert Laffont, 2011 : 448.

35. 参见: BERGEROT F. Le jazz dans tous ses états[M].Paris : Larousse, 2015 : 168.

36. 2008 年, 瑞典文学院在诺贝尔文学奖的颁奖致辞中称勒克莱齐奥为"游离于主流文明之外的人性探索家"。

37. 参见: JOLLIN-BERTOCCHI S. Chanson et musicalité dans l'œuvre de J.M.-G. Le Clézio[M]//J.M.-G. Le Clézio. Nantes : Éditions du Temps/Presses de l'Université de Versailles-Saint-Quentin-en-Yvelines, 2004 : 148.

38. 参见：DUTTON J. Jazz Routes or the Roots of Jazz Music as meaning in Le Clézio's Poisson d'or[J]. Nottingham French Studies, 2004, 43(1):109.

39. 该博物馆于 2006 年更名为布朗利河岸博物馆（Musée du Quai Branly），位于埃菲尔铁塔旁，以展示非洲、大洋洲、美洲和亚洲的艺术品为主。

40. 参见：莱特. 聆听音乐 [M]. 余志刚，李秀军，译. 北京：生活·读书·新知三联书店，2015：419-420.

41. 参见：ATÉBA R M. Identité et fluidité dans l'œuvre de Jean-Marie Gustave Le Clézio : Une poétique de la mondialité[M].Paris : L'Harmattan, 2008 : 11.

42. 参见：ATÉBA R M. Identité et fluidité dans l'œuvre de Jean-Marie Gustave Le Clézio : Une poétique de la mondialité[M].Paris : L'Harmattan, 2008 : 249.

43. 参见：焦亚. 如何听爵士 [M]. 孙新恺，译. 北京：北京联合出版公司，2018：96.

44. 参见：LOCATELLI A. Jazz belles-lettres : Approche comparatiste des rapports du jazz et de la littérature[M].Paris : Classiques Garnier, 2011 : 179.

45. 参见：MARTIN J-P. La bande sonore : Beckett, Céline, Duras, Genet, Perec, Pinget, Queneau, Sarraute, Sartre[M].Paris :José Corti, 1998 : 70.

46. 参见：MARTIN J-P. La bande sonore : Beckett, Céline, Duras, Genet, Perec, Pinget, Queneau, Sarraute, Sartre[M].Paris :José Corti, 1998 : 50.

47. 参见：MEIZOZ J. L'Âge du roman parlant (1919-1939) : Écrivains, critiques, linguistes et pédagogues en débat[M].Genève : Droz, 2001 : 16.

48. 参见：CARLES P, CLERGEAT A, COMOLLI J-L. Le Nouveau dictionnaire du jazz[M]. Paris : Éditions Robert Laffont, 2011 : 625.

49. 参见：BACKÈS J-A. Musique et littérature[M].Paris : Presses Universitaires de France, 1994 : 57-58.

50. 参见：RABELAIS F. Gargantua[M].Paris : Gallimard, 2007 : 31.

51. 参见：LE CLÉZIO J-M G. La liberté, comme une supplique, comme un appel dans

la voix du blues et du jazz[J].Cahiers Sens Public, 2009 (2) : 10.

52. 参见：CARLES P, CLERGEAT A, COMOLLI J-L. Le Nouveau dictionnaire du jazz[M]. Paris : Éditions Robert Laffont, 2011 : 651.

53. 参见：HERTZ E, ROESSNER J. Write in Tune : Contemporary Music in Fiction[M]. London: Bloomsbury, 2014: 85.

54. 参见：BERGEROT F. Le jazz dans tous ses états[M].Paris : Larousse, 2015 : 100.

55. 参见：FOL S. Billie Holiday[M].Paris: Gallimard, 2005: 26.

56. 参见：FOL S. Billie Holiday[M].Paris: Gallimard, 2005: 108.

57. 参见：SÉITÉ Y. Le jazz, à la lettre[M].Paris : Presses Universitaires de France, 2010 : 317.

58. 参见：MAURIAC F. Le Désert de l'amour[M].Paris : Bernard Grasset, 1925 : 7.

59. 参见：萨特. 萨特文集 [M]. 沈志明，艾珉，译. 北京：人民文学出版社，2005：29.

60. 参见：FANON F. Les Damnés de la terre[M].Paris : François Maspero, 1961 : 40.

61. 参见：村上春树. 爵士乐群英谱 [M]. 林少华，译. 上海：上海译文出版社，2013：33.

62. 参见：BOULOS M S. Chemins pour une approche poétique du monde : Le roman selon J.M.G. Le Clézio[M].Copenhagen : Museum Tusculanum Press, 1999 : 205.

63. 参见：许钧. 我所认识和理解的勒克莱齐奥 [J]. 经济观察报 [2008-10-20]: 1.

64. 参见：CAVALLERO C. Le Clézio, témoin du monde[M].Paris : Éditions Calliopées, 2009 : 106.

65. 参见：村上春树. 爵士乐群英谱 [M]. 林少华，译. 上海：上海译文出版社，2013：34.

Part Two

♪ 勒克莱齐奥

小说中的古典乐

"很长时间后,我母亲告诉我,
这一音乐改变了她的生活。"
——勒克莱齐奥,《饥饿间奏曲》

相较于流行乐,勒克莱齐奥在作品中提到的古典乐曲目并不多:在短篇小说《兹娜》中,作家引用了莫扎特歌剧《唐璜》的经典唱词"Là ci darem la mano"和"crudele";《奥尼恰》中的玛乌来到英国人俱乐部,大胆地掀起钢琴琴盖,开始弹奏埃里克·萨蒂的《裸男舞曲》和《玄秘组曲》;《流浪的星星》中的特里斯当梦见母亲在战前演奏德彪西的《沉没的大教堂》;《饥饿间奏曲》中,艾黛尔在离开巴黎科唐坦街的公寓前夕,最后弹奏一遍肖邦的《夜曲》。这些古典曲目虽然数量不多,但大多隐藏着重要的信息,对理解它们的内容起到了关键作用。比如,《兹娜》主人公常常练习的《唐璜》中"Là ci darem la mano"和"crudele"象征了女孩的三段爱情经历;《奥尼恰》中的萨蒂钢琴曲透露出来的孤独和倔强,与玛乌在非洲殖民者社群里被孤立的状态和心境相呼应;而《流浪的星星》中出现的被汹涌海浪吞噬的钢琴曲《沉没的大教堂》,好似第二次世界大战时被德军攻陷并占领的法国。

此外,我们还会注意到,勒克莱齐奥对钢琴曲似乎有明显偏好——《沉没的大教堂》《裸男舞曲》《玄秘组曲》《夜曲》等,小说中也不乏对钢琴这一乐器的细致描写。然而,在他的作品中,任何一首古典乐曲都未能达到莫里斯·拉威尔的《波莱罗》在小说《饥饿间奏曲》中的重要地位。勒克莱齐奥不仅在小说中多次提及这首管弦名曲并加以长篇描述,还借鉴了《波莱罗》独一无二的曲式结构、配器法和舞蹈设计,将这些特点巧妙地运用到小说创作中。因此,在本书的第二章节,笔者将围绕《兹娜》《流浪的星星》《奥尼恰》和《饥饿间奏曲》这四部小说,探讨勒克莱齐奥在小说中提及的古典音乐与所在文本的紧密联系。

第一节 《兹娜》与歌剧《唐璜》

歌剧在勒克莱齐奥的作品中出现的次数屈指可数：《变革》中，主人公让·马罗（Jean Marro）轻哼斯卡拉蒂（Scarlatti）和梅于尔（Méhuld）的经典作品唱段；在《饥饿间奏曲》中，艾黛尔驾车和家人一起逃往法国南部时，随口唱着《茶花女》（La Traviata）、《拉美莫尔的露契亚》（Lucie de Lammermoor）和《狄托的仁慈》（La Clémence de Titus）。勒克莱齐奥在小说里提到的歌剧作品大多没有特殊的含义或作用，但有一个例外，那就是短篇小说《兹娜》中的莫扎特歌剧《唐璜》。

从某种角度来看，《兹娜》与《金鱼》相同，也是一部"音乐成长小说"。它讲述的是一个名叫兹娜（Zinna）的非洲女孩努力成为歌剧女高音的经历。在音乐学院组织的一次报名试唱中，兹娜的歌声立刻引起了一位名叫让·安德烈·巴希（Jean André Bassi）的教授的注意：

> 她唱了《拉美莫尔的露契亚》中的一段，接着又唱了一段《阿尔及利亚的意大利女郎》……我立刻意识到，这就是我一直在等的声音，这就是我从事音乐的原因。

被兹娜的歌声深深吸引的巴希教授决定抽出每天下午的时间，在歌剧院的一间关着百叶窗的教室里单独辅导她。他们一起唱《浮士德》（Faust）、《罗密欧与朱丽叶》（Roméo et Juliette）、《波西米亚人》（La Bohème）、《阿依达》（Aïda）、《茶花女》和《游吟诗人》（Il Trovatore），但更多时候两人一起练习的还是莫扎特的《唐璜》：

> *Là ci darem la mano, là mi dirai di si.*
> *Vedi, non è lontano,*
> *partiam, ben moi, da qui…*

兹娜唱道：

Vorrei, e non vorrei, mi trema un poco il cor,

felice, è ver, sarei, ma puo burlarmi ancor, ma puo burlar mi ancor!

特别是安娜的那段：

Non mi dir, bell'idol moi, che son io crudele con ti,

tu ben sai quant io t'amai……

《唐璜》的这几段唱词频频出现在小说中。报名参加声乐比赛的兹娜获得了每天和音乐学院学生一起排练的机会，学生们聚在一起，如痴如醉地听着这个神秘的非洲女孩饱含激情地唱着《唐璜》的著名唱段：

现在，有些学生会留下来，专门听她唱歌。当她唱《唐璜》里的"*Là ci darem la mano*"或那段咏叹调"*crudele?*"时，那间终日不见阳光的破屋子里，突然有了一股神奇的、神秘的力量。是的，那就是幸福，是欲望，在那个房间里升腾、怒放，它们使其他一切都化为乌有。

巴希教授此时已疯狂爱上了兹娜，他请求她搬去他家，却把她安顿在佣人房间里。他们在一起生活了一年——这一年是对巴希来说不可思议的、美好的一年，直到兹娜突然消失，杳无音信。在之后的日子里，巴希常常在街上长时间游荡，盼望能再见到她；他在报纸上刊登寻人启事，甚至雇佣了一名侦探，调查她的下落。直到有一天，他在一本时尚杂志上看到了兹娜，此时她已经是一名叫奥索尼（Orsoni）的德国富商的情人，而且成为了维也纳歌剧院的冉冉新星。陷入绝望的巴希试图给她写信：

在这张白纸上，我不知道该写什么，于是我写下了从前她和我唱的二重唱的歌词，我们在那间关着百叶窗的房间里，我弹着钢琴为她伴奏：

> *Là ci darem la mano, là mi dirai di si.*
>
> *Vedi, non è lontano,*
>
> *partiam, ben moi, da qui.*
>
> *Vorrei, e non vorrei, mi trema un poco il cor,*
>
> *felice, è ver, sarei, ma puo burlarmi ancor, ma puo burlar mi ancor*

我们可以看到，勒克莱齐奥在小说中提到《唐璜》时，引用的始终是这两段二重唱和咏叹调的唱词，它们成为了小说的循环主题（leimotiv）。要理解这两段唱词在《兹娜》中的重要性，以及《唐璜》与整部小说的内在联系，我们必须先了解这部歌剧的大致情节，尤其是这两段乐曲的大意。

《唐璜》是莫扎特著名的歌剧之一，与他的《费加罗的婚礼》（Les Noces de Figaro, 1786）和《魔笛》（La Flûte enchantée, 1791）齐名。这是一部由意大利语写成的两幕歌剧，基于意大利作家洛朗佐·达蓬特（Lorenzo da Ponte）的脚本。歌剧的主人公唐璜是西班牙14世纪的一位传奇人物，他到处寻花问柳，用自己的魅力欺骗了众多贵族小姐和乡村姑娘，最终被鬼魂拖进了地狱。歌剧伊始，唐璜闯入骑士长女儿安娜小姐（Donna Anna）的闺房，企图与她寻欢。骑士长听到女儿的叫喊后赶来和唐璜决斗，结果中剑身亡。这场事件过去没多久，唐璜在田间散步时又看上了一名叫泽尔琳娜（Zerlina）的乡村女孩，向她百般示好。小说《兹娜》中反复出现的唱段 "*Là ci darem la mano, là mi dirai di si*" 就在此时出现，这是一段唐璜与泽尔琳娜的二重唱：唐璜试图勾引她，劝说她抛弃与马赛托（Masetto）的婚约，一起去他的城堡。勒克莱齐奥在小说中特意保留了意大利语唱词原文（笔者将在本书的第三章中分析作家这么做的原因），唱词的大意为：

唐璜：*Là ci darem la mano, là mi dirai di si.*
让我们手挽着手吧，你会答应我的。

Vedi, non è lontano,

你瞧，城堡就在不远处。

partiam, ben moi, da qui.

来吧，我亲爱的，让我们离开这里。

泽尔琳娜：*Vorrei, e non vorrei, mi trema un poco il cor,*

我很想，但我又不愿意，我的心在微微颤抖。

felice, è ver, sarei, ma puo burlarmi ancor, ma puo burlar mi ancor !

是真的，我会很幸福，但他可能会再次骗我！

由此可见，这是一段唐璜使劲诱惑泽尔琳娜，而后者无力反抗的对话。这段二重唱的后半段中，唐璜的语气越来越急迫——"*Vieni, moi bel diletto! Io cangierò tua sorte!*"（来吧，我亲爱的美人！我将改变你的命运！）——节奏也从原来的 3/8 拍加快到 6/8 拍；而泽尔琳娜也越来越犹豫不决，她先是苦苦挣扎——"*Mi fa pietà Masetto! Presto, non son più forte!*"（我可怜的马赛托！很快我就招架不住了！）——随后渐渐被唐璜征服，开始重复他的话"*Andiam! Andiam!*"（来吧！来吧！）。最后，唐璜与泽尔琳娜手挽着手，一边走向城堡，一边齐声唱道：

Andiam, andiam moi bene

来吧，来吧，我亲爱的，

a ristorar le pene

让我们弥补痛苦

d'un innocente amor!

在这场纯洁的爱情里！

与唐璜和泽尔琳娜的"爱情"相似，兹娜、巴希与奥索尼的关系始于欲望，最终同样以背叛告终。小说中,唐璜首先附身于大提琴演奏家、音乐学院教授巴希。巧合的是,在1787年布拉格歌剧院首演的由莫扎特亲自指挥的《唐璜》中,演奏低音大提琴的乐手名字为利欧基·巴希(Liugi Bassi)[1]。他利用每天下午的音乐辅导课接近兹娜,歌剧中唐璜邀请泽尔琳娜去的城堡在小说里则变成了音乐学院那间关着百叶窗的小教室,以及巴希家的佣人房间,这两处封闭狭小的空间都暗示了巴希的占有欲。和勒克莱齐奥笔下的大多数年轻女孩相同,兹娜无法忍受紧闭的生活,她成功逃离了巴希的家,但很快又落入奥索尼的圈套。这名德国富商答应动用钱和关系捧红她,让她跻身维也纳歌剧院的明星行列。那些巴希在时尚杂志上发现的照片中,兹娜穿着一身猩红色长裙,头戴一顶钻石发冠,时而出现在马蒂内兹(Martinez)酒店的大堂里,或在奥索尼的游艇上;时而参加阿姆斯特丹的一家酒店的落成仪式,或芬兰的一次帆船竞赛;甚至出演了奥索尼投资的由威尔第歌剧《奥赛罗》(Otello)改编的电影。这一定是兹娜从前梦想的,当她挣扎在孤独和贫穷中,当她登上楼梯走向这间关着百叶窗的教室时。但兹娜不知道的是,在她之前已有无数个被奥索尼捧红的女子遭到抛弃后,被打回了原型,她们回到了打字机前,或重新做起小模特,或干着不正当的勾当,有些甚至变成了酒吧女郎、脱衣舞娘或伴舞女郎。

因此,歌剧《唐璜》与小说《兹娜》在故事走向、人物设定、空间布置等方面都存在着某种对位关系,但两者的不同之处在于,歌剧中的诱惑者/杀人犯恶有恶报,最终被骑士长的鬼魂拖进地狱,而小说展现的则是"被诱惑者"的悲惨结局:被奥索尼抛弃的兹娜由于毒瘾发作而被迫入院治疗,和6个女子合住一间病房;在她身边的是一个名叫托米(Tomi)的男孩,多年来一直默默守护着兹娜,他使我们想起《唐璜》中安娜小姐的未婚夫沃塔维欧(Ottavio)。小说中反复出现的咏叹调——"*Non mi dir, bell'idol moi, che son io crudele con ti, tu ben sai quant io t'amai*"(别再说了,我的爱人,别说我对你太残忍,你知道我爱着你),讲述的是被唐璜玷污过的骑士长女儿安娜不得不拒绝沃塔维欧的求婚,这段唱词暗示了小说中托米对兹娜的徒劳无果的爱情。

歌剧《唐璜》的结局是莎士比亚式的，安娜与沃塔维欧、泽尔琳娜与马赛托、贵妇埃尔韦娅（Elvira）与唐璜的侍从勒波雷洛（Leporello）一起歌颂终将战胜罪恶的正义，但这掩盖不了罪恶对他们造成的伤害，唐璜在每一个人身上留下了火焰般的手印；在小说中亦是如此，兹娜与托米的未来将始终笼罩在欲望与背叛交加的往事阴影之中：

> 他在等待。现在，他有的是时间。晚上他去车站的集市干活，给大卡车装货、卸货。白天，他陪着兹娜，他看着她，听着她的呼吸。他握着她细细的、纤长的手，感受她的温度。以后再也不会有阿姆斯特丹的酒店，再也不会有帆船，再也不会有希腊的小岛。他再也不会让任何人伤害兹娜，伤害她的声音、她的目光。

第二节 《流浪的星星》《奥尼恰》《饥饿间奏曲》中的钢琴曲

相比歌剧，钢琴曲在勒克莱齐奥作品中出场的次数远远增多，所占篇幅也明显更长，它们与小说往往形成主题呼应，有些甚至产生美学共鸣。这里，笔者将重点分析三部小说《流浪的星星》《奥尼恰》和《饥饿间奏曲》中各自出现的钢琴曲《沉没的大教堂》《裸男舞曲》《玄秘组曲》和肖邦的《夜曲》。

德彪西的钢琴曲《沉没的大教堂》出现在勒克莱齐奥的小说《流浪的星星》中，这部小说讲述的是犹太女孩艾斯苔尔在二战时期意大利和德国军队占领下的法国尼斯的生活经历。小说伊始，作家花了较长的篇幅描写了艾斯苔尔的犹太朋友特里斯当做的一场梦，梦中，他的母亲在战前居住的老房子里弹奏《沉没的大教堂》：

特里斯当总是想起妈妈在黑色钢琴上的那双手，那是下午，周围的一切都仿佛睡着了。在客厅里，有时会有些许客人，他听得见她们的笑声，说话声，他们都是妈妈的朋友。特里斯当不记得他们的名字了，他只看得见妈妈的手在琴键上忙碌着，而曲子就这样飘出来。这是很久很久以前的事情了。他想不起妈妈是在什么时候告诉他这支曲子的名字的，它叫做《沉没的大教堂》，好像教堂的钟声在海底回响。这是在戛纳，是另一段时光，另一个世界。他多想能回到那里的生活中去，如同梦一般。钢琴里飘出的曲声渐渐大起来，溢满了整个旅馆的房间，在走廊上漂游，响彻每一层楼。它回响在夜晚的寂静里，格外洪亮。特里斯当感到他的心也在随着曲子的节奏跳动，可突然，他就从梦中惊醒过来，后背被汗水浸得湿透，他从床上坐起来，仔细地听，想要确证再也没有旁人听到它。他听着妈妈熟睡的呼吸声，还有在百叶窗的另一头，泉水滴落在池塘里的声音。

文中提到的《沉没的大教堂》是德彪西于1910年创作的钢琴前奏曲，这首曲子取材于法国西海岸布列塔尼（Bretagne）的一则民间传说：一座名叫伊斯（Ys）的大教堂在6世纪被海水吞没，从那以后，每当海上风平浪静时，途经此域的水手们能隐约听到水下教堂的钟声和吟唱声；低潮时，教堂的塔尖甚至会浮现出海面。[2] 在这首时长6分钟的乐曲中，一组低沉、平缓的五度和声极轻柔地奏出第一段旋律，展现了一幅平静的，被清晨薄雾笼罩的大海的神秘画面，它使我们想起威廉·透纳（William Turner）的《云和水》（Clouds and water）、卡米耶·毕沙罗（Camille Pissaro）的《鲁昂，拉库拉岛》（L'île Lacroix, Rouen），或者阿勒弗莱德·西斯莱（Alfred Sisley）的《日出塞纳河》（La Seine au point du jour）。《沉没的大教堂》开篇营造的那种柔和、流动的气氛与小说段落中特里斯当的慵懒梦境相吻合，"周围的一切都仿佛睡着了"，德彪西特意在乐谱上标注道："要非常安静地、轻柔地弹奏，如同在薄雾中"[3]。

随后，在乐曲第五、六、七小节中，右手弹奏的和声渐渐升向高三个八度的

Do 音，并始终以极轻（pianissimo）的力度在那个音上重复了 3 次，好似水手隐隐约约听到的来自海底教堂的钟声。在《沉没的大教堂》中，德彪西充分展现了他对水元素的偏爱，他的很多作品以"水"为主题，如《沉没的大教堂》《大海》（La Mer, 1904）、《快乐岛》（L'Isle joyeuse, 1904）、《水的倒影》（Reflets dans l'eau, 1905）、《帆船》（Voiles, 1910）等等，他在艺术手法上也时常出现对水景、水流声或水的质感的模仿。法国当代作曲家梅西安就在他的《节奏、色彩和鸟类学的论著》（Traité de rythme, de couleur et d'ornithologie）的第六册中重点研究过德彪西在《水的倒影》《风与海的对话》（Dialogue du vent et de la mer）、《牧神的午后》序曲（Prélude à l'après-midi d'un faune）、《帕克之舞》（La danse de Puck）和《月色满庭台》（La terrasse des audiences du clair de lune）中运用和声对水中倒影或水的回声进行模仿。在《流浪的星星》中，勒克莱齐奥也同样有着对水的执着，小说正是以一段对水流的长篇描述开始的：只要听见水声，她就知道冬日已尽……水一滴滴地沿着房椽，沿着侧梁，沿着树枝滴落下来，汇聚成溪，小溪再聚会成河，沿着村里的每一条小路欢舞雀跃，倾泻而下。水的音景描写在勒克莱齐奥的作品中占据相当重要的位置，笔者将在本书的第三章进一步探讨这点。

在乐曲第十四、十五小节中，五度音程的升起和下降模拟着海水的潮起潮落；而文中，勒克莱齐奥也使用摇摆节奏来展现缓缓波动的海浪："他听得见她们的笑声，说话声""是另一段时光，另一个世界"，到这里为止特里斯当仍处于迷魅的梦境中。接着，一种紧张感渐渐升腾，原文中，四个动词："渐渐大起来"（grandissait）、"溢满"（emplissait）、"漂游"（s'échappait）和"响彻"（gagnait）都以法语的未完成过去时（imparfait）出现，显示出动作发展的持续性。与此同时，在乐曲的第十六小节中，左手越来越快地弹奏着三连音，体现着海浪剧烈的涌动；而右手的和声力度也从极轻过渡到轻（piano），渐渐浮出海面的教堂钟声愈加清晰。

经过 12 个小节的加速和渐强后，大教堂终于出现，德彪西在乐曲的第二十八小节突然运用极强（fortissimo）的奥尔加农（organum）和弦来模仿中世纪教堂的管风琴伴奏的圣歌合唱。在小说中，特里斯当"突然"从"梦中惊醒过来"，仿佛听见乐曲在夜晚的寂静里"回响"，声音"格外洪亮"。《沉没的大教堂》中这组模仿教堂合唱的奥尔加农和弦为全曲渲染出一种中世纪的宗教氛围，这正体现了德彪西崇尚神秘、梦幻、神圣和灵性的象征主义音乐思想。《流浪的星星》中，宗教也是小说的重要主题之一：在艾斯苔尔和她的母亲逃往以色列的漫长旅途中，作家多次长篇描述她们和随行的难民在老艾齐克·撒朗台（Eïzik Salanter）的带领下集体祷告的场景：

> 接着老人将摊开的书放在他的面前，很久很久，然后用一种沉沉柔柔的声音唱起歌来，那声音却一点也不抖。于是男人、女人、甚至小孩子都和他一起唱起来，他们和着他，没有歌词，只是简单地重复着：阿伊，阿伊，阿伊，阿伊！……
>
> 歌声在教堂内回响，超越了雨声和雷声。这在祭台旁烛盒上点燃的蜡烛仿佛散发出和那晚撒巴庆典时的教堂里同样的光辉来。

简短的奥尔加农和弦过后，大教堂再次没入水中，而小说里的特里斯当也在猛然地惊醒后重新坠入梦乡。他在入睡前听到"泉水滴落在池塘的声音"；同样，在乐曲的最后六小节中，德彪西安排右手弹奏出教堂渐渐消失的钟声，左手则用极低沉的二度音阶展现海水柔和的流动。

由此可见，《沉没的大教堂》以几乎极轻的音量、平缓的节奏和细腻的和弦低诉着古老的悲剧传说，音乐时而激荡，时而忧伤。我们在这首乐曲中听出了这种残酷与温柔交织的双重调性，在阅读小说时也同样感受得到。特里斯当梦见他的母亲在戛纳的海滨房子里弹奏钢琴，他想起午后的金百合花，窗外小鸟的叫声，母亲的说话声，但童年的温馨回忆很快被战争的残酷现实取代。学校停课，特里斯当和母亲以难民身份寄居在维克多利亚旅馆小小的房间里，父亲杳无音讯，母亲用首饰去典当一些钱来维持生计。除此之外，特里斯当和母亲在内的犹太人每天必须到终点旅馆（这座旅馆的名字有着不详的征兆）排队报到，在犹太人名单上勾下自己的名字，以换取配给证。居住在尼斯的犹太男人、妇女和小孩在终点旅馆门前沉默地排着长队，好像进去了的人就再也出不来了似的，就如被波涛汹涌的海水吞噬的大教堂。

《流浪的星星》出版16年后，勒克莱齐奥在另一部小说《饥饿间奏曲》中再次提到德彪西的这首钢琴曲《沉没的大教堂》。和《流浪的星星》相同，《饥饿间奏曲》也以一个孩子的视角展现第二次世界大战的逼近。战争爆发前，艾黛尔的父母定期在科唐坦街的公寓里举办周日沙龙，小艾黛尔趴在父亲的膝盖上，闻着雪茄和桂皮小蛋糕的混合气味，一边听着宾客的对话，一边沉沉睡去。但当宾客声称法国音乐正走向衰落时，她忽然跳起来抗议道："你们一点儿都不懂，拉威尔是一个天才，而德彪西……"艾黛尔一家在战争中遭受亲人病故、破产、流亡等一连串打击，沙龙宾客也纷纷离他们而去，当女孩再次站在空无一人的客厅时，她仿佛听见被淹的大教堂变成了一艘在海洋中沉没的航船，兴许是在坟墓湾，人们听到的钟声成了艉楼上一个水手的幽灵敲响的交班钟。艾黛尔将她的家庭衰落想象成被汹涌恶浪吞没的教堂，当母亲朱丝蒂娜（Justine）指责她对沙龙活动没有表现出该有的热情时，她恶狠狠地回道："当泰坦尼克号沉没时，它的客厅舱里传出来应该是同样的一些东西！"《沉没的大教堂》的旋律渐渐消逝，再次响起教堂合唱般的和弦，仿佛《饥饿间奏曲》空荡荡的沙龙客厅中回响着的往日欢声笑语：

> 随着家庭之舟渐渐沉没，所有这些声音都回到了艾黛尔的耳畔，这些噪音，这些荒谬而又无用的谈话，这股陪伴着话语之浪的酸液……

除了《沉没的大教堂》之外，《饥饿间奏曲》中还有一首钢琴曲也与小说的战争主题紧密联系在了一起——肖邦的《夜曲》。战争来临之际，艾黛尔一家被迫从巴黎逃往法国南部，出发前，女孩坐在钢琴前，最后一遍弹奏肖邦的小夜曲：

  （艾黛尔）一屁股坐在凳子上，背挺得笔直，屏住了呼吸。她开始弹奏起来，一开始稍稍有些僵硬，随后感觉到一股热气进入体内，缓缓地，她弹奏了肖邦的一首《小夜曲》，一串串滑动的音符从敞开的落地窗中飘荡出去，充盈了已被秋色染黄了的花园，她觉得自己从来没弹得这么好，从来没拥有过一种如此得强力。秋风中，栗树的叶子盘旋着落下，《小夜曲》的每一段落都掺和在叶子的飘落中，每一个音符，每一片叶子……那是她的告别，向音乐，向青春，向爱情，那是她的告别，向罗兰，向谢尼娅，向索里曼先生，向她熟悉的一切。很快地，这里就将什么都不留下。

  艾黛尔在德军攻占法国前夕弹奏肖邦《小夜曲》的这一场景使我们想起罗曼·波兰斯基（Roman Polanski）于 2002 年执导的电影《钢琴家》（Le Pianiste），这部电影由波兰犹太钢琴家瓦迪斯瓦夫·席皮尔曼（Wladyslaw Szpilman）的自传改编，讲述了他在二战期间在华沙犹太隔离区艰难生存的经历。影片中，波兰斯基选取了几首肖邦的钢琴曲，每一首都与电影情节以及主人公的心境高度契合。电影以席皮尔曼于 1939 年在波兰广播电台的录音棚弹奏肖邦的《升 C 小调夜曲》（Nocturne n°20 en do dièse mineur）开始，画面的黑白色调呈现出纳粹轰炸华沙前最后一刻不祥的宁静。在《饥饿间奏曲》的第一章中，勒克莱齐奥使用了相似的黑灰色调，描写 1931 年艾黛尔跟随舅公索里曼先生（Soliman）参观巴黎世界博览会的场景：数百把黑色的雨伞撑了开来，索里曼先生的右手则捂住他戴在尖尖脑袋上的黑色礼帽，灰色的络腮胡子有节奏地飘散开来；灰蒙蒙的天色下，艾黛尔看到一些水泥色的奇特高塔。影片《钢琴家》中，肖邦这首夜曲的小调体现了波兰人民的恐惧、悲伤和绝望；《饥饿间奏曲》中的艾黛尔在弹奏它时，望着窗外栗树的秋叶掉落，也预感到严酷的冬季即将来临，她左手滑动的琶音与落叶交织在一起，每一个音符、每一片叶子都将坠落消失。

除此之外，勒克莱齐奥和罗曼·波兰斯基不约而同地将肖邦与战争主题联系在一起还有更重要的原因，那就是肖邦作品流露出来的爱国气概。1810 年生于波兰的肖邦在华沙音乐学院接受了音乐基础教育，虽然他在 20 岁就早早移居到了法国，但与故乡波兰的纽带始终影响着他的创作，比如他的《马祖卡》（Mazurkas）和《波兰舞曲》（Polonaises）就取材于波兰民间音乐。影片《钢琴家》中，阿德里安·布洛迪（Adrien Brody）饰演的席皮尔曼在犹太隔离区的小酒馆里弹奏肖邦的《E 小调钢琴协奏曲》（Concerto pour piano n°1 en mi mineur）；之后，他在躲藏的公寓里发现了一架钢琴，为了不让人听到，他在琴键上无声弹奏《波兰舞曲：非常快的快板》（Andante spianato & grande polonaise brillante en mi majeur），空中尽情飞舞的手指表达了他对自由解放的渴望；而当他被德国军官威廉·霍森菲尔德（Wilm Honsenfeld）发现时，后者得知他是钢琴家后请他弹奏一首，他迟疑了一阵，最终选择了《G 小调第一叙事曲》（Ballade pour piano n°1 en sol mineur）。最后一首乐曲在电影中的寓意最为深刻，它改编自波兰流亡诗人亚当·密茨凯维支（Adam Mickiewicz）于 1828 年写成的叙事史诗《康拉德·华伦洛德》（Conrad Wallenhord），叙述的是 14 世纪的立陶宛英雄康拉德·华伦洛德领导民众，抗击入侵的日耳曼十字军骑士，不惜与他们同归于尽的壮烈故事。席皮尔曼选择这首乐曲，是在目睹了犹太同胞在一次纳粹军官巡逻时将其杀害，第二天所在的犹太隔离区被彻底炸毁的事件之后，受到了启发和鼓舞——哪怕到了生命的最后时刻，依然要奋起对迫害者的反抗。荧幕上，钢琴家飞舞在琴键上的双手猛烈地颤抖，他的面容因为仇恨和决心变了形；而在《饥饿间奏曲》中，艾黛尔虽没有席皮尔曼大义凛然的豪迈气概，但她在弹奏肖邦时内心同样升腾起一股反抗的决心，她感觉到一股热气进入体内，好像从来没拥有过一种如此的强力，而这种强力将支撑着她渡过人生最艰难的岁月。

当艾黛尔弹完后，她啪的一下盖上了琴盖，像是盖上了珍宝匣的盖，老钢琴发出了一种滑稽的声响，所有的键弦一齐颤动，仿佛一种抱怨，或者不如说是一种痛苦的冷笑。其实，钢琴这一乐器在勒克莱齐奥的笔下具有相当重要的象征意义。费德里克·韦斯特朗（Fredrik Westerlund）在《迁移与改造：论＜变革＞中音乐的功能》（La musique qui transporte et transforme : fonction de la musique dans *Révolutions*）中指出，勒克莱齐奥在小说中特别喜爱提到携带式乐器，如《变革》里的长笛、口琴、吉他、曼陀林、鼓、小号、小提琴等乐器，它们是主人公让·马洛对别处、他者、异质的向往的隐喻。[4] 笔者认为，对作家而言，钢琴就如波兰斯基电影中的一样，则是自由解放的象征。影片伊始，席皮尔曼的钢琴的变卖就暗示了华沙的犹太波兰人即将失去自由，他们即将被迫搬迁至隔离区，那里将筑起一道厚墙。在小说《流浪的星星》中，我们也发现了相似的情节，费恩先生（Ferne）的钢琴被意大利宪兵强行拉走：

> 就这样，那件神奇的黑光锃亮的家什，连同原先摆在它上面的铸成魔鬼状的铜烛台被四个穿制服的意大利宪兵带走了，开始沿着村里的街衢往广场那儿去。艾斯苔尔望着这支奇怪的队伍，钢琴闪着幽光，前后摇动着，仿佛是一只巨大的棺材，还有意大利宪兵帽子上的黑色羽毛，也随着钢琴的摇动一晃一晃的。好几次，宪兵都不得不停下来喘喘气，而每回他们把钢琴搁下来，钢琴磕在街石上，琴弦总是发出一阵长长的震颤，仿佛是在呻吟。

段落中，费恩先生的钢琴被比作一只巨大的棺材，扛着它的四个意大利宪兵好似抬棺人，文中的"黑色""魔鬼""幽光"等词更是加深了画面的阴森可怖和凄凉感。当宪兵把钢琴搁下时，它发出的长长的"呻吟"与《饥饿间奏曲》中艾黛尔的钢琴发出的"抱怨"或"痛苦的冷笑"也颇为相似。作家此处哀悼的，是在尼斯的数千名犹太居民的自由，是艾斯苔跑去费恩先生的家听他弹琴的和平年代。在这些故事里，人们是多么自由，没有战争，没有德国人也没有意大利人，没有任何东西可以让人感到害怕，可以让生活停滞。

除了《流浪的星星》和《饥饿间奏曲》，我们还在勒克莱齐奥的另一部小说《奥尼恰》中找到作家对钢琴曲和钢琴的长篇描写。《奥尼恰》根据作家的亲身经历改编，讲述的是男孩樊当和他的母亲玛乌从法国出发，坐船去尼日利亚寻找在那里当军医的父亲吉奥弗洛瓦，三人在一座名叫奥尼恰的殖民小港湾开始新生活的故事。玛乌初到奥尼恰的第一个星期，在地区行政官俱乐部里开心地发现那里摆了一架钢琴，她上前坐在钢琴前的矮凳上，弹奏起喜爱的萨蒂钢琴曲：

> 玛乌坐到了琴凳前，吹了吹琴盖上的红色灰尘，弹了几个音，然后弹了几小节阿波罗太阳神舞曲和《灵知颂》。钢琴声在花园里回响。她转过身子，发现一张张脸一动不动，顿时感觉到了他们的目光，他们那冰冷的沉默。俱乐部的黑人侍者站在门槛上，吓得都凝固了。一个女人不仅闯进了俱乐部，竟然还弹起了音乐！玛乌又羞又恼，脸色通红，出了门，她快步走着，跑到了城中尘土漫天的街道里……后来，她有一次到俱乐部门口来找吉奥弗洛瓦，发现黑色的钢琴不见了。原地摆了一张桌子，还有一束花，十有八九是拉利夫人的杰作。

小说中，玛乌闯进的那间是只有男士可入的英国人俱乐部，"绅士们"坐在那里没完没了地看《尼日利亚日报》和《非洲公报》，她径直走向那架无人问津、被充作装饰物的钢琴，自顾自地弹奏起来，这一举动对侨居在奥尼恰的英国殖民者（尤其是男性）来说是莫大的冒犯，它体现了玛乌的特立独行，而她也因此遭到了当地殖民社群的排挤。玛乌的这种不被理解、被边缘化的孤独处境与她弹奏的萨蒂钢琴曲正吻合。1888年，萨蒂创作了3首《裸男舞曲》（又称《阿波罗太阳神舞曲》），他在乐谱上标注了这3首钢琴曲的调性，分别为"缓慢、痛苦"（lent et douloureux）、"缓慢、悲伤"（lent et triste）、"缓慢、沉重"（lent et grave）。[5]

萨蒂的《裸男舞曲》，以及这之后的《玄秘组曲》（又称《灵知颂》）流露出的是深深的"孤独"[6]。他与当时欧洲盛行的浪漫主义格格不入，当法国文艺界乃至整个欧洲都在崇拜瓦格纳式气势恢弘的音乐风格时，萨蒂选择背道而驰，他转向巴黎小酒馆、夜总会的轻音乐，成为巴黎蒙马特街区（Montmartre）的"黑猫"夜总会（Le Chat noir）的忠实顾客。萨蒂与浪漫主义的决裂主要表现在其音乐风格的一种彻底的简单性，他厌恶上流社会的多愁善感和炫耀矫饰的音乐织体，他的音乐也无意表达深刻的内涵，这种简单性原则从他的作品标题就能看出，如《冷淡曲》（Pièces froides, 1897）、《梨形三部曲》（Trois morceaux en forme de poire, 1903）、《让人讨厌的装腔作势》（Les Trois Valses distinguées du précieux dégoûté, 1914）、《官僚小奏鸣曲》（Sonatine bureaucratique, 1917）等等。1893年，萨蒂创作了一首题为《戏弄》（Vexations）的小曲，乐曲中，他故意让一段短小的主题乐句重复40次，在曲谱开端特意标注"要在绝对安静的环境下弹奏，姿势严格保持不动"[7]，为的是嘲笑音乐学院里死板机械的练习模式。我们在本章的最后一节会发现，萨蒂对重复的执着在某种程度上启发了另一位作曲家莫里斯·拉威尔，后者于1928年创作的《波莱罗》正因无限的循环重复而闻名于世。

《奥尼恰》中，萨蒂的特立独行在玛乌的孤立处境中得到呼应。在到达奥尼恰之前，玛乌幻想着非洲的神秘、野性：夜晚，野兽发出嘶哑的叫声，密林中鲜花盛开，诱人但有毒，一条条小径通向奥秘的世界。然而，他们的新生活竟是围绕着吉奥弗洛瓦在西非贸易公司的工作，每天大部分时间做的是登记从英国运来的货箱数的活，货物有肥皂、卫生纸、罐装的牛肉和强力面粉。野兽根本不存在，森林也早已消失，玛乌梦中的非洲土地因为殖民者的过度开发而变得满目疮痍。她每天见到的，也只是欧洲社区里那些尽是自负、做作、思想狭隘的殖民者：

> 男人们身着卡其制服，脚穿黑鞋，长筒羊毛袜没膝，一个个站在阳台上，手端一杯威士忌酒，聊着办公室里的事；女人们身穿浅色的裙子，脚穿薄底便鞋，说的全是她们年轻仆人的不是。

然而，与萨蒂的冷嘲热讽不同，玛乌在面对英国殖民行政官员对女性和非洲人的鄙夷、欺凌和虐待时采取了公开反抗的态度，前文关于玛乌闯进英国绅士俱乐部的段落就是一个典型的例子。在一次地区行政官官邸的聚会上，她看到辛普森雇佣的黑人囚犯正挖着一个大型游泳池，一根长长的铁链把他们连在一起，每人的左脚踝上戴着铁环，铁环连着铁链，玛乌看着这些锁着铁链的黑奴穿过花园，肩上扛着铁锹，他们一镐镐、一锹锹，正在辛普森想修游泳池的地方挖着红土；而与此同时，她看到花园里的欧洲宾客们正吃着一盘盘芙芙和烧羊肉，还有一杯杯番石榴汁，舒服地坐在游廊下，爆发出一阵阵笑声。玛乌忍无可忍地站了起来：

　　突然，玛乌站了起来，气得声音发抖，带着可笑的法语和意大利语口音，用英语说道："可怎么也得给他们一点吃的喝的吧，瞧瞧，那帮可怜的人，他们又饿又渴！"她用的是"fellow"这个词，就像是说的混合英语。
　　一阵沉寂，令人惊愕，足足有漫长的一分钟，所有宾客的脸都转向了她，看着她，她看见吉奥弗洛瓦惊恐地望着她，脸红红的，嘴角下垂，双手紧握，放在桌子上。

　　因此，在考察完勒克莱齐奥在作品中主要提到的几首钢琴曲后，我们会发现，无论是德彪西的《沉没的大教堂》，还是肖邦的《夜曲》，或是萨蒂的《裸男舞曲》《玄秘组曲》，它们都流露出一种悲伤、忧郁，但同时夹杂着愤怒的复杂情感，这与它们所在的三部小说《流浪的星星》《饥饿间奏曲》和《奥尼恰》的主基调十分一致。不过，对于《饥饿间奏曲》而言，《沉没的大教堂》和肖邦的《夜曲》在主题契合或美学共鸣上，都远远不如拉威尔的《波莱罗》来得重要，后者称得上是这部小说真正的主题曲。

第三节 《饥饿间奏曲》与《波莱罗》

勒克莱齐奥第一次提到乐曲《波莱罗》，是在 2003 年发表的小说《变革》中。爱蕾奥诺尔姨妈（Éléonore）递给主人公让·马洛一张发黄的宣传海报，上面印着 1928 年《波莱罗》在巴黎歌剧院的首演信息，让的父母正是在那场演出时认识的：

> 我坐在第一排，跟你的母亲莎伦一起。她就是在那儿与你父亲邂逅的。你父亲在巴黎休假，看望自己的姨妈……你母亲呢，是第一次去听音乐会。第一次，听的就是这支勇敢的乐曲，刺耳的音乐，最后所有人都在观众席上站起来，一些人跟疯子一样尖叫，另一些则不停地鼓掌，我们走出音乐厅时，你母亲满脸通红，眼里满是泪水，她兴奋地颤抖，我想你父亲就是在那一刻爱上她的……他们三个月后结婚，她去马来西亚跟你父亲汇合。然后，几年之后，你在那里出生，但是你依旧是这首曲子的孩子，《波莱罗》的孩子。

《变革》中的这一段落带有自传性质。勒克莱齐奥的母亲的确在 1928 年观看了《波莱罗》在巴黎歌剧院的首演，这一经历显然给她留下了深刻印象，也无疑影响到了勒克莱齐奥的日后创作。《变革》出版后第四年，勒克莱齐奥在另一部小说《饥饿间奏曲》中再一次提到《波莱罗》的首演现场，这一次，它占据的篇幅明显增多。《饥饿间奏曲》讲述的是二战时期艾黛尔·布伦在纳粹占领下法国的成长经历。比起《变革》中让的母亲莎伦（Sharon），艾黛尔的人物设定更接近于勒克莱齐奥的母亲，她来自一个富裕的毛里求斯移民家庭，从小热爱音乐，会弹奏肖邦的《小夜曲》，会唱《茶花女》，喜欢德彪西和拉威尔。8 岁那年，艾黛尔去巴黎歌剧院观看《波莱罗》的首场演出，"红色帷幕开启……渐渐丰盈，渐渐扩大的音乐，观众们站起来欢呼，喝彩，热烈鼓掌。" 1928 年 11 月，《波莱罗》在巴黎的首演获得了巨大轰动，很快成为 20 世纪风靡世界乐坛的名曲。

它的成功主要来自于其特殊的曲式结构和配器法，《波莱罗》的旋律由两段主题乐句简单地回旋重复着，同时它的音乐力度随着不同乐器的组奏而逐渐增强，经过长达十五分钟的反复和渐强后，全曲在最后两小节以震耳欲聋的转调爆发结束。多年之后，艾黛尔再次回忆起那场演出：

> 紧张，剧烈，令人几乎无法忍受。它升腾，充满了剧场……台上的舞蹈演员旋转着，加快了运动。人们叫嚷着，他们的嗓音被塔姆塔姆鼓的敲击声盖住。依达·鲁宾斯坦，舞蹈者成了木偶，被疯狂的劲头卷走。笛子、单簧管、法国号、小号、萨克斯管、小提琴、鼓、铙、钹，一起全上阵，紧张得要断裂，要窒息，要绷弦，要破音，要打碎世界自私自利的寂静。

除了以上两段对《波莱罗》首演的描写，勒克莱齐奥还在小说的结尾借叙述者之口展开对乐曲的思考：

> 现在，我明白这是为什么了。我知道了，这一不断重复、反复唠叨、被节奏和渐强逼迫着的乐句，对她那一代人意味了什么。《波莱罗》不是一曲跟别的音乐一样的音乐。它是一种预言。

这段意味深长的总结暗示着《波莱罗》在《饥饿间奏曲》中的重要性已远远超过其简单的描写。在本章的最后一部分，笔者挖掘了乐曲在小说中的深层意义。我们会发现，作家不仅多次提到这首管弦名曲并加以长篇描述，他还充分借鉴了《波莱罗》旋律的双重对比性和重复性，以及同时表现出渐强（crescendo）和虹彩性的音响织体，还有独特的舞蹈设计，将它们统统融入《饥饿间奏曲》的叙事结构、人物塑造和景物描写中，使《波莱罗》成为小说真正的主题曲，推动着小说情节的发展，甚至"预言"了小说的结局。

《波莱罗》的曲式结构在小说中的体现

正如文学音乐比较先驱卡尔文·布朗（Calvin S. Brown）所说："在文学中引进音乐最常见的方式是对结构的借鉴。"[8]《饥饿间奏曲》与《波莱罗》的相似处首先体现在小说/乐曲结构上。法国人类学家克洛德·列维-斯特劳斯（Claude Lévi-Strauss）曾将《波莱罗》称为一首"拼盘赋格曲"[9]，并在论著《神话学：裸人》（*L'Homme nu*）的最后"终乐章"（Finale）中对其曲式结构做了详细的解读：

> 这样，我们就可以区分主题和它的答题、对主题和它的对答题，它们各占据八个小节。主题和答题、对主题和对答题一连重复两次，而在这两个模进之间的间隔有两个小节。在这两个小节中，节奏在整个作品里是连续不断的实现在前列，因为旋律本身仍在暂停中；在第二个对答题每次结束之后和每次返回主题之前，情形也是这样。总之，我们有了两个各由主题和答题组成的相继模进，它们重复四次，同时，它们与两个由对主题和对答题组成的，同样地重复的相继模进相交替。如此以往，这交替一直持续到作品的结尾。[10]

列维-斯特劳斯的这段文字很好地概括了《波莱罗》曲式结构的两个最主要的特点：旋律的双重性和反复性。《波莱罗》的旋律由两段有着相同长度，却不同调性的主题乐句构成，显示出一种对称的、受严格二段体影响的分切。主题乐句A——列维-斯特劳斯称之为"主题"（sujet）和"答题"（réponse），在G大调上，节奏方整，有着从容的调性；而与之相对的主题乐句B——列维-斯特劳斯称之为"对主题"（contre-sujet）和"对答题"（contre-réponse），则采用西班牙弗里几亚调式，它由接近D小调的音阶写成，且切分音较多，因此有着焦躁的调性。

《波莱罗》的旋律就是在这两股截然相反的调性中迟疑不决：大调的主题乐句A平静、温和；而小调的主题乐句B则更具律动感，传递出不安的情绪。在阅读《饥饿间奏曲》时，我们会察觉到，小说叙事也时而"从容"，时而"焦躁"，有着双重对比性。例如，小说的第一章"紫房子"讲述的是艾黛尔跟随舅公索里曼先生前往巴黎近郊的万森森林（bois de Vincennes）参观巴黎世博会的经历，女孩对展会上富有异国情调的庙宇、高塔、茅草屋和各种奇异花卉、水果惊奇不已，索里曼先生甚至买下了印度楼，艾黛尔将它取名为紫房子，并成为了这栋房子的继承人。然而，这段奇特而又温馨的故事情节却以索里曼先生的疾病结束。还没等紫房子的工程开工，索里曼先生就病倒了——它释放出某种危险的信号，在一定程度上预示了艾黛尔一家即将遭遇到更大的不幸。同样，在第二章"谢尼娅"中，艾黛尔在学校结识了来自俄罗斯的转学生谢尼娅（Xénia），两人每日放学后在阿摩里卡街花园里谈心，她们坐在被虫蛀得满是洞洞的长椅子上聊天，根本感觉不到寒冷。天下小雨时，她们就撑开雨伞，彼此紧紧依偎在一起。但渐渐地，女孩们的谈天变成了诉苦，谢尼娅忍受不了战争时期的物质匮乏，艾黛尔则抱怨父母之间无休无止的争执矛盾：

> （谢尼娅）突然身子一软，垮在了艾黛尔的肩上，她的嗓音变得沙哑，窒息，不再控制自己的语调。"生活是那么艰难……"艾黛尔握住了她的手，拥抱了她。她知道她什么都不能说。她自己的生活，她父亲和母亲之间日复一日不断扩大的鸿沟，为钱的问题争吵，一种弥漫的却又敏感的灾难性威胁……

由此可见，《饥饿间奏曲》前半段展现的艾黛尔在战争爆发前的日常生活，看似平和、安逸，底下却暗潮涌动：索里曼舅公的健康问题、艾黛尔父母之间的关系、艾黛尔与谢尼娅之间的关系、科唐坦街沙龙的气氛（之后笔者会详细分析），这些都随着战争的逼近而逐渐恶化，最后分崩离析。到了小说的后半段，我们看见艾黛尔一家在战争爆发后遭受的一系列重创：索里曼舅公的病逝、父亲亚历山大（Alexandre）的投资失败、艾黛尔与谢尼娅的友情破裂、科唐坦街沙龙的解散，以及艾黛尔一家破产后被迫离开巴黎，以难民身份逃往法国南部尼斯。当时的尼斯已被意大利纳粹军队占领，娱乐场所和公园全部关闭，炸弹警报时时鸣响，逮捕和酷刑的消息接踵而至，艾黛尔的母亲不得不靠变卖家产，或在花坛里种蔬菜来维持基本生计。而在这种环境下生活的艾黛尔，还是设法保持积极快乐的性格，比如与罗兰·费尔德（Laurent Feld）坠入爱河，两人感情日益升温；或者定期去西沃德尼亚别墅看望父亲的老友莫德（Maude），两人回忆曾一同看过的《波莱罗》首演：

> 她依然还记得那天晚上的事，那时候艾黛尔大约8岁，她跟莫德一起去看《波莱罗》的首场演出，渐渐充盈、渐渐扩大的音乐，观众们站起来欢呼，喝彩，热烈鼓掌。所有这一切显得是那么遥远，仿佛一场梦，然而，很奇怪，它却在这里浮现出来，在这栋房屋可怕的地下室里，让她在越过门槛、读到西沃德尼亚这一名称的那一刻，心开始怦怦地跳起来。

因此，从上述例子就可以看出，无论是前半段的战前生活，还是后半段的战时经历，《饥饿间奏曲》的亦苦亦甜的叙述基调始终与《波莱罗》的双重旋律一致。在这一点上，勒克莱齐奥很可能是受到了列维-斯特劳斯在《神话学：裸人》中的分析的影响：他在一次采访时曾坦言，是列维-斯特劳斯教会他如何欣赏这首乐曲，这位人类学家的名字甚至还被他写进了小说：

> 我母亲对我讲起《波莱罗》的首场演出时，说出了她的激情，叫好，喝彩，口哨，嘈杂。在同一个剧场里，某个位子上，有一个她从没见过的年轻人，克洛德·列维-斯特劳斯。跟他一样，很长时间后，我母亲告诉我，这一音乐改变了她的生活。

除了旋律的双重对比性之外，《波莱罗》曲式结构的另一特点——反复性也在小说中得到充分体现。重复是拉威尔常用的作曲技巧之一，我们能在他的《小奏鸣曲》（Sonatine, 1903）、《西班牙狂想曲》（Rapsodie espagnole, 1907）、《高贵而伤感圆舞曲》（Valses nobles et sentimentales, 1911）、《达弗尼与克洛伊》（Daphnis et Chloé, 1912）等众多作品中听到偏执性的重复旋律或固定节奏，但在《波莱罗》中，拉威尔对重复的运用达到了前所未有的程度。据说作曲家在1928年秋天去圣让·德吕兹度假的一个早晨，走到钢琴旁，用一根手指弹出了一段旋律并问在场的好友："你不觉得这个主题有一种难以抗拒的特点吗？"他接着说："我准备将这个主题不断地反复，不进行任何发展，但要尽我所能扩大管弦乐的规模。"[11] 的确，《波莱罗》的两段主题乐句按照AABB的曲式安排一遍又一遍地回旋重复，法国音乐学家塞尔志·古特（Serge Gut）曾评价道："从来没有一位作曲家能像拉威尔那样，在超过15分钟的时间里将一段没有任何复杂技法的旋律重复到让听众几乎产生幻觉。"[12]

在阅读《饥饿间奏曲》时，我们也能感受到《波莱罗》的绵长旋律所带来的那股致幻力量，小说叙述常常在一种模糊的、雾蒙蒙的，几乎不真实的气氛下展开，作家在第一章"紫房子"中描述艾黛尔参观巴黎世界博览会时明确写道：

> 光线柔和，珍珠色的……热乎乎的雨滴在城市上空激起一团蒸汽。
> 在排列得很规则的八角形木头壁龛中，一些电棒放射出一种颜色，很微弱，如烟雾一般虚无飘渺，绣球花的颜色，海面上黄昏的颜色。
> 一团来自于非常遥远、非常古老的时光的烟雾。

除了环境描写，《饥饿间奏曲》在小说叙事上也有明显的重复特色，使我们在阅读时，好像陷入一场混沌的漩涡。首先，勒克莱齐奥使用大量的未完成过去时态来记述艾黛尔一家的日常生活，使她感觉天天如此，每天都像是同一天。法语中，未完成过去时态通常用于描述过去的某种状态，或者某种反复、有规律性的事件。在法语小说中，用未完成过去时叙事的方法被文学评论家热拉尔·热奈特（Gérard Genette））称为"重复叙事"（récit itératif）[13]。"重复叙事"的现象在福楼拜（Gustave Flaubert）的小说《包法利夫人》（*Madame Bovary*）中尤为明显，而后来的普鲁斯特（Marcel Proust）更是在《追忆似水年华》（*À la recherche du temps perdu*）里将此叙事方法发挥到了极致。在《饥饿间奏曲》中，用未完成过去时记述的艾黛尔战前生活的段落随处可见，例如：

> 阿摩里卡街花园里的那些下午，是（c'étaient）一些例外的特殊时光。她们坐在被虫蛀得满是洞洞的长椅上聊天（bavardaient），根本感觉不到寒冷。天下小雨（pleuviotait）时，她们就撑开（ouvraient）雨伞，彼此紧紧依偎（se serraient）在一起。有时候，当谢尼娅直接从自己家出来（arrivait），她就会带上（apportait）热茶，她把茶装在一个瓶子里，包在一块绒布中，还带上两个银杯子，无疑，那是夏维洛夫家族往昔荣耀的残留。艾黛尔喝着（goûtait）滚烫的茶，有些涩涩的，很提神。她们发出（avaient）笑声，甚至是疯狂的笑声……

又例如，在科唐坦街公寓的沙龙聚会上，艾黛尔常常一边听着宾客们谈话，一边沉沉睡去：

> 艾黛尔仍然喜欢（aimait）午饭后的这一时刻，她的感觉昏昏然，变得迟钝（s'engourdissaient）。她把自己的椅子拉到（approchait）父亲跟前，她嗅着（respirait）他的香烟那甜丝丝的呛人气味，她听（écoutait）他讲往日的事情，在那里，在海岛上，当一切都还存在时，大屋子，花园，游廊下度过的夜晚。

勒克莱齐奥在小说中大量地运用"重复叙事"手法，即使在描写艾黛尔一家经受破产和颠沛流离这样的战争岁月，以未完成过去时记述的情节也不见减少。与此同时,作家还使用许多被热奈特称为"频率标记"（indications de fréquences）[14]的短语,来强调事件的重复性,例如:

> 索里曼先生总是虔诚地带艾黛尔前来工地查看,至少一个月一次。
> 她们养成了习惯,几乎每天放学后都来这里。
> 她们彼此不再分离,她们始终在一起。
> 谢尼娅总是在同一地点等她。
> 科唐坦街公寓的客厅并不太大,但是,每个月的第一个星期天,中午十二点半,它就挤满了来宾、亲戚、朋友、熟人……
> 或早或晚,话题跑开了。这是不可避免的。这是不变的。
> 天天如此,每天都像是同一天。

此外,小说的叙事重复性还通过一些关键情节的复现而得到加强,这些反复出现的情节在小说中往往具有特殊意义。以艾黛尔家的周日沙龙为例,科唐坦街公寓的聚会总是挤满了艾黛尔家的大嗓门、口音重的毛里求斯亲戚,他们坐在暖洋洋的午后客厅里回忆着昔日在岛上的生活,谈笑声夹杂着匙子碰撞的叮当声的描写在小说中屡屡出现:

> 姑妈们的欢呼,她们的笑声,小匙子碰在咖啡杯上的叮当声……
> 杯子里的茶冒着热气,小小的匙子碰到瓷器,叮当直响,波丽娜制作的桂皮小点心的香味……
> 总是同一种声音。一些词,一些笑声,小匙子碰在摩卡咖啡杯上的叮当声。

上文中,精致的小匙子和摩卡咖啡瓷杯是艾黛尔一家战前安逸生活的标志,两者轻轻碰撞发出的声音在战争爆发后骤然消失。在小说的后半段,艾黛尔一家遭受破产和众叛亲离的双重打击,科唐坦街沙龙空无一人,往日清脆的杯匙声早已消失殆尽，代替它的是那几枚偶然落在首都的炸弹和消极防御的警报，以及收音机里传来的希特勒的嘶喊，那个在空空的墙壁之间回荡的嗓音。

勒克莱齐奥在小说中安插的清脆的杯匙声，很可能是受到了普鲁斯特的启发。《追忆似水年华》的读者肯定会对第一卷《在斯万家那边》（*Du côté de chez Swann*）中那个著名的贡布雷（Combray）花园的门铃声印象深刻。勒克莱齐奥曾在2012年发表的文章《一扇打开的门》（Une porte qui s'ouvre）中特意提到《追忆似水年华》里那两声预示着斯万先生到来的"椭圆形的、镀金的、怯怯的"[15]叮咚，它在小说中多次出现："这回我们听到的是专为来客设置的那种椭圆形的镀金的门铃声，它怯怯地叮咚两响"[16]"晚上，在贡布雷的小花园，铃铛怯怯地响过叮咚两声之后"[17]"门铃怯怯地响起叮咚两声，那时我们都在花园里休息。我们知道是斯万来访"[18]，它和玛德莱娜小蛋糕（la Madeleine）一起成为了开启主人公马塞尔（Marcel）记忆的"钥匙"[19]。《饥饿间奏曲》中，贡布雷花园门铃的叮咚声和玛德莱娜小蛋糕变成了科唐坦街沙龙的杯匙碰撞的叮当声和波丽娜姨妈制作的桂皮小点心（在《变革》中则又变成了卡特琳姨妈的硬面包和香草茶），它们伴着宾客们"唱歌一般的"毛里求斯口音，是通向艾黛尔家族海岛记忆的重要媒介：

"那是noyau kili!"其他人跟着起哄道："noyau kili!"这是亚历山大最习惯的格言：*mangue li goût, so noyau kili*，意思是，芒果好吃，但它的核味道又如何？

由此可见，勒克莱齐奥在《饥饿间奏曲》中利用未完成过去时态和情节再现，达到"重复叙事"的效果，使读者在阅读过程中有一种近乎永恒的幻觉，就像在听《波莱罗》的纠缠不休的旋律一样。

其实，在《波莱罗》中，制造永恒错觉的不仅仅是那两条不断回旋重复的主题乐句，还有全曲始终如一的节奏。拉威尔首先安排了一只小军鼓以极弱的力度击打出一个两小节的节奏型主题,之后,这组两小节的节奏在每次主题乐句的呈现之前出现,成为了贯穿全曲的固定节奏,它被称为《波莱罗》的"间奏"(ritournelle)。《饥饿间奏曲》中,"间奏"这一术语首先出现在小说的标题上,这也是勒克莱齐奥至今为止唯一一次用音乐术语来命名自己的作品。[20] 如果我们借用热拉尔·热奈特的术语,《饥饿间奏曲》这个标题不仅是"主题性标题"(titre thématique)[21],它以象征或隐喻的方式预示了文本的主题,还是"表位性标题"(titre rhématique)[22],它补充说明了文本的体裁或形式。我们在上文中已经看到勒克莱齐奥如何通过动词时态和情节再现达到"重复叙事"的效果,此外,他还将一个单一的主题(就像《波莱罗》中的间奏那样)贯穿整部小说,这个主题就是饥饿。它首先出现在小说的卷首引语中,勒克莱齐奥引用了法国诗人阿图尔·兰波(Arthur Rimbaud)的诗《饥饿的节庆》(Fêtes de la faim):

>我的饥饿,安娜,安娜,
>快骑着毛驴逃走。
>
>要说我有味道,那只不过
>是对泥土和石头。
>
>叮!叮!叮!叮!让我们吃空气,
>岩石,煤炭,铁矿。
>
>我的饥饿,旋转吧。饥饿,啃吃吧,
>声音的牧草!
>汲取牵牛花
>欢快的毒药。

与开启《波莱罗》的那段由小军鼓击打的两小节节奏相似，勒克莱齐奥在小说卷首引用的兰波诗歌也有一定的击打性节奏。诗中的四声"叮！叮！叮！叮！"和充满顿挫感的"我的饥饿，旋转吧。饥饿，啃吃吧"使我们想到《波莱罗》中小军鼓稳定而极具冲击力的锻锤；而那两句有着三拍节奏的诗句"我的饥饿，安娜，安娜，快骑着毛驴逃走"和"岩石，煤炭，铁矿"则与乐曲中小军鼓、中提琴和大提琴共同演奏的节奏"三人组"形成呼应。除此之外，我们还会注意到，《饥饿间奏曲》中大多数的章节开篇都有着短小精炼，且具顿挫感的语句，和《波莱罗》每一段主题乐句前出现的固定型节奏非常相似。例如"我了解饥饿，我又感受到了它""艾黛尔，她在公园大门前。天色已晚。光线柔和，珍珠色的""回响起一个个地名，玫瑰山，美塘，历险地，旺水，巴拉克拉瓦，马埃堡，摩卡，米尼西，大塘，母鹿洞，牛脊髓，乌木，老四界，沃洛夫营，军事区……""总是同一种声音。一些词，一些笑声""告别了，法国，告别了，往昔。告别了，巴黎""那是傍晚时分，兴许。七月份，在巴黎""《波莱罗》的最后几节，紧张，剧烈，令人几乎无法忍受。它升腾，充满了剧场。"

因此，正如《波莱罗》中自始至终的小军鼓击打音型，《饥饿间奏曲》的"重复叙事"始终由一个锻锤式的节奏支撑并推进，这使无论乐曲还是小说都有一种刚柔并济的特点。小说中随处可见的顿挫语句表现了战争阴影笼罩下人的焦虑、压抑、渴望，这些情感被作家概括为"饥饿"二字，它是奇怪的、持久的、不变的。《饥饿间奏曲》中，饥饿在不同人物身上各有体现：对索里曼先生来说，那是他对在毛里求斯岛童年时光的怀念；对艾黛尔的父亲亚历山大而言，是主宰科唐坦街沙龙的虚荣心；对谢尼娅来说，是发誓改变生活贫穷现状的信念；对亚历山大的情人莫德而言，是尽可能活在当下，享受片刻欢愉的态度。[23] 然而，第二次世界大战爆发后，这些欲望统统让位于金钱和粮食的短缺，一种真正意义上的饥饿：

> 市场中，什么东西都很贵。什么东西都能卖。艾黛尔买了一些水萝卜叶子、南瓜叶子、圆白菜叶子。生为毛里求斯女人（至少，祖籍是那里的），来自

那些"margozes"（*amargos*，意思是不能吃的）的国家，给了她一种特殊本领，因为她们知道，怎么用一点点剩余的藏红花和咖喱粉，好赖对付着做出一种"兔子们的吃食"。

　　快到中午时，就剩不下什么东西了。在那些空空如也的摊位之间，转悠着一些身影、一些老人、一些贫穷的女人，他们用一根棍子划拉着剩菜烂菜，把它们装进自己的黄麻布口袋。变质的蔬菜、腐烂的水果、发青的根系、碎菜叶、碎菜皮。安静得如同狗们，腰弯得很低，身上衣衫褴褛，甚至裹着破被单，两手黑黑的，手指甲长长的，脸拉得很长，鼻子很尖，下巴很翘……

就在这个市场上，艾黛尔认出了昔日的歌剧明星莫德，此时的她已经变成了一个行动迟缓、形容枯槁、饿得要死的无人照顾的老妇人。在1999年的一次采访中，勒克莱齐奥回忆他的那些20世纪初遭毛里求斯家族驱逐的姑婆们——她们无疑是后来发表的《饥饿间奏曲》中的波丽娜、维莱明娜、米卢、莫德以及《变革》中的卡特琳姨妈的原型，并提到她们在二战期间的悲惨命运：

　　所有我父亲那一支家族的女性最后都完了——结婚的也好，未婚的也好，或者在战争中丈夫不幸阵亡的——她们的处境是我很难描述出来的……她们快要饿死，仅靠几个近亲的帮助才能勉强存活下来。我脑中有几个特别具体的例子……或许有一天我会把这些写下来。[24]

通过上文的举例分析，我们可以看到，《波莱罗》的几大曲式特色在《饥饿间奏曲》中都有相应的体现：亦苦亦甜的叙述基调、由未完成过去时和情节再现组成的"重复叙事"以及贯穿整部小说的"饥饿"主题，这使乐曲和小说在整体结构上形成互文。除了宏观的对位结构之外，《波莱罗》的音响织体也充分渗透到《饥饿间奏曲》的叙事肌理中，拉威尔在乐曲中充分运用的渐强和色彩配器法在小说里也有明显的体现。

《波莱罗》的音响织体在小说中的体现

《饥饿间奏曲》中，战争前夕的生活对艾黛尔来说，每一天都像是前一天，但在这一天天的重复中，她还是感受到朝向冬季的缓慢行进，就如听众在《波莱罗》的旋律漩涡中慢慢感到的升腾。事实上，这也是《波莱罗》除了重复性之外最受听众争议的特点——渐强，帕尔西·斯库尔（Percy Scholes）曾将乐曲概括为"一刻钟渐强的过程"[25]。拉威尔在构思《波莱罗》时，就打定主意不对乐曲做任何西方古典音乐式的展开，如主题变奏、和弦、对位、装饰音等等，而是仅仅逐渐增强音响效果，直到不能增强为止。[26]《波莱罗》渐强的音响力度主要来自逐步增加的乐器数量，以下是《波莱罗》全曲的主旋律配器表一览：

A：长笛 I

A1：单簧管（Bb）I

B：大管 I

B1：高音单簧管（Eb）

A2：抒情双簧管（A）

A3：长笛 I、小号（C）I

B2：次中音萨克斯（Bb）

B3：高音萨克斯（F）

A4：短笛 I、II、圆号 I、钢片琴

A5：双簧管 I、抒情双簧管（A）、英国管、单簧管（Bb）I、II

B4：长号 I

B5：短笛、长笛 I、II、双簧管 I、II、英国管、单簧管（Bb）、次中音萨克斯（Bb）

A6：短笛、长笛 I、II、双簧管 I、II、单簧管（Bb）I、II、各分两部小提琴 I

A7：短笛、长笛Ⅰ、Ⅱ、双簧管Ⅰ、Ⅱ、英国管、单簧管（Bb）Ⅰ、Ⅱ、次中音萨克斯（Bb）、各分四部（小提琴Ⅰ、Ⅱ）

B6：短笛、长笛Ⅰ、Ⅱ、双簧管Ⅰ、Ⅱ、英国管、小号（C）Ⅰ、各分两部（小提琴Ⅰ、Ⅱ）

B7：短笛、长笛Ⅰ、Ⅱ、双簧管Ⅰ、Ⅱ、英国管、单簧管（Bb）Ⅰ、Ⅱ、高音萨克斯（F）、长号Ⅰ、各分两部（小提琴Ⅰ、Ⅱ、中提琴、大提琴）

A8：短笛、长笛Ⅰ、Ⅱ、高音萨克斯（F）、次中音萨克斯（Bb）、小号（C）Ⅰ、Ⅱ、Ⅲ、分四部小提琴Ⅰ

B8：短笛、长笛Ⅰ、Ⅱ、高音萨克斯（F）、次中音萨克斯（Bb）、小号（D）、小号（C）Ⅰ、Ⅱ、Ⅲ、长号Ⅰ、分四部小提琴Ⅰ

Coda：短笛、长笛Ⅰ、Ⅱ、双簧管Ⅰ、Ⅱ、英国管、单簧管（Bb）Ⅰ、Ⅱ、低音单簧管（Bb）、高音萨克斯（F）、次中音萨克斯（Bb）、大管Ⅰ、Ⅱ、低音大管、圆号Ⅰ、Ⅱ、Ⅲ、Ⅳ、小号（D）、小号（C）Ⅰ、Ⅱ、Ⅲ、长号Ⅰ、Ⅱ、Ⅲ、大号、定音鼓、小军鼓Ⅰ、Ⅱ、大号，钹，大鼓，竖琴，各分两部（小提琴Ⅰ、Ⅱ、中提琴、大提琴、低音大提琴）[27]

从这个配器表可以看出，《波莱罗》的主题乐句 A 首先由一支长笛独奏出来，再由单簧管重复一次；接着，由大管引入主题乐句 B，再由高音单簧管重复一次。因此，乐曲刚开始时，每段主题乐句分别由一种乐器独奏呈现，但从主题乐句 A3 开始，乐器数量逐渐增加，乐器种类也越来越丰富，直到最后一段共用到了 25 种乐器。同时，乐器演奏的音量也从一开始的极弱逐渐增强，最后到达极强。《波莱罗》正是因其固执的渐强而被称为"疯狂"[28] 音乐，据说在巴黎首演时就有一位女士忍无可忍地站起来大声叫喊道："这简直是疯了！"拉威尔得知这个消息后，微微笑着说："她听懂了。"巧合的是，诸如"眩晕""热度""疯狂""颤抖"的字眼频频出现在《饥饿间奏曲》的第二、三章节中。小说的后半段开始，我们可以感受到《波莱罗》式的渐渐升腾的压迫感，这主要体现在两方面：激烈的响声描写（与小说前半段反复出现的杯匙叮当声形成明显反差），以及愈加紧张的小说情节，它展现了艾黛尔一家以及整个法国社会逐渐激化的矛盾，直到第二次世界大战的彻底爆发。

小说中，主人公艾黛尔在单调、重复的生活中渐渐感到一种紧张气氛在升腾，关于即将爆发的第二次世界大战先是谣言四起，再是人心惶惶；她的父母在家中无休止的争吵，家里的收音机也不时传来希特勒的嘶吼；昔日欢快轻松的沙龙聚会，姑妈们的欢呼声，她们的笑声，小匙子碰在咖啡杯上的叮当声，此时已成为争吵交锋的场所，每个人急于发表自己的政治立场，争先恐后地叫嚷着，争论的声音回响、震荡在大大的客厅，所有人都争着说话。谈话的内容也从对往日海岛生活的回忆变成对当今社会时事的评论，物价上涨、希特勒上台、大逮捕、难民营，关于反犹的言论也越来越多，他们毫不掩饰对犹太人的厌恶：

> 犹太人家庭，新教徒家庭，外国佬或犹太人国家，邪教世界。
> 犹太麻风病。
> 正直的法兰西人受到世界主义犹太银行家的剥削。
> 卡巴尔经书，撒旦的统治。
> 反生产的犹太人。
> 犹太人跟我们不一样：他们长着鹰钩鼻，方指甲，平脚板，一条胳膊比另一条胳膊短。
> 他们发臭。
> 他们对那些杀伤我们的疾病有天然的免疫力。
> 他们的脑子构成跟我们不一样。
> 对一个犹太人来说，法国是一个养老金的国家。除了金钱，他们什么都不相信，他们的天堂就在地上。
> 犹太人跟算命术和巫术利害一致。
> ……

莫拉在《哲学家小道》中写道：犹太人的才华在《圣经》之后便熄灭了。今天，共和国是一个没有秩序的国家，在那里，获胜的是四大联邦：犹太人、共济会、新教徒、外国佬。

尤里乌斯·斯特雷切在纽伦堡说：唯一的解决方法，就是从肉体上毁灭犹太人。

由此，科唐坦街周日沙龙的气氛一阵紧似一阵，这种不断升腾的紧张气氛与《波莱罗》的渐强力度形成呼应，它使我们想起另一部二战题材的法国当代小说《夏洛特》（*Charlotte*, 2014），大卫·冯基诺斯（David Foenkinos）的这部小说以二战时期在奥斯维辛集中营毒气室被杀害的德国犹太画家夏洛特·萨洛蒙（Charlotte Salomon）为主人公，书中有段情节讲述了夏洛特在犹太音乐家保拉（Paula）的音乐会上感受到的气氛变化，昔日鼓掌的听众如今却喝起了倒彩和吹嘘声：

我们听到这儿和那儿响起了喝彩声。
夏洛特看着堆满舞台的一束束鲜花。
这些鲜花马上会装点他们的会客厅。
到处都是红色的。
在这一片红之间响起了一个不和谐的音符。

一开始，夏洛特不太确定。
这或许是一种奇怪的表达仰慕的方式。
叫喊声更嘶哑了，口哨声更尖锐了。
不是，这不是这样的。
这来自上面。
我们还看得不太清楚。
大厅还是暗着的。

嘶哑的声音愈来愈响。

现在，喝倒彩声完全盖住了鼓掌声。29

让我们回到《饥饿间奏曲》，小说中科唐坦街沙龙的嚷嚷声、无线电收音机里传出的希特勒嘶哑强劲的嗓音、大街上人们的欢呼和喝倒彩声、广场上时不时落下的几枚炸弹，以及拉响的防御警报，这些危险的声音聚合在一起，就像《波莱罗》最后的爆炸性合奏一样，拉威尔为其安排了"尽可能极强"（ff possible）的音量。与此同时，艾黛尔一家也遭受到一连串的打击：亲人病故、朋友背叛、家庭破产、颠沛流离。不幸的遭遇使她逐渐认识到战争的残酷，她也开始思考那些之前从未察觉的灾难征兆：争吵不休的父母，他们那斤斤计较、滑稽可笑的小小行为，那些在房门底下传来传去的字条，那些言下之意，尖刻而又记恨的话语，小小的复仇，小小的阴谋；虚伪狡诈的沙龙宾客，他们带来雪茄、白兰地，他们让人签署文件，接踵而来，又随之消失；以及越来越多持政治右派观点的投机分子。战争爆发之后，艾黛尔对她的所见所闻算了一笔总账：

　　艾黛尔再三思量。从某种方式来说，这就是公正。所有人，全都被惩罚、抛弃、背叛，仿佛是跟他们往日的傲慢算总账。朝三暮四的人，"艺术家们"，唯利是图者，投机倒把者，寄生虫们。还有所有那些曾经万分高傲地炫耀其道德和智力优越性的人，保王党人，傅立叶主义者，种族主义者，霸权主义者，神秘主义者，通灵论者，斯威登堡、克洛德·德·圣马丁、马丁内兹·德·帕斯卡利、戈比诺、里瓦罗尔的徒子徒孙，莫拉派分子，国王的报贩子，毛尔德雷尔分子，和平主义者，慕尼黑派，合作分子，仇英派，凯尔特狂热分子，寡头政治主义者，联立政体主义者，无政府主义者，帝国主义者，蒙面党徒和法兰西行动团员。在那几年期间，他们占据显要地位，他们在论坛上耀武扬威，他们一开口便滔滔不绝，满篇反犹太人、反黑人、反阿拉伯人的言辞，吹牛皮，充好汉。所有那些跟亚历山大·布伦一样为自己优越性担忧的人，都等待着那个伟大的夜晚，布尔什维克的革命，无政府主义者的阴谋。那些聚集在冬季单车场里为夏尔·莫拉的自由而呼吁的人，那些支持行动团而反对达拉第埃的人，那些当拉罗克拒绝发表意见时便撅起嘴巴表示不满的人，那些当庇护十一世和希特勒号召消灭共产主义者时便为他们鼓掌的人。还有那些人，他们在阮爱国的审判案中呼吁判他死刑，因为他要求让印度支那人自己处理自己的问题，他们欢呼公开处决阮太学教授，因为他呼吁越南的独立，还有所有阅读保尔·夏克、J.-P. 马克桑斯和路-费·塞利纳的人，那些在报纸上看到卡尔伯的素描便发笑的人："行了，法国不再是那些没有祖国的人的祖国了！"纽约的自由女神像挥舞着一个七叉的蜡烛盘，配图说明文字："山姆大叔"！

不少学者认为，《波莱罗》最后那震耳欲聋的两小节结尾，是由渐强的音量长时间逼迫而成的，塞尔志·古特将它称为"作曲家绝望的呼喊"[30]；列维—斯特劳斯认为，最后两小节的极大不和谐分明意味着"从此之后，音色、节奏、调性或旋律全都不再重要"[31]。《波莱罗》的这种"不可逆转的宿命感"[32]，象征着《饥饿间奏曲》中艾黛尔一家（或者说是当时的巴黎、法国，甚至欧洲）也不可避免地走向战争的悲剧，这是齿轮的一种摆动。一种机械一旦启动后，就没有任何人让它停顿。《波莱罗》因其过度的反复和渐强的力度，最终导致收尾处轰鸣般的强音，代表着一种由量变到质变的演化过程。这种演化过程在《饥饿间奏曲》中得到充分的体现。小说中日复一日、近乎相同的平常生活仿佛《波莱罗》不断回旋、重复的旋律；在反复中我们又感受到各种矛盾的产生：艾黛尔父母的常年争吵、父亲亚历山大不切实际的投资计划，还有客厅谈话折射出来的欧洲社会中愈演愈烈的仇恨排外的意识形态，这些矛盾渐渐集聚，渐渐激化，如同《波莱罗》慢慢升腾的音量一般，最终产生了质变和断裂：

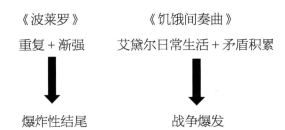

战争爆发后，艾黛尔一家遭到破产和流亡的毁灭性结局，整个欧洲也为丑恶的意识型态付出惨痛的代价。当艾黛尔思考这场战争的前因后果，甚至觉得这就是"公正"。现在，他们的世界崩溃了，瓦解了，缩减成了一片运河之水。

此外，从另一种角度来说，《饥饿间奏曲》以主人公艾黛尔的视角来观察这场战争，实际也在讲述这位年轻女孩逐渐锻炼成独立坚强的女性的苦难历程。起初，她还是个不谙世事的富家少女，会为了朋友的任性嫉妒而流泪，但在目睹了周围人的虚伪、歧视、背叛和经历了自己家庭的破产、瓦解、流亡后，她看清了这个世态炎凉的残酷现实，她顽强地支撑着整个家，带着父母逃出巴黎，开始颠沛流离的难民生活。所以，整部小说也体现了女孩艾黛尔从稚嫩到成熟、从脆弱到坚强的成长过程，一个慢慢"觉醒"的过程。从这一点来看，《饥饿间奏曲》也可被视作是一部成长小说，它和《波莱罗》不断升起的音量也正好吻合。

因此，《波莱罗》通过渐强所要表达的由量变到质变的演化过程，在《饥饿间奏曲》中得到了多方面的体现：这是艾黛尔家庭从盛到衰的过程，是欧洲社会走向混战的过程，同时也是主人公自身成长的过程。勒克莱齐奥独具匠心地将这三个层面有机地联系在一起，使小说富有了张力和主题的多义性。

在小说最后的七页，勒克莱齐奥还透露了一些那个时期发生在巴黎的恐怖事件。在这段题为"今天"的章节中，我们跟随半个世纪后艾黛尔儿子的脚步，寻找战争遗留在这座城市的历史残骸：一个当年被称作"冬季单车场"（le Vél'd'Hiv）的大平台，是当年德军用来关押13万犹太人，随即将他们遣送到集中营的中转站。此外，作家还专门运用白描的方式，勾勒出一幅当时集中营的地理分布图，强烈的视觉冲击效果给读者造成触目惊心的震撼感，这刚好与《波莱罗》结尾遽然而起的轰鸣般强音相对应。

此外，《波莱罗》音响织体的独特魅力不仅在于不断渐强的音响力度，它还来自拉威尔的色彩配器法，以此达到某种"虹彩效应"（effet d'irisation）[33]。在上一小节中，我们已经看到德彪西是如何在钢琴曲《沉没的大教堂》的开头运用极弱的五度和声描绘出一幅笼罩在轻柔薄雾中的平静大海的场景。与德彪西的印象主义音乐相似，拉威尔也在《波莱罗》的前半段通过乐器组配，构建出同样慵懒、梦幻的气氛，而这种气氛与《饥饿间奏曲》的第一章中弥漫的"淡紫色"神秘氛围非常相近。在这一部分，笔者将比较小说和乐曲中的色调或质感，从而进一步探讨不同艺术门类——文学、音乐、绘画之间的互通性。

在阅读《饥饿间奏曲》第一章"紫房子"时，勒克莱齐奥营造的薄雾氛围会使我们想起法国19世纪作家杰拉尔·德·奈瓦尔（Gérard de Nerval）的中篇小说《西尔薇》（*Sylvie*, 1853）。安伯托·埃科（Umberto Eco）曾在《谈文学》（*Sulla Letteratura*, 2003）中谈到他对这部小说的阅读印象，他将其概括为"氤氲效果"：

> 从这个故事走出之后，双眼仿佛被粘住，倒不像梦，而是像清晨你从酣梦中醒转之际，把最初几个有意识的思考和梦境里最后几道微光混淆在一起，在这节骨眼上，我们无法看见（或者尚未越过）梦境和现实的分界线。[34]

事实上，安伯托·埃科的阅读体验与普鲁斯特的非常相近[35]，后者在著名的《驳圣伯夫》（*Contre Sainte-Beuve*, 1954）中将奈瓦尔的小说《西尔薇》形容为"尚蒂伊的晨雾一般不可捉摸"[36]。那么，奈瓦尔是如何在小说中营造出普鲁斯特所说的"不可捉摸"的"尚蒂伊晨雾"，或者埃科所说的"氤氲效果"？其中一个很重要的元素便是小说一团朦胧的色调。普鲁斯特这样评价："如果有一位作家，他与明快简易的水彩画背道而驰，千方百计艰辛树立自己，抓住和廓清模糊的色调、深奥的法则和人类心灵几乎难以把握的印象，那便是《西尔薇》中的热拉尔·德·奈瓦尔。"[36]《西尔薇》的色调是一种混合了蓝色与红色的一种复杂紫色，普鲁斯特称它为似蓝非蓝的，赤紫橘红的，或紫红丝绒或淡紫红丝绒"；埃科则称为蓝蓝的紫色。奈瓦尔在小说中多次提到这个颜色，如"爱情，唉！模糊不清的形状，玫瑰红与蓝色的色调，玄奥的幽灵！"[37]"圣人和天使的脸在淡蓝的拱穹上呈现出玫瑰色"[38]等等，对普鲁斯特来说，这是一幅非现实色彩的画面：

> 这里我们所看见的，是我们在现实中看不见的，甚至词语难以追述的，但有时我们会在梦中见到或由音乐唤起。有时入睡的那一瞬我们有所瞥见，很想把画面轮廓固定下来。可是惊醒了，什么也看不见了，只好作罢；要不然把画面固定下来以前就睡着了，仿佛不允许智力看清似的。这类画面中生灵本身也在做梦哩。[39]

在勒克莱齐奥的小说《饥饿间奏曲》中，我们同样发现了这种变幻莫测、转瞬即逝的色调。第一章"紫房子"中，艾黛尔在与舅公索里曼先生参观巴黎世界博览会时第一次见到"紫房子"，这栋位于旧殖民地展区（留尼汪、瓜德罗普、马提尼克、索马里、新喀里多尼亚、圭亚那、法属印度）的带内院的房屋是索里曼买下准备送给艾黛尔的礼物，以下是作家对"紫房子"的首次描写：

> 这是一栋很简单的房子，用浅色的木头盖成，四周围着一条带柱子的凉廊。窗户很高，上面带有深色木头的隔栅。屋顶几乎是平的，覆盖有漆了油漆的瓦片，上面建有一种带雉堞的小塔。他们走进屋子，里面没有人。在房屋中央，有一个内院，被高塔映照得通亮，沐浴在一片很奇怪的发紫的光线中。在内院那一侧，一个圆形的水池倒映出一片天空。水面十分平静，艾黛尔一时间竟以为那是一面镜子……在排列得很规则得八角形木头壁龛中，一些电棒放射出一种颜色，很微弱，如烟雾一般虚无缥渺，绣球花的颜色，海面上黄昏的颜色。

上文向我们展示了一幅令人入迷的梦幻场景,那里有一种"很奇怪""很微弱"的紫色,"如烟雾一般虚无飘渺",好似"绣球花"或"海面上的黄昏"。它使我们联想到克劳德·莫奈(Claude Monet)的《睡莲》(Nymphéas),或尤金·布丹(Eugène Boudin)的《商业区河畔的黄昏》(Crépuscule sur le Bassin du Commerce)。在这一章节中,这个颜色反反复复地出现:参观博览会的女士们头戴紫罗兰花饰的帽子;索里曼先生一动不动地待在内院中央,他的脸被电灯的微光染成了淡紫色,他的络腮胡子也成了两团蓝色的火焰;他激动地计划着把这座房子买下,然后在内院的如镜面一般的水池里种一些开紫花的植物;当他问艾黛尔该给房子起什么名字时,小女孩回答:"这是紫房子。"之后,艾黛尔再去紫房子的工地,她看到土地上沾上了紫色石粉的细绳在地面上一弹而留下的紫色的线条。

正如《西尔薇》的主人公在"蓝蓝的紫色"中展开对少年往事的漫长回忆,《饥饿间奏曲》中的这栋殖民地风格的房子透射出的"微弱的紫色"唤醒了索里曼先生对昔日毛里求斯岛生活的伤感怀旧,同时也激发了艾黛尔对"最初的远方"(虽然她从未去过那片海岛,但那里毕竟是她父母的故乡)的向往。实际上,紫色与怀旧、遐想的紧密关联在普鲁斯特的《追忆似水年华》第一卷《在斯万家那边》里已有体现:在维尔迪兰夫人(Verdurin)的"小核心"聚会上,斯万先生听到钢琴家凡特伊(Vinteuil)的奏鸣曲,听罢,他想起自己第一次听这部作品(那是钢琴和小提琴合奏的版本)时脑中浮现的不能清楚辨认的轮廓,那是月光下荡漾的蓝色海洋与玫瑰花香气交织在一起的无法形容、无法记忆、无法命名、不可名状的印象:

> 起初,他只体会到这两种乐器发出的物质性的音质。而当他在小提琴纤细、顽强、充实、左右全局的琴弦声中,忽然发现那钢琴声正在试图逐渐上升,化为激荡的流水,绚丽多彩而浑然一体。平展坦荡而又象被月色抚慰宽解的蓝色海洋那样荡漾,心里感到极大的乐趣。在某一个时刻,他自己也不

能清楚地辨认出一个轮廓,也叫不上使他喜欢的东西到底叫什么名字,反正是突然着了迷,他就努力回忆刚才那个乐句或者和弦(他自己也说不清);这个乐句或者和弦就跟夜晚弥漫在潮湿的空气中的某些玫瑰花的香气打开我们的鼻孔一样,使他的心扉更加敞开。可能是因为他不知道这是什么乐曲,所以他得到的印象是如此模糊,一种也许正是真正的纯粹音乐的印象,是局限于这个范围,完全别具一格,不能归之于任何别的种类的印象。这样一种印象,在一刹那间,可以说是"无物质的"印象。[40]

由此可见,无论在《西尔薇》《追忆似水年华》,还是《饥饿间奏曲》中,颜色不仅仅是视觉场域的一个属性,能唤起情感的共鸣,甚至有着"亲身体验的深度"(profondeur vécue)[41]。俄罗斯画家瓦西里·康定斯基(Wassily Kandinsky)也在《艺术中的精神》一书中重点探讨了对颜色的注视激起的精神的震颤。他认为,对于一个感官极度发达的人来说,通向精神之途是极其平直的,视觉、听觉或味觉的印象能直接传递到精神,再由精神抵达其他的身体感官,就像乐器间常会发生的共振一样。《饥饿间奏曲》的第一章中,随处可见的紫色引发某种伤感的怀旧和遐想,康定斯基将紫色视为凝冷色调的代表,具有"病态的、被熄灭的、悲戚的"[42]意味,而勒克莱齐奥笔下的(也包括奈瓦尔和普鲁斯特笔下的)淡紫色则更柔和一些,但仍被赋予忧郁、愁闷的情感。康定斯基认为紫色在音乐中对应的是能发出低沉音调的木管乐器,如英国管或巴松管;巧合的是,拉威尔在《波莱罗》的前半段使用的几乎全是木管乐器,如长笛、单簧管、巴松管、双簧管、次中音萨克斯、英国管等等(详见笔者在上文罗列的主旋律配器表)。

此外,除了淡紫色,勒克莱齐奥还善于运用其他颜色来进一步烘托这似梦非梦的神秘气氛:艾黛尔站在博览会的大门前时,已是傍晚,光线柔和,珍珠色的,在巴黎灰蒙蒙的天空下,万森森林的大湖像是一片沼泽。艾黛尔走在水泥色的奇特高塔之间,她拉住舅公索里曼先生的手,看到他灰色的络腮胡子飘散开来。我们看到,勒克莱齐奥总喜欢用一些混合的颜色,比如淡紫色、灰色、珍珠色、沼泽色以及水泥色等，这使故事始终在一个昏暗的、暧昧的背景中进行。在这些颜色中，灰色出现的频率很高，如"她（艾黛尔）又看到了那条很灰很灰的街，巴黎下雨天的那种灰色，入侵一切，直达人的内心并让人潸然泪下的那种灰色"，更加渲染了小说的伤感气氛。灰色在康定斯基看来是"没有前景的静止"[43]，灰色越深，就越多地负载令人窒息的绝望。歌德的悲剧中就有四个"灰色女人"去拜访不愿死去的老浮士德，并把他驱向死亡；而灰色叶子的植物（如迷迭香）做成的花束和花环也是过去典型的坟墓装饰品。[44] 在2020年发表的自传随笔《布列塔尼之歌／孩子与战争》中，勒克莱齐奥回忆自己童年在尼斯经历的第二次世界大战，称它的颜色是灰色的：

> 战争，是灰色的。
>
> 尼斯，蔚蓝海岸，游客们、艺术家们和画家们都为之着迷。马蒂斯配试着调色板上所有欢乐的颜色，蓝色大海、棕榈树、鲜花、女孩，这些或许是他透过所住的维多利亚馆的窗户看到的（或许是想象出来的）。
>
> 然而，我对这些都没有印象……我们是1943年的初春来到洛克比利埃，那时还很冷，我只记得灰色。那些德国士兵的外套是灰色的，我看到他们忙着卸下我祖母的车轮胎，在她住的楼房的天井里；我们坐卡车出发去山里的那天黎明的天空是灰色的；内陆的山谷是灰色的，是水泥峭壁的颜色，是村庄房屋的裸露的石头的颜色，是我们将要住的房间楼下储藏室的密闭空气的颜色。

紫色如果和灰色等黯淡的颜色组合在一起，则象征着衰退和腐烂。[45] 在《追忆似水年华》的第二卷《在如花少女们身旁》（*À l'ombre des jeunes filles en fleurs*, 1919）中，普鲁斯特也通过紫色与灰色的搭配，描绘出主人公心爱的少女阿尔贝蒂娜（Albertine）郁郁寡欢的神情：

某些日子，她身材纤弱，面色发灰，神态抑郁，紫色的半透明的光斜下她的双眸深处，如同大海有时呈现的颜色，她似乎忍受着放逐者之悲哀。[46]

除了颜色，勒克莱齐奥还在《饥饿间奏曲》第一章中运用其他元素增强故事的"氤氲效果"，如热乎乎的雨滴在城市上空激起的一团蒸汽；科唐坦客厅里雪茄的烟雾；女士们衣裙轻柔的簌簌声。这种将视觉、听觉、触觉、嗅觉等感官印象紧密结合在一起，彼此沟通而产生的康定斯基所说的人体"震颤"，在文学中被称为"通感"。在波德莱尔的作品中，关于"通感"的诗句随处可见，如著名的《关联》（Correspondance）中的"香味、颜色与声音互相应和"[47]；《夜晚的和谐》（Harmonie du Soir）中的"声音和香气在夜晚的空中盘旋"[48]；《全部》（Tout entière）中的"我的所有感觉合一！/呼吸演奏着音乐/就如声音酿造了香气！"[49] 阿图尔·兰波在他著名的诗《元音》（Voyelles）中则将法语的元音字母与颜色联想在一起："A是黑的，E是白的，I是红的，U是绿的，O是蓝的……"[50]

在小说方面，法国作家埃米尔·左拉（Émile Zola）在他的《卢贡—马卡尔家族》系列的第三卷《巴黎的肚子》（*Le Ventre de Paris*, 1873）中多次用到通感隐喻。在这部描写巴黎中央菜市场的小说中，左拉借助绘画和音乐术语，为读者描绘了一片鲜活的蔬菜海洋：

这是一片菜的海洋，它从圣-厄斯塔什教堂门前伸展到中央菜场的街道，在两群售货大厅之间。在两头，两个十字路口之间，波涛还在扩大，蔬菜淹没了石板地。白天带着一种十分柔和的灰色徐徐降临，以一种水彩画明亮的色彩洗涤着一切。这些菜堆波浪起伏，犹如急促的海涛，这绿色的潮流仿佛在马路的陡壁夹道中，秋雨落地而迅逝，留下精致而美妙的影子，动人的紫色、染有乳色的玫瑰红、沉浸在黄色中的绿色、还有那把旭日东升的天空变成一幅变幻不定的丝织品的乳白色。随着光芒四射的满天朝霞映在朗比托街的深处，所有的蔬菜越发苏醒了，从零乱地散落在地面上大片蓝色中脱颖而出。生菜、莴苣、菊苣,还带着黑色的土肥,露出它们透亮的心。成捆的菠菜,成捆的酸模、一束束的蓟菜、成堆的扁豆和豌豆、叠放直立的莴苣,用一把稻草捆着,唱出整个绿色的音阶,歌唱深绿叶子的豆荚像涂上了绿色的漆。鲜明的音阶在羽毛状的芹菜叶子上和一把把的韭葱上逐渐消失。而唱出最高尖音的总是胡萝卜那生动的斑点和萝卜那单纯的斑点,这些音符大量而又奇妙地沿着市场散播,以绚烂的色彩和两种颜色照亮了市场。[51]

在19世纪的另一位法国作家若利斯—卡尔·于斯曼(Joris-Karl Huysmans)的笔下,通感则变得更为大胆,他探索的是听觉和味觉之间的神秘关联。在小说《逆流》(*À rebours*, 1884)中,主人公让·德塞森特(Jean Des Esseintes)沉浸在"利口酒的音乐"[52]之中,他的餐室里立着一个大柜子,里面搁着一长排小酒桶,每个酒桶的下腹部都安了一只银制的龙头,他把这利口酒的桶库称为他的对嘴管风琴,一根管子能够接到所有的龙头。让·德赛森特只需轻触一下隐藏在护墙板的摁钮,所有的龙头会同时转动,将底下的杯子灌满酒浆。就这样,德塞森特东喝一口,西喝一滴,在喉咙口演奏着内心的交响曲,享受到了跟音乐流入耳朵一样的快感,因为对他来说,每一种利口酒都相当于一种乐器的音色:

比如,苦味柑香酒相当于单簧管,其歌唱是酸涩刺耳的,毛茸茸的;大茴香酒好比双簧管,其嘹亮的音色稍带鼻音;薄荷酒和茴香酒则像长笛,同时带着甜味和辣味,仿佛搁了胡椒和糖;而为了配全乐队,樱桃酒愤怒地吹响了小号;金酒和威士忌则用他们的圆号和长号的活塞那刺耳的巨响,刺激味蕾,把上腭带走,葡萄渣烧酒则以大号的低沉吼声在口中咆哮,与此同时,挥动胳膊滚响雷鸣之声的铙钹和大鼓,则可比作在口腔中震响的基奥茴香酒和希腊乳香酒!

他还想,这一类比还能再延伸,弦乐四重奏可以在硬腭底下演奏,小提琴代表的是陈年老烧,雾腾腾而又纤细,尖利而又脆弱,人为的中提琴则述说了更为强壮、更像打鼾、更加低沉的朗姆酒；维斯佩特罗健胃酒呛人而又有后劲，忧伤而又安慰人，像是一把大提琴；而低音提亲，又厚实，又坚固，又阴郁，就像一份纯粹的陈年苦开胃酒。假如人们想构成一个五重奏，甚至还可以再加上第五件乐器，竖琴，由一个同类干枯茗酒来模仿，颤抖的滋味，银铃般清脆的音调，两者是再相像不过了。

相似性还在延续；等音关系存在于利口酒的音乐中；只举一个音调为例，可以说，本笃会修士利口酒体现为这一酒精大调中的小调，商业乐谱把它标定在查尔特勒绿甜酒的符号下。

这些原则一旦确立，他便能靠着博学的经验，用舌头成功地演奏出寂静的旋律，场面壮观的沉默的葬礼进行曲，并在他的嘴里，听出薄荷酒的独奏，健胃烧酒和朗姆酒的二重奏。[53]

回到《饥饿间奏曲》，勒克莱齐奥不仅在第一章"紫房子"中用到了通感手法，在第三章"沙龙的谈话"中也有体现：艾黛尔的父亲亚历山大坐在紫红色的皮面扶手椅上，他谈话时爱抽的香烟有股甜丝丝的气味，艾黛尔趴在父亲的膝头，听着宾客们带着毛里求斯口音的谈话声升腾起来，又降落下去，闻着波丽娜姨妈制作的桂皮小点心的香味，它和客厅里飘荡的香烟味和雪茄味混杂在一起，这一切使艾黛尔感觉昏昏然，思维变得迟钝。然而，就在这一片雾气腾腾中，时不时响起一些清脆的声音，如上文我们提到的小小杯匙轻碰瓷器的"叮当直响"，两者音色的反差使我们想到拉威尔在《波莱罗》中利用乐器调配出的音色游戏。小匙子碰在咖啡杯上的叮当声近似乐曲中的小单簧管的声音，在长笛和巴松管极弱地吹奏出浑厚而带鼻腔的音响后，小单簧管将第二次出现的主题乐句B引向一个尖锐的音符。

除了音色反差，我们还发现，勒克莱齐奥在小说中会运用色彩对比来达到拉威尔在《波莱罗》中的"虹彩效应"。第一章"紫房子"中，作家除了使用灰色、水泥色、黑色、珍珠色、淡紫色等这些浑暗的颜色织造雾化的叙事环境之外，偶尔会加上两三种鲜艳的颜色，制造出强烈的色差。例如，在巴黎灰沉沉的天空下，竖立着一座马提尼克楼，那里的三角楣上雕着各式各样的异国花卉和水果，有菠萝、木瓜、香蕉，还有木槿与天堂鸟的花束，艾黛尔透过门看到一个安的列斯女人，脑袋上缠着一块红布头；在第三章"沙龙的谈话"中，飘荡着香烟味、雪茄味和桂皮小蛋糕香味的雾腾腾的科唐坦街沙龙里，亚历山大的情人莫德身穿一袭鲜亮的长裙，耳朵上戴着一对大金环，当她唱起《阿依达》的选段时，她的嗓音高昂而又细腻，莫德的出场让我们想起《波莱罗》中主题乐句 B 第四次出现时的高音萨克斯独奏。

在第二章"谢尼娅"中，勒克莱齐奥也同样以谢尼娅的金色、红色与巴黎雨天的灰色街道进行对比描写，例如：

> 灰蒙蒙的这一片中，她是金色的一斑，一点光亮。
>
> 她有一张天使般的脸，肤色很浅，稍稍有些颗粒感，沉浸在夏末季节那样的一丝淡淡的金色光晕中，一头金发在头顶中央扎起，像是用麦秸编织的一个篮子上的提柄，混杂有一些红色的绒线，她穿一条长裙，镶有皱纹花边的浅色长裙，裙子很简单，只是胸口处有一些红线的刺绣图案。

上文中，艾黛尔在谢尼娅身上看到的金色象征了女孩的神秘气质，也暗示了她在艾黛尔眼中近乎神圣的地位。从公元 4 世纪到中世纪末期，金色一直是基督教圣像绘画的底色；19 世纪奥地利画家古斯塔夫·克林姆特（Gustav Klimt）常常在他的肖像画中通过紫色、银色和金色的组合来打造人物颓靡的宗教感。对艾黛儿来说，谢尼娅就像一束无从辨认的、猛烈的光芒，在下着蒙蒙细雨的灰色的巴黎街头，直穿她的心灵。此外，谢尼娅衣服上若隐若现一些红色，这种被康定斯基称为"目标几近明确、无限强盛"[43] 的颜色多少透露出女孩的性格。在西方历史上，红色不仅是贵族的颜色，如法国黎塞留主教（Richelieu）的红色长袍和路易十四国王（Louis XIV）的红色鞋跟，它还是革命、反抗的颜色，在画家欧仁·德拉克洛瓦（Eugène Delacroix）的著名作品《自由引导人民》（La Liberté guidant le peuple, 1830）中，象征自由的玛丽安（Marianne）头戴的正是法国大革命时期的红色弗里吉亚帽。这两点都符合谢尼娅的人物设定，在巴黎过着潦倒的流亡生活的她最大的愿望就是改变贫穷现状，她对艾黛尔说："回忆，它让我感到恶心。我要改变生活，我不想像一个乞丐那样活着。"读到这里，我们就能理解为何谢尼娅一心想嫁给有钱人，最后如愿以偿，成家后她在离埃菲尔铁塔不远的富人区买下一套公寓，甚至创立了自己的时装品牌。战争结束后，艾黛尔又一次见到谢尼娅，差点儿没认出她来，她身上早已没有了以前那种令她激动得心怦怦直跳的贫穷味道。

然而，除了这些偶尔出现的金色、红色之外，《饥饿间奏曲》的整体色调是模糊的、被稀释了的，以淡紫色和灰色为主，就像《波莱罗》中木管乐器以极弱或弱的力度演奏的乐句。在文章《卢瓦尔之氤氲》中，埃科将奈瓦尔的《西尔薇》的氤氲效果还归功于小说中大量出现的未完成过去时动词和情节再现，埃科称之为"转圈圈"，并将它和音乐中的"回旋曲"形式相提并论，在这一点上《西尔薇》与《饥饿间奏曲》也有惊人的相似。在情节再现方面，除了之前提到的杯匙轻碰咖啡杯的叮当声，"紫房子"内院里镜面似的圆形水池也反复出现在文本中：

（索里曼）瞧着镜面般倒映出天空的水池子。

水池子闪闪发亮，圆镜似的倒映出天空。

那一个，镜子池子，我愿意它始终平滑得像一个镜盘，好让天空用它来照看自己。

她想象自己已经看到了内院、走廊、镜子般的水池，倒映出灰色的天空。

正如普鲁斯特在《驳圣伯夫》中评价《西尔薇》中的人物只是一场梦幻的影子，《饥饿间奏曲》的前半段出现的人（索里曼先生、谢尼娅、亚历山大、波丽娜姨妈、莫德）、物（紫房子、圆形水池、咖啡杯匙、桂皮小点心）和事件（参观巴黎世界博览会、紫房子改建、科唐坦街沙龙）也都可被当作梦幻泡影，它们为艾黛尔编织出了一个保护性的巢穴，一个避风港，一种平静而又无后遗症的遗忘，而这一切都将在战争爆发后统统灰飞烟灭，艾黛尔也终将在这场梦中幡然醒悟。

根据上文的分析，我们已经可以得出结论：小说《饥饿间奏曲》与乐曲《波莱罗》无论是宏观结构还是微观肌理都形成了对位关系，这种对位是包含深意的：《波莱罗》解释了《饥饿间奏曲》，《饥饿间奏曲》也以小说的形式演绎了《波莱罗》。虽然拉威尔创作《波莱罗》的动机不得而知，但勒克莱齐奥将乐曲放置在小说的二战背景下，一定是因为他在其中听出了战争的意味。《波莱罗》的底部伴奏自始至终是小军鼓密集的鼓点，好似士兵行进的脚步声，随着音量的增强，小军鼓的声音也越来越明显。这里需要特别提到的是，2018年是第一次世界大战停战一百周年，在巴黎举行了非常隆重的纪念仪式，仪式最后的节目正是演奏《波莱罗》。

《波莱罗》在震耳欲聋的高潮中戛然而止，暗示着小说的最后并不是一个圆满的结局。不同于《金鱼》中的爵士乐首尾相接的"圆形"曲式结构代表着拉拉在各国历经颠簸后重返故乡找回真正的身份，《饥饿间奏曲》中的艾黛尔最终无法回到祖先居住的毛里求斯岛，而是逃往了加拿大。这也许解释了勒克莱齐奥为何给小说取名《饥饿间奏曲》，他暗示着艾黛尔真正的"饥饿"，即移民的身份认同，它永不停歇，将永远继续下去。

《波莱罗》的舞蹈特色在《饥饿间奏曲》等小说中的体现

在结束考察《波莱罗》在小说《饥饿间奏曲》的重要性之前，让我们不要忘记，《波莱罗》还是一部芭蕾舞曲，由拉威尔受俄罗斯著名舞蹈家依达·鲁宾斯坦夫人（Ida Rubinstein）之托创作而成。1928年11月22日，鲁宾斯坦携她的由20人组成的舞团，现身巴黎歌剧院的《波莱罗》首演，那场舞蹈由俄罗斯编舞家布罗尼斯娃·尼金斯卡（Bronislava Nijinska）编排，它的场景被设立在一家西班牙的小酒馆里：

> 舞台深处灯光幽暗，靠近墙壁的桌旁，围坐着一群人在饮酒交谈。酒吧当中的大台子上舞蹈者似在练腿，起初她做着一些文雅的舞姿，随着熟练之后，便开始反复着粗犷的动作，饮酒者只管举杯痛饮，无暇顾及其它。然而那舞蹈的踢踏声毕竟要吸引他们的耳朵，炯炯的目光自然也就跟过来了，不断反复的节奏完全把他们的情绪给抓住了。于是他们站立起来向舞台靠拢围成一圈，也跟着舞蹈者狂热地起舞，而且一直尽兴地把舞蹈引向高潮。[54]

《饥饿间奏曲》中，艾黛儿和莫德观看的正是依达·鲁宾斯坦的那场演出，勒克莱齐奥在文中描述道：

> 现在，听众们全都站起来，瞧着舞台，台上的舞蹈演员旋转着，加快了运动。人们叫嚷着，他们的嗓音被塔姆塔姆鼓的敲击声盖住。依达·鲁宾斯坦，舞蹈者成了木偶，被疯狂的劲头卷走。

在这一小节的最后，笔者将聚焦《波莱罗》的舞蹈表演，以及它在小说《饥饿间奏曲》中的隐喻体现。首先，与乐曲不断增强的力度最后到达一个震耳欲聋的高潮相一致，《波莱罗》的舞者们被一种愈加猛烈的狂热驱使着，在舞台上不断旋转，并不断加快他们的舞步，最后共同到达一个爆炸性的结尾，这使整部芭蕾表演有一定的情色意味。拉威尔本人也证实了这一点，称《波莱罗》里"有那么一些音乐情色"[55]。在《饥饿间奏曲》中，有一段艾黛儿和罗兰·费尔德在海中相拥的场景，勒克莱齐奥在描写该场景时很可能想到了《波莱罗》的舞蹈。作家将这个场景设置在一个宁静、流动的空间——空无一人的海滩，海浪懒洋洋地拍打着滩岸，清凉的晚风徐徐。在《勒克莱齐奥：情色、词语》（*J.M.G. Le Clézio : l'érotisme, les mots*）一书中，索菲·贝尔托齐就指出勒克莱齐奥笔下的大海往往是带情色意味的空间，它常以某个女性的形象出现，邀请人与大自然"通过一种感官的、肉体的接触而达到共生共息"[56]，例如小说《寻金者》中那段著名的亚力克西听海回忆：

  在我记忆最遥远的地方，我听见了大海的声音……我想念它[57]如同想念一个人。黑暗中，我全身感官觉醒，为了更清楚地听见它到来，更好地迎接它。巨浪在礁石上跃起，又摔落在湖里，声响仿佛一只锅炉让大地和空气震颤。我听见它，涌动，喘息。

  在勒克莱齐奥的小说中，我们可以找到许多与水有关的"情色词汇"（lexies érotisantes）[56]。《金鱼》中，莱拉跟随客栈"公主们"来到公共浴室，那里升腾起一朵巨大的蒸汽云，在这些一丝不挂的女人身体上"滑行"，她们用浮石"摩擦"自己的身体，用椰子油"揉捏"背和头颈，散发出一股"甜得发腻的"香草气味。同样，在《饥饿间奏曲》的海边场景中，作家也用到不少有此类意味的词汇，比如他们的"湿漉漉的"泳衣、晚风中"颤抖"的皮肤、上面"几滴小小的汗珠""绷得紧紧的"肌肉等等。罗兰的黑色泳裤与艾黛尔的白色泳裤形成"阴"和"阳"的对比，使我们联想到《波莱罗》的主题乐句 A 和主题乐句 B 的双重对比性；他们的动作被比作一场"长久的舞蹈"，"一开始很慢"，"后来越来越快"，与《波莱罗》的渐强音乐和愈加疯狂的舞蹈动作极为相似；而两人"有规律的心跳"也与乐曲的由小军鼓击打的固定节奏完全一致。

  除了情色意味，《波莱罗》的舞蹈动作简单得近乎单调，随着小军鼓的整齐划一的敲击节奏而不断重复，使整支舞蹈有着生硬的、简朴的、甚至原始的特征，好似部落里的仪式舞蹈。在南美系列随笔《墨西哥之梦》中，勒克莱齐奥曾记述了印第安部落古老的"玛斯乌阿利兹特利舞"（macehualiztli），当年欧洲人初到美洲大陆时，最为恐惧的就是印第安人狂热的仪式舞蹈：

人群聚集在一起，三三两两围成圆圈，头上戴着羽毛，臂上装饰着鲜花。他们的手脚直至全身都同时做着相同的动作，看上去有点奇怪，可是很好看。所有人的动作都迎合着鼓点和 *teponaztli*。

之后，勒克莱齐奥又在另一部墨西哥题材随笔《歌唱的节日》中详尽描写了他在南美印第安昂贝拉和瓦纳纳部落居住时亲眼目睹的"贝卡"舞（Beka），它通常由当地被称为"哈伊巴纳"（Haïbanas）的萨满教巫医所跳，是一种治疗仪式的舞蹈：

哈伊巴纳在房子门前的地上跳着，他绕着病人，绕着祭品，踏着地面，他颤抖，他变换表情，他的脸在煤油灯下变得狰狞……人们跟随着巫医加入到舞蹈中来，他们用身体给曲子打着节奏，渐渐地，响起了"咦呼"的叫喊声，还有长笛声，每一支都发出各自的音，在这一片昏暗中呼唤着，应答着，就像癞蛤蟆的呱呱声。

在这部随笔的最后，勒克莱齐奥还描述了他目睹的另外一支萨满教舞蹈，那是瓦纳纳部落跳了上千年的洪水搏斗之舞：

他们聚集在一起，围着一只巨大的白塞木独舟，独舟被四根木头杆子架起。接着，他们开始跳起舞来，跟着排笛和水鼓的音乐。他们围着独木舟慢慢地移动，男人，女人，孩子，老人，朝着它俯下身子，用木棍敲打独木舟的硬壳。就这样持续了几个小时，一直到深夜。森林里响荡着这支奇妙的音乐，单调的吟唱，长笛的旋律，独木舟的硬壳上发出了沉闷的敲击声，仿佛一只巨大的鼓的节奏。他们跳着舞，演奏着音乐，像在祈祷一样，祈求河湾达玛不要再用洪水淹掉这片土壤。

可以说，自南美印第安旅居归来后，勒克莱齐奥就对部落的仪式舞蹈有着近似痴迷的态度。他在后来发表的小说里时不时安插相关的场景，如《沙漠》中的北非马格里布地区"蓝人"族（les Hommes Bleus）的祈祷舞：

  大家起舞时，努尔站起来，加入了欢跳的人群。人们用自己的光脚击打着地面，继不前进也不后退，围成一个新月形，堵住了场地。人们使劲地呼喊着真主的名字，仿佛所有的人在同一时刻承受着撕心裂肺的巨大痛苦，泥鼓声伴随着每一声呼喊：
  "啊，是他！"
  妇女们声音颤抖地呼唤着。乐鼓声钻进了寒冷的地底，直冲夜空的最高处，与月亮的光辉融成一体，在此刻，时光不再流逝，不幸已经终结，男男女女用脚尖脚跟击打着地面，重复着胜利的呼声：
  "啊，是他！""嘿！万岁！"他们左右摇晃着脑袋。乐声发自他们的内心，通过他们的喉咙，传到遥远的天边。

无论是《墨西哥之梦》《歌唱的节日》，还是《沙漠》，勒克莱齐奥所记录和描写的部落舞蹈都与《波莱罗》的首场芭蕾有着惊人的相似之处：舞者们围成一个大圆圈（《沙漠》中的"蓝人"族则围成了新月形），被狂热和迷醉驱使重复着简单、机械的舞蹈动作，整齐划一的鼓声、木棍声或光脚跺地声为舞蹈打着固定节奏。除了部落仪式之外，勒克莱齐奥在作品中多次写到的城市舞厅里，也常常出现男男女女围着位于中央的年轻女孩疯狂扭动身躯的场景，如上一章我们看到的《另一边的旅行》中娜嘉·娜嘉和"信徒"们的海鸥之舞。在《沙漠》中，像崖洞一样的夜总会里，拉拉·海娃在中央独自一人展开双臂旋转着，双脚跺着地面，与《波莱罗》首演的依达·鲁宾斯坦极为相像：

  海娃赤着脚在光滑的地面上跳着，那细长、扁平的双脚随着鼓点击打着地面，更确切地说，是她的脚尖和脚后跟指挥着音乐的节奏。她轻盈的腰肢扭动着，双臂微微张开，仿佛像一对翅膀……舞曲的狂热像热浪一样向她周围散发开去，一时中止了跳舞的男男女女又扭起了舞步，但他们随着海娃身躯舞动的节奏，用脚趾、脚跟踏着地面。谁也不出声，谁也不出气。人们狂热地随着舞步自然转动……电子音乐加快了节奏，人们赤裸的双脚在透明的地面上踏得越来越快，越来越响了。大厅里，墙壁、镜子和光亮都不见了。它们消失了，被这令人昏眩的舞步击败了。

注释：

1. 参见：凯恩斯. 莫扎特和他的歌剧 [M]. 谢瑛华，译. 上海：上海三联书店，2014：166.
2. 参见：朱秋华. 德彪西 [M]. 北京：东方出版社，1997：37-38.
3. 参见：德彪西：钢琴曲集 II[M]. 北京：人民音乐出版社，2006：158.
4. 参见：WESTERLUND F. La musique qui transporte et transforme : fonction de la musique dans Révolutions[M]//J.-M.G. LE CLÉZIO. Ailleurs et origines: parcours poétiques. Toulouse : Éditions Universitaires du Sud, 2006 : 163.
5. 参见：奥海姆. 萨蒂钢琴作品集 [M]. 常罡，译. 北京：世界图书出版公司，1998：13-18.
6. 参见：雷伊. 萨蒂画传 [M]. 段丽君，译. 北京：中国人民大学出版社，2005：1.
7. 参见：魏迈尔. 萨蒂 [M]. 汤亚丁，译. 罗沃尔特音乐家传记丛书. 北京：人民音乐出版社，2003：19.
8. 参见：BROWN C S. Music and Literature: A Comparison of the Arts[M].Hanover: University Press of New England, 1987: 101.
9. 参见：列维—斯特劳斯. 神话学：裸人 [M]. 周昌忠，译. 北京：中国人民大学出版社，2007：711.
10. 参见：列维—斯特劳斯. 神话学：裸人 [M]. 周昌忠，译. 北京：中国人民大学出版社，2007：712.
11. 参见：MARNAT M. Maurice Ravel[M].Paris : Fayard, 1986 : 631.
12. 参见：GUT S. Le phénomène répétitif chez Maurice Ravel, de l'obsession à l'annihilation incantatoire[J].International Review of the Aesthetics and Sociology of Music, 1990 (21) : 42.
13. 参见：GENETTE G. Discours du récit[M].Paris : Seuil, 2007 : 115.
14. 参见：GENETTE G. Discours du récit[M].Paris : Seuil, 2007 : 118.

15. 参见：普鲁斯特. 追忆似水年华 I：在斯万家那边 [M]. 李恒基，译. 南京：译林出版社，1992：14.
16. 参见：普鲁斯特. 追忆似水年华 I：在斯万家那边 [M]. 李恒基，译. 南京：译林出版社，1992：14-15.
17. 参见：普鲁斯特. 追忆似水年华 I：在斯万家那边 [M]. 李恒基，译. 南京：译林出版社，1992：19.
18. 参见：普鲁斯特. 追忆似水年华 I：在斯万家那边 [M]. 李恒基，译. 南京：译林出版社，1992：24.
19. 参见：LE CLÉZIO J-M G. Une porte qui s'ouvre [J].Diogène, 2012 (1)：11.
20. 在勒克莱齐奥的作品中，和音乐有关的标题还有随笔《歌唱的节日》《布列塔尼之歌 / 孩子与战争》（*Chanson bretonne/L'enfant et la guerre*, 2020），但它们都不是专业的音乐术语。
21. 参见：GENETTE G. Seuils[M].Paris：Seuil, 1987：85.
22. 参见：GENETTE G. Seuils[M].Paris：Seuil, 1987：89.
23. 小说中，莫德在尼斯住的别墅名为"西沃德尼亚"（Sivodnia），在俄语中是"今日"的意思。
24. 参见：CORTANZE G (de). Le Clézio. Le nomade immobile[M].Paris：Éditions du Chêne, 1999：83.
25. 参见：吴知言. 力量与色彩的涌动——《波莱罗》游走在单纯与丰富之间 [J]. 人民音乐，2003（6）：42.
26. 参见：MARNAT M. Maurice Ravel[M].Paris：Fayard, 1986：630.
27. 参见：汪薏. 音乐的彩色魔方——拉威尔配器的艺术风格 [J]. 文艺争鸣，2011（4）：129.
28. 参见：GUT S. Le phénomène répétitif chez Maurice Ravel, de l'obsession à l'annihilation incantatoire[J].International Review of the Aesthetics and Sociology of Music, 1990 (21)：44.

29. 参见：FOENKINOS D. Charlotte, avec des gouaches de Charlotte Salomon[M]. Paris : Gallimard, 2015 : 60.
30. 参见：GUT S. Le phénomène répétitif chez Maurice Ravel, de l'obsession à l'annihilation incantatoire[J].International Review of the Aesthetics and Sociology of Music, 1990 (21) : 45.
31. 参见：列维—斯特劳斯. 神话学：裸人 [M]. 周昌忠，译. 北京：中国人民大学出版社，2007 : 717.
32. 参见：BARTHES R. Le Bruissement de la langue[M].Paris : Seuil, 1984 : 99.
33. 参见：SABATIER F. Miroirs de la musique : La musique et ses correspondances avec la littérature et les beaux-arts (XIXe - XXe siècles) II[M].Paris : Fayard, 1995 : 543.
34. 参见：埃科. 埃科谈文学 [M]. 翁德明，译. 上海：上海译文出版社，2015 : 29.
35. 埃科在文章中也向前辈普鲁斯特致敬，他写道："后来，我又发现普鲁斯特也曾经和我有过类似的感受。如今我已无从追忆，当年我是如何遣词造句来表达自己的印象的，因为从那之后，我竟然只能用普鲁斯特的词汇来表达，也就是他在《驳圣伯夫》里论奈瓦尔的那几页文字。"参见：埃科. 埃科谈文学 [M]. 翁德明，译. 上海：上海译文出版社，2015 : 28.
36. 参见：普鲁斯特. 驳圣伯夫：一天上午的回忆 [M]. 沈志明，译. 天津：百花文艺出版社，2013 : 91.
37. 参见：NERVAL G (de), Sylvie[M].Paris : Librairie Générale Française, 1999 : 28.
38. 参见：NERVAL G (de), Sylvie[M].Paris : Librairie Générale Française, 1999 : 57.
39. 参见：普鲁斯特. 驳圣伯夫：一天上午的回忆 [M]. 沈志明，译. 天津：百花文艺出版社，2013 : 86.
40. 参见：普鲁斯特. 追忆似水年华 I：在斯万家那边 [M]. 李恒基，译. 南京：译林出版社，1992 : 57.

41. 参见：ROMANO C. De la couleur : un cours de Claude Romano[M].Chatou : Les Éditions de la Transparence, 2010 : 13.

42. 参见：康定斯基. 艺术中的精神 [M]. 李政文，魏大海，译. 北京：中国人民大学出版社，2003 : 82.

43. 参见：康定斯基. 艺术中的精神 [M]. 李政文，魏大海，译. 北京：中国人民大学出版社，2003 : 78.

44. 参见：海勒. 色彩的性格 [M]. 吴彤，译. 北京：中央编译出版社，2011 : 312.

45. 参见：海勒. 色彩的性格 [M]. 吴彤，译. 北京：中央编译出版社，2011 : 252.

46. 参见：普鲁斯特. 追忆似水年华 II：在少女们身旁 [M]. 桂裕芳，译. 南京：译林出版社，1992 : 510.

47. 参见：BAUDELAIRE C. Œuvres complètes[M].Paris : Gallimard, 1975 : 11.

48. 参见：BAUDELAIRE C. Œuvres complètes[M].Paris : Gallimard, 1975 : 47.

49. 参见：BAUDELAIRE C. Œuvres complètes[M].Paris : Gallimard, 1975 : 42.

50. 参见：RIMBAUD A. Œuvres complètes[M].Paris : Gallimard, 1972 : 53.

51. 参见：左拉. 巴黎的肚子 [M]. 骆雪涓，译. 北京：文化艺术出版社，1991 : 25-26.

52. 参见：于斯曼. 逆流 [M]. 余中先，译. 上海：上海译文出版社，2016 : 67.

53. 参见：于斯曼. 逆流 [M]. 余中先，译. 上海：上海译文出版社，2016 : 66-67.

54. 参见：康图南. 拉威尔的《波莱罗》舞曲 [J]. 人民音乐，1984（2）：49.

55. 参见：MARNAT M. Maurice Ravel[M].Paris : Fayard, 1986 : 634.

56. 参见：JOLLIN-BERTOCCHI S. J.M.G. Le Clézio : l'érotisme, les mots[M].Paris : Éditions Kimé, 2001 : 149.

57. 在法语原著中，由于大海是阴性名词，所以直接宾语人称代词"它"其实是"她"，法语原文更能体现大海的女性特质。

Part Three

勒克莱齐奥

笔下的如乐世界

"您是否听见山中湍流的低语?
那里便是入口。"
——勒克莱齐奥,《另一边的旅行》

在前面两个章节中，笔者依次阐述了勒克莱齐奥作品中的流行音乐和古典音乐在文本中的重要性。事实上，作家笔下的音乐不局限于现有的流行歌曲和古典曲目，小说中出现的汽车马达隆隆声、街上行人的脚步声、咖啡馆、饭店、商场、公寓里传来的谈话声等共同演奏出一首永不停歇的现代城市交响乐；而大自然世界也时时回响着雨声、海浪声、涓涓水流声，以及蟋蟀、癞蛤蟆、云雀的鸣唱。总之，勒克莱齐奥是一位对周围声响世界极其敏感的作家，在他看来，这都是音乐，它存在于日常生活的方方面面，我们只需侧耳倾听。

什么是音乐？其实，关于音乐的起源、定义和边界一直是在西方音乐史上一个有争议的话题，费雷德里克·苏纳克（Frédéric Sounac）将它概括为"艺术的绝对化与自然之美之争"（absolutisation de l'art contre beauté naturelle）[1]。20世纪以前，西方音乐家就这个问题分为两个相对的阵营——纯音乐派和标题音乐派。纯音乐，又称绝对音乐，是建立在纯粹音乐逻辑之上的音乐类型，它与外部环境没有任何联系，也与其他艺术门类（如诗歌、绘画、舞蹈等）毫不相关。纯音乐派的代表人物是约翰·塞巴斯蒂安·巴赫（Johann Sebastian Bach），在他创作的《赋格的艺术》（The Art of Fugue）中，一个声部陈述主题，然后"跑开"[2]，接着另一声部以同样的主题进入，以此类推。巴赫的赋格曲有着复杂而又严谨的对位手法，推动它的是纯粹、抽象的音乐逻辑，而与外部因素无关，因此被称为纯音乐的典范。相反，与巴赫同时代的作曲家安东尼奥·卢奇奥·维瓦尔第（Antonio Lucio Vivaldi）则在他的《四季》（The Four Seasons）中用每一首小提琴协奏曲代表一个季节。为了让音乐所描绘的情景更加明朗，维尔瓦第首先为每个季节写一首诗（他称之为说明性的十四行诗），然后将诗里每一行内容与音乐表现对应起来，他甚至在特定的地方要求小提琴听起来像狗叫的声音。因此，作为标题音乐先驱的维瓦尔第力图证明,音乐(尤其是器乐)是可以奏出一个故事或一系列事件的。当纯音乐坚持音乐自己就能讲故事时,标题音乐则从外部的客观汲取素材,用声音进行再创造。加拿大生态音乐家雷蒙·穆雷·夏弗(Raymond Murray Schafer)曾指出,16 世纪的音乐对自然景观的重视与当时文艺复兴弗拉芒绘画中的自然主题井喷密切相关。[3] 不管怎么说,纵观整个西方音乐发展历程,对自然景观的凝视一直是作曲家源源不断的创作源泉,它提供了无穷无尽的声音"模板"(modèle)[4]:我们在贝多芬(Ludwig van Beethoven)的《第六交响曲"田园"》(Pastorale)中能听到鸟儿的啁啾鸣叫,这是由一支长笛、一支双簧管和一支单簧管吹奏出的音响;在音乐故事《彼得与狼》(Peter and the Wolf)中,谢尔盖·普罗科菲耶夫(Sergey Prokofiev)分别用法国号、双簧管、单簧管和巴松管来诠释狼、鸭子、猫和老爷爷的角色特征。法国音乐学家弗朗索瓦-贝尔纳·玛什(François-Bernard Mâche)在此基础上发展了他的艺术"趋同"(convergence)理论,认为"所有展现人的音乐的技巧都可以在动物世界找到各自的等同物或原型"[5]。在通常被称为标题音乐时代的 19 世纪,我们能听见肖邦在《第十五号前奏曲"雨滴"》(Raindrop)中通过连弹四个相同音来模仿水珠滴落的声音;在上一章我们也已看到德彪西是如何在《沉没的大教堂》中利用右手起起伏伏的和弦来还原教堂渐渐浮出水面,又被海水慢慢吞没的场景。在一次采访中,德彪西曾坦言,大自然正是其音乐创作的核心:

> 有谁会知道音乐创作的奥秘?海的声音,地平线的弧度,树叶间的风,鸟的啁啾声,这些留给我们许许多多的印象。突然,就在我们最不经意的时候,这些记忆通过音乐的语言被展现出来,自成和谐的一体。无论我们怎么努力,我们都不会找到比那更准确的,更真诚的了。[6]

除了自然景观,作曲家还从人类的诸多活动中汲取创作灵感,而这些作品就更具有时代特征。例如,海顿(Franz Joseph Haydn)在《D 大调第七十三交响曲"狩猎"》（La Chasse）中用圆号来模仿打猎号角的声音；舒伯特（Franz Schubert）在声乐套曲《冬之旅》（Die Winterreise）的第十三首《邮车》（Die Post）中用钢琴来模拟邮车急促的喇叭声；而20世纪初的布基伍基爵士的低音连奏则来源于火车行驶在铁轨上不断发出的咔嚓声。与此同时，从20世纪起，音乐家们不再满足于纯粹的模仿，而开始大胆地将后工业社会的各种声响直接运用到作品中。于是，我们就在未来主义作曲家路易吉·鲁索洛（Luigi Russolo）的《城市觉醒》（Awakening of a city）中听到各种工业噪声；在鸟类学家、作曲家奥利维埃·梅西安的《图伦加利拉交响曲》（Turangalîla – Symphonie）和《鸟类集》（Catalogue d'oiseaux）中听到了鸟的真实鸣叫。类似的声音还能在具体音乐流派的代表皮埃尔·夏弗的《噪声练习曲五首》（Cing Études de Bruits），以及谭盾的《纸乐》和《水乐》中听到。而偶然音乐的代表人物约翰·凯奇则在他最著名的作品《4分33秒》（4'33"）中安排演奏者坐在舞台上，打开"乐谱"，什么都不演奏，过了一阵，大厅里的背景声音——地板的嘎吱声、驶过的汽车喇叭声、电器马达的隆隆声等变得越来越清晰。这些20世纪开始的种种音乐实验都在逐渐模糊音乐和噪声的界限，逐渐消解充满声音的自然和音乐之间的对立。确实，现在已被广泛所知的是，被称为噪声的声音与被称为音乐的声音之间并不存在绝对的声学差别，噪声之所以作为噪声、音乐之所以作为音乐的理由并非声音本身的物理特征，而与文化环境及个体背景有关，取决于将其认定为官方认可具有音乐性的，以及对声音之间存在的秩序或无序的认定。[7]简言之，音乐与噪声的界限很大程度上是人为划下的。在《法语综合百科全书》（Encyclopaedia Universalis）的一篇题为《音乐与噪声》（La musique et le bruit）的文章中，作者皮埃尔·比亚尔（Pierre Billard）就曾写下这样一段文字：

> 将音乐与噪声区别开来的并非声音的自然特性，而是作曲家对声音的运用。一块由一些"音乐性"声音零散聚集在一起的"声响印记"严格意义上来说是噪声，而如果将盘子、玻璃杯、瓶子、平底锅和咖啡磨发出的声音适

当地、有序地编排，也能够拥有一部音乐作品的质量。[8]

勒克莱齐奥无疑认同这一观点。对他来说，一切都是有声响的，一切都是音乐性的，正如他在《大地上的陌生人》（*L'Inconnu sur la terre*, 1978）中写道：

> 有如此多的音乐在风和树中，在风和缆绳之中；有如此多的歌声在蝗虫和夜莺之间；有如此多的和谐，甚至在地下，甚至在石头里！

因此，在本书的最后一章中，笔者将分析勒克莱齐奥在作品里无数次描绘的音乐无处不在的世界景观；除此之外，作家还试图"用词语演奏音乐"，通过对文字音色和节奏的打磨，拉大语言与语义之间的距离，从而尽可能地挖掘其声响魅力，使书写语言与风的语言、昆虫的语言、鸟的语言联系在一起。可以说，勒克莱齐奥的音乐性书写，是作家对如乐世界的最高致敬。

第一节　勒克莱齐奥的音景书写

"音景"（soundscape）这一概念由加拿大生态作曲家雷蒙·穆雷·夏弗于 20 世纪 60 年代末提出，它是由"声音"（sound）与"风景"（landscape）这两个英文单词合成的新词，用以描述和归纳人类感知的声响世界。上世纪 70 年代，夏弗在加拿大温哥华的西蒙—弗雷泽大学（Simon-Fraser University）开展了"世界音景项目"（World Soundscape Project），采集、录制并分析了现有的城市、乡村和自然中各式各样的声音，在此研究基础上编写了《为世界调音》（*The Tuning of the World*, 1977）。这本书在听觉研究领域具有里程碑式的意义。夏弗在书中不仅通过对世界音景的全方位展示，呼吁现代人对听觉予以重新关注，因为自十五世纪印刷技术兴起以来，耳朵已将信息第一接收器的地位让给了眼睛；还在讨论生活中的实际声音时，常常引用乔纳森·斯威夫特（Jonathan Swift）、埃里希·玛利亚·雷马克（Erich Maria Remarque）、威廉·福克纳（William Faulkner）、托尔斯泰（Tolstoï）、托马斯·哈代（Thomas Hardy）、托马斯·曼（Thomas Mann）等作家在叙事中插入的各种声音。的确，如果我们注意作品中的声响层面，就会发现许多作家非常擅长，甚至热衷于描写声音。我们在上一章节已经看到勒克莱齐奥的《饥饿间奏曲》中小匙子轻碰咖啡杯时发出清脆的叮当声，以及这一情节的"原型"——普鲁斯特在《在斯万家那边》中描写的预示斯万先生到来的"椭圆形的、镀金的、怯怯的"两声叮咚。正如增尾裕美（Hiromi Masuo）在文章《普鲁斯特笔下的声音》（Les bruits chez Proust, 1994）里指出的，作家在《追忆似水年华》中构建的庞大音响空间几乎从未受到研究者的关注，[9] 这也是国内学者傅修延所说的传统文学研究中的"失聪"痼疾[10]。事实上，关于文学的听觉叙事研究要等到 21 世纪才出现代表性成果。梅尔巴·卡迪—基恩（Melba Cuddy-Keane）在文章《现代主义音景与智性的聆听：听觉感知的叙事研究》（2005）中分析了城市音景在弗吉尼亚·伍尔夫（Virginia Woolf）小说的叙事功能；贾斯汀·圣克雷（Justin St. Clair）在《后现代文学中的声音与听觉媒体：小说倾听》（*Sound and Aural Media in Postmodern Literature: Novel Listening*, 2013）中探讨了当代媒介对威廉姆·加迪斯（William Gaddis）、唐·德里罗（Don DeLillo）、库尔特·冯内古特（Kurt Vonnegut）等美国作家的听觉启示；派翠西亚·派（Patricia Pye）在《伦敦文学中的声音与现代性：1880-1918》（*Sound and Modernity in the Literature of London, 1880–1918*, 2017）中通过"细听"（close listening）约瑟夫·康拉德（Joseph Conrad）、乔治·吉辛（George Gissing）、亨利·詹姆斯（Henry James）等作家笔下的伦敦音，解读世纪之交英国社会的现代化进程在文本中的听觉体现。

为何要关注文学作品中的声音？相较于纯粹的视觉图景叙述，听觉音景更能制造一种"此时此地"的现场效果，例如《追忆似水年华》中的这一段：

　　这点光亮勉强够我看清书上的字迹，只有神甫街上加来拍打箱柜灰尘的声音，才让我感到外面的阳光有多灿烂（弗朗索瓦丝告诉加来：我姑姑不在"休息"，可以暂勿噤声），那一声声拍打，在炎热季节特有的訇然传音的大气中回荡，仿佛抖落下无数艳红色的星雨，一颗颗飞向远方。[11]

在普鲁斯特笔下，平日里再稀松平常的声音都变得富有诗意，并且常常和某种音乐活动或作品挂上钩——贡布雷花园里苍蝇的嗡嗡声被作家比作了夏季室内乐；壁炉前的挡板被风吹动的阵阵声响使人仿佛听到贝多芬的《第五交响曲》的第一乐段，普鲁斯特显然和勒克莱齐奥一样，也信奉"万物皆乐"的观念。在《诉讼笔录》中，勒克莱齐奥这样描写在咖啡馆内听到的各式响声：

　　招待们身着白色制服，客人每次点饮料后，他们根据消费的价格，将不同颜色的托盘连同杯子一起送到桌子上，男男女女在喝呀，吃呀，叫呀，没有任何吵闹声；招待们一手端着空盘或满盘，左胳膊夹着抹布，也悄然无声地滑行，那摆动的身姿，像是长距离游泳运动员。声音大多传自街头，声音多种多样，而正是由于其多样化，因此而得以组成一个丰富的整体，但就其音调而言，明显是单音。比如说吧，就像是海潮声，或像是连续不断的沙沙雨声：可以听清的只有一个音调，但汇聚其中的却有全百万种变音，千百万个调性，千百万种表现调式；有女人的鞋跟声，喇叭声，小车、摩托车和公共汽车的马达声。这是一个乐队的各种乐器同时发出的 A 调。

如果说《诉讼笔录》的日常声音（咖啡馆顾客的说话声、侍应生的脚步声、汽车马达的隆隆声、喇叭声、女人的高跟鞋踏在地面的响声）在勒克莱齐奥笔下变成了不同的乐器，它们合奏出了 A 调的现代城市交响曲，那么勒克莱齐奥在短篇小说《行走的男人》（L'Homme qui marche）中描写的水滴声可被看作（或者说听成）一首皮埃尔·夏弗的《噪声练习曲》。在勒克莱齐奥笔下的音响空间里，出境最多、最重要的莫过于水的声音。《行走的男人》中，一名叫J.-F.保利（J.-F. Paoli）的男人在一天清晨被这样的水滴声吵醒：

  另外，水不是总滴在同一个地方：中间出来的水珠滴落在盆的边缘，靠近焊接缝的地方，发出干脆、尖锐的声音；右边出来的水珠则敲在容器的中央，发出来的声音有点像锣，音质深广、沉闷，一个仿佛地下的低音符，在差不多两颗尖锐的水滴的时间里震颤着。

文中，挂在水池上方的一块海绵里的水，滴落在水池中一个倒扣着的铁盆上，保利用心听着这声音，辨认出了两个不同的音符，一个"干脆、尖锐"，另一个"深广、沉闷"，有点像锣（这种打击乐器能发出深沉、有力量的音）；此外，保利还注意到水滴声无比工整的节奏，我们在小说中看到他记录的高音符和低音符的有节奏的交替：

    tic tic tic tic tic tic tic tic tic tic tic
    bong bong bong bong bong bong

如果我们接着往下读，会发现这个水滴声已成为保利这一天的某种执念，他把它称为一种"音乐"，一场"噪声音乐会"，一首"狂喜交响曲"。被这个声音迷得走火入魔的保利在行走中也寻求同样的节奏：

  他走下楼梯；先是一格一格，接着快一点，两格两格，然后更快一点，四格四格，五格五格，手抓着栏杆，六格六格，然后，到了通往马路的最后一段楼梯时，他跨越了所有格数，十四个小小台阶，一下子，他一跃而起，就冲了一下,冲到面向天空的马路上去。

《行走的男人》是《高烧》收录的第六部短篇小说,属于勒克莱齐奥的早期作品,我们在本书第一章已看到,作家的早期小说主要表现的是现代城市青年的生存困境。《行走的男人》也是如此,挤满了人的城市空气里充斥着叫喊声和怒吼声,保利经过时仿佛被打着耳光一样,过度消费和娱乐的社会使得他终日得不到一丝安宁:

酒吧深处半藏着一个投币点唱机,是一个真正的埋伏着的章鱼,巨大的肉体五颜六色的,像水母一样,或者是海葵,又像一个敞开的肚子一样流着血,播放着音乐。保利经过时承受了这个音乐,沉重又缓慢的旋律从更下面的地方传出,像一个悲伤的爬行动物来到他面前,但不会跟着他。

在这个纷杂喧嚣的世界里,唯一能带给保利平静祥和的声音来自大海,那是与滴落在铁盆上的水珠声截然不同的声音,它的节奏不再顿挫跳跃,而是与呼吸同步的潮起潮落。保利只有走向大海时,他才感到一切又变得纯粹、简单。雅克琳·杜东在《寻找黄金与别处的人:勒克莱齐奥笔下的乌托邦》(*Le chercheur d'or et d'ailleurs : L'Utopie de J.M.G. Le Clézio*, 2003)一书中就指出,在勒克莱齐奥的小说里,有水的地方总是理想之地,特别是地中海或印度洋。[12] 的确,大海总是以避风港的形象出现在勒克莱齐奥的故事里:《诉讼笔录》中的亚当·波洛逃离城市,独自一人住在面朝大海的空房里,他在给米雪尔的信中写道:

近段时间以来,我所梦寐以求的生活是这样的:在窗下面对面放置两把长椅,这样到了正午时分,我就可以躺下,迎着太阳睡大觉,面前就是一片风光……我就这样一刻不停地迎着太阳,几乎一丝不挂,有时干脆赤身裸体,细细地观看着天空和大海。

其他小说中的人物也是如此：《另一边的旅行》中的娜嘉·娜嘉躲在山丘上一栋名叫"海之歌"（Chanson de la mer）的花园别墅里；短篇小说《蒙多》（Mondo）中的蒙多在街道、广场和公园流浪，直到闻到大海的气息；《沙漠》中的非洲女孩拉拉在海边的沙丘小道上走，低声哼唱法语歌"地—中—海—海"（Méditerrané-é-e）；短篇《一个从来没见过大海的人》（Celui qui n'avait jamais vu la mer）中的丹尼尔（Daniel）奔向沙丘的最高处，对着一望无际的大海出神：

> 她就在他面前，她无处不在，辽阔的，像山坡一样隆起，闪耀着蓝色，她深沉，又离着很近，涨起的浪向他涌来……丹尼尔在内心深处，多次呼唤这个美丽的名字："大海，大海，大海……"就像这样。

在这些以大海为故事背景的小说中，常常出现有关大海的声音描写，它就像夏弗所定义的"主调音"（keynote）一样，确定了小说音景的基本调性。甚至，在1985年出版的《寻金者》中，大海的声音"由次要位置的叙事陪衬反转为不容忽视的故事角色"[13]，在叙事结构构建中起到决定性的作用。《寻金者》以勒克莱齐奥的祖籍地毛里求斯为背景，讲述了主人公亚力克西离开故乡布康（Boucan），坐船前往罗德里格斯岛（Rodrigues）的寻金之旅。在这部以大海为底色的小说中，随处可见有关大海声音的语句，如海风穿梭在帆缆索具间的呼啸，波涛撞击在岩礁上的轰鸣，海水紧紧包围岛屿的深沉呼吸。其中篇幅最长的声音描写就在小说的第一章节，亚历克西回忆童年时期每晚在布康"听海"的经历：

> 在我记忆最遥远的地方，我听见了大海的声音。那声音混合在木麻黄针叶间的风中，在永不停息的风中，甚至当我远离海岸，穿过甘蔗田前行，正是这个声音安抚着我的童年。此时，我听见它，就在内心最深处，我把它带到所行之处。声音缓慢、不知疲倦，波涛在远处的堡礁上碎成浪花，在黑河岸边的沙滩上销声匿迹。没有一日我不去海边，没有一夜醒来时，我不是汗

流涎背，坐在我的行军床上，撩开蚊帐，试图聆听潮汐，不安而又充满一股莫名的渴望……

　　我是否真的看见它，是否听见它？海在我的脑海中，只有当我闭上眼睛，才能看得更明了，听得更清晰，才能感受到波涛被礁石撞裂的每一次轰鸣，然后它们又聚集起来，在岸边汹涌。我久久地抱着五桠果树的树枝，直到双臂麻木。海风吹过树木和甘蔗田，吹得树叶在月光下闪耀。有时，我就在那里一直待到黎明，聆听，梦想。花园的另一边，大大的房子黑暗、紧锁，犹如一具残骸。风拍打支离破碎的盖屋板，让屋架吱嘎作响。同样，也是海的声音，树干的折断声，木麻黄针叶的呻吟声。

夏弗在《为世界调音》中写道，人类听到的第一个声音就是水的轻抚，是胎儿在羊水中感受到的来自母体的振荡。[14] 如上文所示，在"黑暗中"被海浪声包围的亚力克西，正如浸泡在羊水中的胎儿，最初的听觉体验来自大海的"涌动"和"喘息"，以及海浪击碎在礁石上的"震颤"，它们犹如一首乐曲般优美，就像摇篮曲（berceuse）一样"安抚"（bercer）着主人公的童年。因此，扎根在亚力克西记忆最深处的"大海的声音"在《寻金者》中被赋予了母体的寓意，这一点在小说的第二章开篇得到进一步证实：

　　还有母亲的声音……那时母亲温柔而年轻的声音正在为我们听写一首诗歌，或者背诵一篇祷文。她在说什么？我已经不知道了……唯一留下的是音乐，温柔的，几乎难以把握的轻快。

由此可见，勒克莱齐奥在《寻金者》的前两章中通过音景对位，将"大海"和"母亲"这两个主题紧紧联系在了一起。其实在法语中，"大海"（mer）和"母亲"（mère）的读音也是完全一样的。随着小说情节的发展，母亲的形象渐渐淡出主人公的视线，但大海的声音却时时在耳侧回响：离家后踏上寻金之路的亚力克西，所到之处都能听到充满旋涡而震慑人心的雷鸣声。作为母体、本源象征的海浪声在小说叙事中反复出现，为小说定下了怀旧溯源的基调，这在一定程度上也决定了小说故事的走向。寻金不得的亚力克西意识到，真正的幸福宝藏或许就在原点：它是故乡布康金色的黄昏光辉，是母亲无名指上纤细的金环，是童年读物封面上的金色太阳。最后一章中，亚力克西重回故乡，在海边烧毁了探险笔记和地图，此时大海的声音在他的心中越来越响。整部小说的最后一句"我听见大海充满活力的声音正在来临，直到我内心深处。"与开篇第一句"在我记忆最遥远的地方，我听见了大海的声音……我听见它，就在内心最深处。"遥相呼应，充分呈现出小说的圆形叙事结构。

因此，大海的声音在《寻金者》中绝不仅仅是充当小说的背景音画，它作为小说的"主调音"，确定了文本整体的叙述基调和叙事方向：大海的本源寓意与小说的回归主题高度契合；小说以声音开始，又以同一种声音结束，首尾呼应的音景书写也呈现了小说的圆形叙事结构。

在上一章节中，笔者已提到勒克莱齐奥的《饥饿间奏曲》中大海的情色化隐喻，由于"大海"这一法语单词是阴性的，因此它在作家笔下就更加显得女性化，比如《一个从来没见过大海的人》中的那句"她就在他面前，她无处不在，辽阔的，像山坡一样隆起，闪耀着蓝色"。而在《寻金者》中，大海的女性化联想更加明显，感官描写更加细腻，如果说《一个从来没见过大海的人》中丹尼尔对大海的感知是基于视觉——"辽阔的""隆起""闪耀着蓝色"，那么《寻金者》中亚力克西的感知主要靠的是听觉，段落中的动词"跃起""摔落""震颤""涌动""喘息"也有一定的情色暗示：

> 我想念它如同想念一个人。黑暗中，我全身感官觉醒，为了更清楚地听见它到来，更好地迎接它。巨浪在礁石上跃起，又摔落在湖里，声响仿佛一只锅炉让大地和空气震颤。我听见它，涌动，喘息。

勒克莱齐奥在《寻金者》的第一段中长篇描写了亚力克西的童年听海的场景，其七年之后的另一部小说《流浪的星星》同样以水的声响开始。主人公艾斯苔尔回忆自己小时候，常常和父母在尼斯郊外的一个叫圣—马丁—维苏比的小村庄散步，冬去春来，冰雪融化，水在村庄的每条街道小径欢快地流淌。以下是小说的开篇：

  只要听见水声，她就知道冬日已尽。冬天，雪覆盖了整个村庄，房顶、草坪一片皑皑。檐下结满了冰棱。随后太阳开始照耀，冰雪融化，水一滴滴地沿着房椽，沿着侧梁，沿着树枝滴落下来，汇聚成溪，小溪再汇聚成河，沿着村里的每一条小路欢舞雀跃，倾泻而下。

  也许正是这水声唤起了她最古老的记忆。她想起了在山间度过的第一个冬天，还有春天的水声叮咚。是什么时候了呢，她走在爸爸妈妈的中间，就在这村中的小路上，他们拉着她的手。她的一只胳膊简直有点吊，因为爸爸是那么高。而水就这样从四面八方流淌下来，一路奏着叮叮咚咚的音乐，潺潺流转。每次她忆起这片场景，她总是想笑，因为那是一种轻柔而略略有点异样的声音，宛如轻抚。是的，她那会儿确实笑了，就在她爸爸妈妈中间，那水滴，那小河回应着她的笑声，一滑而过，一路流去……

如果说《寻金者》中亚力克西的记忆最深处是大海的声音，那么《流浪的星星》中的艾斯苔尔"最古老的记忆"则是初春的叮咚水声。段落中，作家多次运用连词 et（意为"以及、而且、又"），将无数短小的语句连成一个完整句，意在模仿雪水汇聚成溪，小溪汇聚成河的绵延不断的景色：

  Puis le soleil se mettait à brûler, la neige fondait et l'eau commençait à couler goutte à goutte

  随后太阳开始照耀，冰雪融化，水一滴滴地沿着

de tous les rebords, de toutes les solives, des branches d'arbre, et toutes les gouttes

沿着房椽，沿着侧梁，沿着树枝滴落下来，

se réunissaient et formaient des ruisselets, les ruisselets allaient jusqu'aux ruisseaux, et l'eau

汇聚成溪，小溪再汇聚成河，

cascadait joyeusement dans toutes les rues du village.

沿着村里的每一条小路欢舞雀跃，倾泻而下。

与《寻金者》的大海的声音相同，《流浪的星星》的水声也被比作某种音乐，融化的雪水"一路奏着叮叮咚咚的音乐"。在法语原文中，勒克莱齐奥用了三个词描写它的声音："咝咝声"（chuintements）、"嘘嘘声"（sifflements）、"咚咚声"（tambourinades），仿佛交响乐团中不同乐器产生的不同音色，这使我们想起法国作家路易—塞巴斯蒂安·梅西耶（Louis-Sébastien Mercier）在瑞士沙夫豪森州（Schaffhouse）第一次见到莱茵瀑布时写下的："这里有各式各样的声音——管风琴、打猎号角、小号、鼓、单簧管、小提琴……"[15]

以春水叮咚开启的《流浪的星星》与"水"的元素始终密不可分。在之前章节中，我们已看到，当战争临近尾声时，艾斯苔尔和母亲坐船出发去以色列，艾斯苔尔在船上听到的比莉·何莉黛的爵士摇摆歌曲，与海浪的起伏韵律相一致（详见第一章中关于爵士乐的分析）；犹太男孩特里斯当一天夜里梦见母亲在战前弹奏德彪西的钢琴曲《沉没的大教堂》，教堂随着潮起潮落浮出海面，又没入水中的场景与特里斯当的从睡梦中惊醒又沉沉睡去形成了结构对位，而这一段也以泉水滴落池塘的声响结束（详见第二章"《流浪的星星》《饥饿间奏曲》《奥尼恰》中的钢琴曲"）。除此之外，单单从小说标题"流浪的星星"来看，"流浪"一词本身就有漂泊不定的流动感，而"星星"不仅代表了小说主人公艾斯苔尔（其真名是艾莲娜·格莱芙（Hélène Grève），但她的父亲喜用西班牙语叫她"艾斯苔利塔"（Estrellita），意为"小星星"），它其实还象征着小说中出现的所有人物：梦见母亲弹奏《沉没的大教堂》的特里斯当、被意大利宪兵夺走钢琴的费恩先生、被意大利兵调戏的拉歇尔（Rachel）、在难民营与艾斯苔尔擦肩而过的阿拉伯女孩萘玛（Nejma）等等，他们每一个人的命运都被即将爆发的战争彻底改变轨迹，随波逐流，奔腾而下。勒克莱齐奥在《流浪的星星》中运用"水"的元素，也影射了小说中的人物在面对动荡的政治大环境下的深深无力感。

因此，就像德彪西在《沉没的大教堂》中用极弱力度的钢琴和弦低诉一个古老的悲剧传说一样，《流浪的星星》开篇的春水叮咚声虽然"宛如轻抚"，却已是第二次世界大战的背景音乐。就在小说的第一章中，我们看到身为犹太人的艾斯苔尔和家人在被纳粹军占领的尼斯的艰难处境：学校停课，到处是意大利宪兵，犹太居民每日在终点旅馆前排长队领取配给证。在另一部小说《乌拉尼亚》中，勒克莱齐奥在第一章"我创造了一个国度"中同样讲述了尼斯的战争岁月，流淌在街道中央的雨水奏着"悲伤的曲子"，而与《乌拉尼亚》不同的是，《流浪的星星》的叙事还是呈现出某种轻盈感，我们会看到诸如"（小溪）沿着村里的每一条小路欢舞雀跃""她总是想笑，因为那是一种轻柔而略略有点异样的声音"的句子，体现出还是孩子的艾斯苔尔和她的学校伙伴们在战争残酷现实下尚处于懵懂的状态：

六月初，学校关了门，因为老师塞利曼病了。原本还有个老师，亨里齐·费恩，专门在早上给学生上课的，可是他不愿意一个人来。对于孩子们来说，这个已开始的假期似乎会有点嫌长。他们还不知道，他们当中的许多人将眼看着他们的假期以死亡告终。

除了水声，自然界的其他声音也常常出现在勒克莱齐奥的作品里。在《蒙多》收录的短篇《活神仙的山》（La montagne du dieu vivant）中，主人公琼（Jon）驻足倾听风声，在洼地里和灌木的树枝中，这风声形成了一种奇特而动听的音乐。

当他爬上雷达巴姆尔山的山顶时,遇见了一个脸很明亮的孩子,后者教会琼聆听"伟大的宇宙交响曲"[16]:

> 现在,他清晰地听见了声音。来自空间四面八方的巨大的声音在他的上空汇合。这不是话声,也不是乐声,然而他似乎觉得,他明白它的意思,就像明白话语和歌词一样。他听见了大海、天空和太阳,山谷在像动物般喊叫。他听见了深渊的被禁锢的沉重之声,藏在井底和裂缝深处的潺潺之声。在某个地方,有来自北方冰川的持续的光滑之声,前进的、在石基上的刮擦之声。蒸汽从硫气孔喷出,同时发出了尖叫声,而太阳的高高的火焰如炼铁炉般隆隆作响。到处都有水在流淌,而泥浆使大片的水泡破裂。坚硬的种子开裂,在地底下发芽。有树根的振动声,液汁在树干中的滴注声,锋利的青草在风中的摇曳声。

《活神仙的山》中的神秘男孩使我们想起安托万·德·圣埃克苏佩（Antoine de Saint-Exupéry）的《小王子》（*Le Petit Prince*）中飞行员在撒哈拉沙漠遇见的小王子,他教飞行员倾听星星的笑声,"像五亿钟声一样"[17]。

除此之外,勒克莱齐奥笔下还有许多夏弗称为"生命之声"[18]的动物的声音,它们同样与音乐紧紧挂钩。例如,我们在《大地上的陌生人》中听到蚱蜢、蟋蟀、小鸟也会演奏它们的音乐；在短篇《夜晚降临不幸》（*Le malheur vient dans la nuit*, 1990）中听到癞蛤蟆的三声笛音；在《春天》收录的短篇《雨季》（*La saison des pluies*）中听到蝉的演唱会；在《另一边的旅行》中,勒克莱齐奥甚至用乐谱记录了一种名叫"怪兽岛"（île-monstre）的鸟的不同音调的鸣叫。

鸟鸣声同样出现在小说《乌拉尼亚》中,主人公达尼埃尔的祖母回忆第一次世界大战前夕百灵鸟拼命地唱着"大热天,大热天！"；《变革》中,皮考小姐（Picot）的金丝雀刺耳而忧伤的鸣叫声在拉卡塔薇娟公寓楼（La Kataviva）的旋转楼梯间盘旋,试图提醒让前途险恶,又或许是在慷慨激昂地诉说贫穷和孤独；

卡特琳姨妈回忆从前在毛里求斯岛罗兹利斯的童年时光，特别是一只红雀的"练声"："突咦，突咦咦……呼咦，呼咦，呼咦，呼咦咦"。但让她最难忘的，是斑鸠的鸣叫，这是她最喜欢的乐曲，这支乐曲来自天空：

"过去在罗兹利斯……"卡特琳开了头。"我们每天早上被斑鸠叫醒。一切来得很慢，窗边的榄仁树下有一只在蠢蠢欲动，这时候天还没亮，它们就已经醒了，莫德和我一动不动躺在床上，等待它们下一步行动，它们晃晃身体，拍拍翅膀，一只轻轻地叫了一声，呜呼，呜呼，另一只在暗处回答它，呜呜呼呜，然后又一只，再一只，靠得很近，就在窗下，近得让我感觉它就贴在我的脸颊上，能感受到它羽毛的温度，它使劲叫，声音却很小，一时间所有的斑鸠同时叫了起来，发出一种马达的声音，升起落下，与翅膀的扑扑声一起，仿佛暴雨和狂风的音响，就这样，新的一天到来了……"

纵观西方音乐史，从克莱蒙·雅纳坎（Clément Janequin）到奥利维尔·梅西安，鸟类的鸣叫声激发了众多音乐家的创作灵感。帕斯卡尔·基尼亚在《乐之恨》中写道，世界上第一支笛子是由希腊神话中的智慧女神、艺术家和工匠的守护神雅典娜发明的，目的就在于笛子可以"模仿她听到的从长着一对金色翅膀和野猪般獠牙的蛇鹅的喉咙里发出的响声"[19]。在西方古典乐曲中，我们能听到许多模仿鸟鸣声的尝试，例如，在《田园交响曲》的第二乐章结尾处，贝多芬安排长笛、双簧管和单簧管演奏出鸟儿欢快的鸣叫，他在乐谱上特别注明模仿的鸟类为夜莺、鹌鹑和杜鹃。

除了动物的声音，我们在勒克莱齐奥的作品中还能发现相当多的人声描写，这极有可能也是受到了普鲁斯特的影响，后者在《追忆似水年华》中就常用音乐术语来形容笔下人物的声音特征，如八度（octave）、音阶（gamme）、和声（harmonie）、和弦（accord）、不协和（dissonance）、踏板（pédale）、转调（modulation）、从头再奏（da capo）等等。然而，与普鲁斯特总是用"对音乐分析不甚了解的读者总是无法掌握的技术性概念"[20] 不同，勒克莱齐奥更倾向于使用简单明了的词语，如"音乐"（musique）、"歌曲"（chanson）和"歌唱着"（chantant），这些是他使用得最多的。例如，短篇《蒙多的故事》中蒂钦（Thi Chin）的声音像"柔和的音乐"；《飙车》收录的短篇《莫洛克》（Moloch）中少女痛苦的呻吟逐渐变成了"一首单调的歌"。在《流浪的星星》中，艾斯苔尔听见马里奥吹出奇怪的口哨声，他的口哨声柔柔的，尖尖的，是她以前从来没有听过的"音乐"。《变革》中，让听着历史老师的解说。他的声音"像首歌一样"在他脑中震颤。

此外，我们还会发现，勒克莱齐奥笔下的人物往往带有一点口音。在探讨语言起源时，让—雅克·卢梭（Jean-Jacques Rousseau）曾称正是"口音的旋律性转变"[21]决定了一种语言是否能成为活泼、富有激情的音乐：

……最开始没有别的音乐，只有旋律；没有别的旋律，只有说话声的音调变幻，口音形成了歌曲，数量构成了度量。[21]

因此，卢梭认为，口头语言的音乐性来源于其歌唱般的口音。在勒克莱齐奥的小说中，最常见的口音来自克里奥尔语。《春天》收录的短篇《雨季》中，盖比（Gaby）欣然地唱着克里奥尔语的歌曲；《变革》中，卡特琳姨妈为让准备的硬面包、香草茶和她的克里奥尔语词语的旋律掺和在一起，把让带进她的毛里求斯海岛回忆；在《饥饿间奏曲》中，波丽娜姑姑、维莱明娜姑姑和米卢姑姑的带毛里求斯口音的音乐在科唐坦街的沙龙里升腾起来；《奥尼恰》中，男孩樊当躺在驶往尼日利亚的船舱卧铺上，听着母亲玛乌读父亲寄来的信，他喜欢她的意大利口音，那仿佛是流淌的乐曲；《变革》中，让听见布列塔尼人相互用自己的方言交谈，那是一种喉音和优美音调的混合体；桑托斯（Santos）把他带到自己母亲蕾阿（Léa）身边，她的口音沙哑，却又如歌唱般，让人想到俄国或波兰；《饥饿间奏曲》中，艾黛尔为谢尼娅的俄罗斯口音深深着迷，她念自己名字中X

这个音时的方式很特别，从喉咙深处柔柔地发出摩擦。

　　从上述的例子中我们可以看出，勒克莱齐奥尤其青睐女性声音的音乐性。帕斯卡尔·基尼亚曾说过，女声是"一颗不死的太阳"[22]。在上两个章节中，我们已经看到，勒克莱齐奥是如何运用女性的声音与暴力、社会不公正和孤独作斗争，例如《奥尼恰》中弹奏萨蒂钢琴曲的玛乌，或《金鱼》中学习演唱爵士歌曲的莱拉，以及她的榜样妮娜·西蒙娜和比莉·何莉黛。除此之外，作家还格外看重女性声音的特殊美感。与男声不同的是，女声不用经历变声期，因而保留了原有的尽可能纯粹的本质，它有一种直击感官的美，能让人如痴如醉。短篇小说《兹娜》中，我们已看到女孩兹娜在演唱《唐璜》咏叹调时，她那超自然的声音如何征服巴希教授和音乐学院的学生；在《乌拉尼亚》中，男人们模仿着妓女莉莉笛子般尖声尖气的说话声："是的，先森。不，先森。"；《金鱼》中，西蒙娜用活力四射的、温暖的声音唱着《我的心上人头发是黑色的》，直抵莱拉的身体深处。《寻金者》中，母亲安娜（Anne）的温柔的嗓音是亚力克西对她的唯一记忆：

　　　　晚上，水手们在花园的大树下饶舌，那时母亲温柔而年轻的声音正在为我们听写一首诗歌，或者背诵一篇祷文。她在说什么？我已经不知道了。她话语的意思已经消失，就像鸟儿的鸣叫、海风的喧闹。唯一留下的是音乐，温柔的，几乎难以把握的轻快，混合着树叶上的月光，游廊的阴影，夜晚的芬芳。

　　　　然后她重读一遍，用她的节奏，在逗号之后轻微停顿，在句号之后静止一会儿。这一切不能停止，她在讲一个很长的故事，一晚接着一晚，同样的词汇，同样的音乐会再次出现，不过已经打乱，用另一种方式出现……我等待着木麻黄针尖间的海风声，同样的故事，永无止境，一次又一次出现，充满单词，充满声音，慢悠悠地由母亲读出来听写。有时候她在一个音节上加闭口音符，或者长长的寂静用来强调一个词，目光里闪烁出光芒，落在这些难懂而又优美的句子上……

除了亚力克西母亲的声音，勒克莱齐奥在《寻金者》中还写到父亲和阿黛拉伊德（Adelaïde）姑妈的声音、远处的黑人坐在树下的交谈声和丹尼斯（Denis）的祈祷歌等等，但安娜的嗓音无疑是作家认为最动听的，她温柔而缓慢地朗诵诗歌，或讲述示巴女王的故事，如此安静，如此朴素，如此富有光彩。亚力克西对母亲声音的眷恋，让我们想起《追忆似水年华》的男孩马塞尔（Marcel）。为了安抚被苦恼焦虑折磨不堪的马塞尔（他在睡着前没有同亲爱的妈妈"亲一亲"），母亲坐在他的床边，为他朗读乔治·桑（George Sand）的小说《弃儿弗朗沙》（*François le champi*, 1848），她的"语气朴实，声音优雅而甜润"[23]，于是男孩的痛苦立刻被平息了。《寻金者》中也是如此，在甘蔗田和糖厂里度过喧哗、燥热的一天的亚力克西回到家，听着母亲坐在阴凉的游廊下背诵、祈祷的声音，如此温和，如此清脆，以至于泪水从他的眼里滚落下来。他在黑暗中听着母亲的声音，那声音伴着串过木麻黄针尖间的海风声，他才可以入睡。勒克莱齐奥笔下母亲的声音常常与大海紧密相连，短篇小说《春天》中的莉比—沙巴（Libbie-Saba）听着滚滚的海浪声，突然想起母亲曾唱给她的歌："只是一段音乐……它来了，走了，又回来了，一次摇摆，一次摇晃"。

《寻金者》中，亚力克西母亲的嗓音微颤，仿佛歌唱着的椋鸟。勒克莱齐奥当然不是第一个将人声与鸟鸣联系在一起的作家，夏弗就曾指出，鸟儿的鸣叫充满情感，与人类发声有许多相似之处。[24] 在巴尔扎克（Honoré de Balzac）的小说《幽谷百合》（*Le lys dans la vallée*, 1836）中，莫尔索夫伯爵夫人（Blanche de Mortsauf）的笑声让人联想到"快乐的燕子之歌"[25]，而她的哀叹则仿佛"天鹅在呼唤同伴"[26]。布鲁诺·克莱芒（Bruno Clément）在他的论著《垂直的声音》（*La voix verticale*, 2012）中指出，莫尔索夫伯爵夫人充满灵性的声音留存了某种永恒不变的东西，而这个没有任何字典能解释的东西正是其"灵魂的气息"（le souffle de son âme）[27]，它在音节的褶皱中延展开来。《寻金者》中亚力克西的母亲也是如此,她的嗓音如椋鸟一样飞过树林,飞向山脉深处,唯一留下的便是音乐。

与温柔宜人的大自然之声和母亲的声音相反的,是工业技术社会沉重的、令人厌烦甚至心生恐惧的声音,它们在勒克莱齐奥的作品里同样占据着不容忽视的位置。例如,《战争》中传出"死亡之声"的投币点唱机;《另一边的旅行》中的娜嘉·娜嘉行走在一群"狂怒的"噪声之间:汽车的噪声,收音机的噪声,每个人张嘴说话的噪声。《寻金者》中的亚力克西来到家乡的制糖厂,一座座巨大的甘蔗压榨分离机发出的噪声令他头昏脑涨,他说道:"噪声,孩子们的喊叫声,纷乱的人群,这一切都让我浑身发热,让我颤抖。让我发热颤抖的,是机器和蒸汽的声音……我感觉要吐。我大声喊叫,叫表哥来救我,然而声音沙哑,喉咙发痛。"但是勒克莱齐奥笔下最可怕的声音,要属战争的声响,那是坦克和军用装甲车驶过的轰隆声,这个声音在《流浪的星星》《乌拉尼亚》和《饥饿间奏曲》中循环出现:

> 九月八日星期六,艾斯苔尔被一阵声响惊醒了。一阵声响,轰隆隆的,从四面八方同时响起来,充斥着整个山谷,在村庄的街衢间回响,侵入了所有的房屋深处……那轰隆隆的声音渐渐地远了,又渐渐地近了,显得那么不真实。伊丽莎白说:"这是美国人的飞机,已经到热那亚了……意大利人输了战争,他们签了停战协定。"……飞机的吼声远去了,它们在很远很远的地方飞着,就好像发出的是暴风雨的声音。但是现在,艾斯苔尔听到了另外一种轰隆隆的声音,更加确切,这是意大利人的卡车在山谷深处驶过的声音,沿着山路盘旋着向村庄驶来,以躲避德国人……卡车马达的声音响彻广场,好像任何人都因此不再开口说话了。它们就在广场上停下来,一辆接着一辆,沿着马路一直延伸到那片栗树林。马达在吼,在街道的上方,飘着一团蓝色的云烟。(《流浪的星星》)

> 秋天来了。敌人已经进了村子。外面响起了马达声,与气喘吁吁的小汽

车不同，马达同时奏出两个声部的音乐，一个尖利，一个低沉。那天早晨，我被马达声吵醒。屋里只有我一个人，我怕得要命。墙壁和地面都在颤抖。……外面的马路上，一列卡车正在缓缓前进，马达的隆隆声震得车窗玻璃在颤抖。车队沿着山路向上开，一辆接着一辆跟得很紧，远远看上去，如同一列火车……我望着长长的车队，听着隆隆的马达声，车窗的振动声，似乎还有母亲的心跳声，我把脑袋紧紧贴在母亲的胯上。恐惧弥漫着整个房间，整个山谷。除了马达的隆隆声，外面一片空寂。没有一个人说话。（《乌拉尼亚》）

五月份的一天早上，她听到了一种陌生的声音。大地在颤抖，玻璃窗、桌子上的杯子也跟着颤抖。她来不及穿上衣服，便一下子冲到窗户前。她一把撩开窗帘。公路上，沿着河流，一支部队前进着，军车亮着灯。有卡车、装甲车、摩托车，后面还跟着坦克。灰尘蓬蓬，风烟滚滚，活像一支昆虫大军走向新的营地。他们缓缓地前进，一个个跟得很紧。他们从房屋前经过，朝北方而去，走向山岭。艾黛尔纹丝不动地待在那里，几乎都没有喘气。卡车后面，坦克的履带声震撼大地。（《饥饿间奏曲》）

以上三段极为相似的段落描述的是同一个场景，即第二次世界大战接近尾声时驻扎在尼斯的意大利宪兵的集体撤退，它在小说中被比喻为"暴风雨"和"地震"。《饥饿间奏曲》《乌拉尼亚》和《流浪的星星》中的三位主人公躲在尼斯一所公寓的窗帘背后，听着意大利士兵坦克和装甲车驶过的隆隆声，感受到大地的震颤。这一场景对勒克莱齐奥来说意义重大，是他个人记忆中难以磨灭的印记。笔者已在前文提到，作家出生在法国被德意纳粹军占领的"黑暗时代"，他的童年时光是和弟弟、母亲还有祖父母在尼斯郊外的圣—马丁—维苏比小镇度过的。1943年，勒克莱齐奥一家必须赶在德国军队到来前离开尼斯，因为他的父亲拥有英国国籍，而英国当时与德国纳粹为敌，他们留在尼斯过于危险。在许多访谈中，勒克莱齐奥都谈到了自己对战争的深刻记忆：军用坦克的隆隆声响、飞机的轰炸声、子弹打进墙体留下的窟窿,以及他的朋友马里奥的死——他背着塑性炸药和定时炸弹,还有烈性硝酸炸药筒前往德国人刚建立的营地,中途炸药燃爆,把草地炸出一个巨大的坑洞,这些都被他写进了二战题材的小说中。[28] 然而,令他最难忘的还是意大利宪兵在战争即将结束时沿着维苏比山谷的行进:"我依旧记得士兵们有节奏的脚步声,以及一大块由他们的制服组成的绿色。"[29] 他在《流浪的星星》《乌拉尼亚》和《饥饿间奏曲》中反复描述的军用坦克前行的隆隆声,"马达同时奏出两个声部的音乐",使我们想到《波莱罗》最后的爆炸性结尾,那些发出轰隆轰隆马达声的飞机、摩托车、卡车和坦克好似乐曲中置于前景的大鼓。勒克莱齐奥在《布列塔尼之歌/孩子与战争》中就写道:"二战就是敲打在人们头顶的一记大鼓",而意大利士兵们则化身为一只只小军鼓,整齐划一的步伐节奏贯穿全曲。那些震耳欲聋的撞击、震撼和爆裂,摧毁了尼斯村庄最后的宁静和平,就好像《波莱罗》的最后十小节:

> 《波莱罗》的最后几节,紧张,剧烈,令人几乎无法忍受。它升腾,充满了剧场……台上的舞蹈演员旋转着,加快了运动。人们叫嚷着,他们的嗓音被塔姆塔姆鼓的敲击声盖住。依达·鲁宾斯坦,舞蹈者成了木偶,被疯狂的劲头卷走。笛子、单簧管、法国号、小号、萨克斯管、小提琴、鼓、铙、钹,一起全上阵,紧张得要断裂,要窒息,要绷弦,要破音,要打碎世界自私自利的寂静。

《波莱罗》在这片雷鸣中戛然而止,艾黛尔突然感到有一种令人压抑的寂静笼罩在被军队践踏过的山谷:

> 她什么都感觉不到,只有那种令人压抑的寂静,仿佛在一阵长久的喧闹之后,什么都听不到了。仿佛《波莱罗》的四下打击没完没了地回响着,不是铙钹的打击声,而是爆炸声,他们出发之前的那一天落在尼斯城里的炸弹

的爆炸声，它们让公寓中浴室的地面变成一片水洼，它们让城里的汽笛一下子全都鸣响。

在勒克莱齐奥笔下的如乐世界里，寂静也是其中必不可少的元素。作曲家约翰·凯奇在他最著名的《4分33秒》中什么都不演奏，渐渐地，听众开始听到无声作品之外的各种声响：周围人的咳嗽声、呼吸声、低语声、地板的嘎吱声、空调吹出的风声、窗外的雨声、驶过的汽车喇叭声，甚至自己的心跳声和血液的流动声。同样，艾黛尔站在战争爆发后空荡荡的科唐坦街客厅里，仿佛听到昔日沙龙宾客们的谈笑和杯匙轻敲瓷器的叮当声。《饥饿间奏曲》的第三章题为"寂静"，讲述的正是第二次世界大战结束后，一股沉重难耐的寂静逼压下来：艾黛尔的父亲亚历山大，一个昔日健谈风趣的男人，如今坐在家里唯一的安乐椅上，沮丧、安静；艾黛尔和罗兰，战时被迫分离的情侣每天热切地给对方写信，但在战后重聚时却彼此不再说话。他们从战争中逃脱出来，却又陷入战后难以忍受的缄默之中。勒克莱齐奥在小说的最后总结道：

> 《波莱罗》不是一曲跟别的音乐一样的音乐。它是一种预言。它讲述了一种愤怒、一种饥饿的故事。当它在暴烈中结束时，随之而来的寂静对头脑发昏的幸存者非常可怖。

除了《饥饿间奏曲》，勒克莱齐奥还在其他作品中写到这种电闪雷鸣后的沉闷寂静。早在1967年发表的小说《特拉阿玛塔》（*Terra Amata*）中，男孩尚思拉德（Chancelade）就在一次昆虫被屠杀后感受到了令人窒息的死寂：

> 这座被践踏的城市里没有传来任何呻吟、任何痛苦的叫喊，相反，它被笼罩在一种奇异的沉寂中，好像发生过的一切都是正常的。但这种沉寂比哀叹更可怕，这是一种悲剧性的、剧烈的沉寂，它直入小男孩的耳朵里，慢慢

地使他恐惧起来。这是一种遥远的沉寂，属于来自外太空灾难的那种，就像星星在好几十亿光年外突然爆炸，突然消失在宇宙黑夜中，如一盏简易的灯被熄灭一样。

此外，在随笔《墨西哥之梦》中，勒克莱齐奥长篇摘录了 16 世纪西班牙征服者贝尔纳尔·迪亚斯·德尔·卡斯蒂略（Bernard Diáz del Castillo）在《征服新西班牙信史》（*Historia Verdadera de la Conquista de la Nueva España*）记述的阿兹特克帝国的征服之战。这位跟随埃尔南·科尔特斯（Hernán Cortés）远征墨西哥的老兵在回忆录中细致入微地描写了阿兹特克首都特诺奇提特兰（Tenochtitlan）陷落后令人毛骨悚然的寂静：

> 库奥特莫克被捕后，全军仿佛瞬间耳聋，仿佛此前一直有人于高塔之上呼喊鸣钟，而后猝然停止，因吾军占城九十三日之内，呼号之声无日无夜不响彻全城：堤道、湖面之上，城墙周围皆有墨西哥上尉指挥战斗之呐喊，此外又有制矛、制箭及妇女磨制投石器之声，并塔顶、坛边伴随献祭之鼓声、号声，从无隔绝。吾军日夜处身巨响之中，连对话亦不能够，然库奥特莫克被囚之后，各色声响竟戛然而止。

勒克莱齐奥随后补充道：

> 这寂静，是一个死亡民族的寂静。在玩牌高手伎俩耍尽之后，在印第安人的喧闹、诅咒、"哨声"以及维奇洛波奇特利神庙的鼓点终止之后，笼罩在这个既灭世界的是寂静。从今以后，这个世界将永久地陷入沉寂，带着它的秘密，它的神话，它的幻梦，带着自负而无知的征服者在动手毁灭它之前曾短暂、隐约听见的那一切……然而，印第安世界在返回时间原点般遁入寂静的同时，也留下了一种不可磨灭的印记，不时能够从人们的记忆中浮现出

来。悠然而又无法阻挡地，那些传说和幻梦回来了，不时在时间的废墟和残垣中重新建立起征服者未能抹去的东西：先神的塑像，英雄的面容，还有舞蹈、节奏和语词中那不灭的欲望。

在以上三段关于"寂静"的文字中，我们可以看到，勒克莱齐奥笔下的无声从来不是纯粹的声音缺失，往往回响着各种剧烈的声响：《饥饿间奏曲》的战争爆炸声、轰鸣声和警笛声；《特拉阿玛塔》中被践踏的昆虫的痛苦呻吟；《墨西哥之梦》中战败了的印第安人的大声呼喊、诅咒和用力击鼓声。与约翰·凯奇的《4分33秒》相同，勒克莱齐奥作品中的"寂静"反而使书中人物更清楚地听到周围和自身、现在和过去的种种声响。《诉讼笔录》中，亚当·波洛和米雪尔停止了说话，开始在一片奇妙的寂静中呼吸、倾听：

> 他茫然不知所措，不再吭声了。他洗耳恭听。突然，他惊诧地意识到了整个宇宙处处呈现出太平景象。这些与别处大概一样，有着一片奇妙的寂静。仿佛人人都刚刚潜海归来，冲出了海波的入射面，耳朵深处，紧贴着鼓膜，有两只温暖的液状球，传出了节奏不甚分明的跳动，以一块真空地带作为大脑的基础，在真空地带上，充斥着嘘嘘声，鸟啭声，善意的嗡哨声，定调声，潺潺流水声，在这里，纵然你疯狂怒吼，气势汹汹，纵然你狂喜不已，也只听得到河水与藻类的回声。
>
> 他们啼听着这片寂静，啼听着屋外传来的微弱的声音或屋内家什物件微微搬移的动静，以度过这天的剩余时间。不管怎么说，这并非是绝对的寂静；他谈到了嘘嘘声，嗡哨声；除此，还应添上其他的声音，诸如吱吱嘎嘎声，气层的瑟瑟摩擦声，尘埃落至平面上的窸窸窣窣声等，那形形色色的声响被放大了一千五百倍之多。

从有声到无声，笔者在上文中引用的所有例子都能体现勒克莱齐奥对声响世界的重视。在《另一边的旅行》中，作家详尽地描写了一座"声响之国"（le pays des bruits），主人公娜嘉·娜嘉所听到的成千上万种声音带领着她慢慢走向这座奇幻的领地：水龙头滴出的细小的水珠声（这使我们想起了《行走的男人》中的保利）使娜嘉·娜嘉仿佛滑进了一个清凉、昏暗、海蓝宝石颜色的洞穴，所有的水滴从洞穴顶部滴落在铺满苔藓的地上；她听着轮胎驶在柏油路上的声音，以及街道上隆隆的发动机声，想象着有着光滑树干的大树和树干上振动着的球状的绿色、灰色树叶；而卡车的喇叭声"昂克！昂克！"则是栖息在树枝上的肥大的鸟。娜嘉·娜嘉听到自己的脚踩在沙子里的咔哧声，仿佛有一些鬼鬼祟祟的小动物，比如躲藏在草丛里数量相当多的鼬、榉貂、臭鼬、駒鼯；一台收音机里传出的歌声架起了一座大型空中花园，到处铺满了红色鲜花、白色蘑菇和青草；墙的那头被闷住的人们咕咕哝哝的说话声仿佛地下动物正在挖着湿漉漉的土；公寓楼里的电梯运行时的隆隆声使她想起柔和的潮水，涨起，落下，远去。这一切声响对娜嘉·娜嘉来说，是通向世界另一边的幸运之路。

和勒克莱齐奥的所有其他小说一样，《另一边的旅行》中的所有声音也都被当做音乐来聆听。从这个意义上说，娜嘉·娜嘉算是勒克莱齐奥笔下如乐世界的最佳聆听者。她边走边听着"小雨"的音乐，这是一首躲在云端的、滑动着并前后摇摆的音乐。有时，她听见汽车驶过空荡的路面，像一层鼓面发出回响；她走近一棵大树，于是听到了"树之乐"；接着，她又听到了"泉之乐""车之乐""飞机之乐"。她如果想要跳舞，只需倾听动脉里血液和肺里空气的音乐即可，尽管它们不易察觉。德彪西曾说："只有一颗为音乐而生的心，才会有最美的发现。"[30]娜嘉·娜嘉的那颗注定"为音乐而生"的心，让她超越了日常的平庸，上升到另一个想象与诗意的彼岸：

> 小雨并不是默不作声的，她会讲故事。她说了很多细腻而温柔的事，歌曲、童谣、哑巴诗。人们从不注意我的声音。他们擦肩而过，破碎在他们的黑色大伞下，他们飞快地走过，从不停留……有时，有一个小女孩独自坐在花园

里的长椅上,她没有带伞。她听着小雨的声音。小雨一直在说话,嘴里嘟嘟囔囔着,声音压得很低,然后女孩就可以前来。她终于可以离开这世间,飞上天空,与我在云端相会。她顺着水滴的轨迹滑行,一点点地侧着身子,漂浮在大地之上……

第二节 勒克莱齐奥的音乐性语言

"除了语言,对我来说什么都不重要。
这是唯一的问题,或者说是唯一的现实。"
——勒克莱齐奥,《物质的狂喜》

"语言存在于物质中。"
——勒克莱齐奥,《迷蒂利亚斯》

在勒克莱齐奥的作品中,音乐不仅指的是他引用的众多流行歌曲和古典乐曲,以及他描写的声响世界,它还存在于作家的写作语言中。长期以来,勒克莱齐奥的语言使法国和其他国家的许多研究者着迷,被贴上了许多标签,诸如"反形式主义"[31]"魔幻"[32]"预言性"[33]"流放"[34]"偏离"[35]"诗意"[36]"情色"[37]"悖论"[38]等等。在这些标签中,"诗意"出现的频率最高,它甚至在今天已成为了勒克莱齐奥研究的一项重要参考工具。2012 年,勒克莱齐奥读者协会出版了第五期文集《诗意冲动》(*La Tentation poétique*),该标题正如克劳德·卡瓦勒洛(Claude Cavallero)在前言中所写的那样,隐含着一种吸引力,一种由迷恋而引起的动摇,因为在勒克莱齐奥的小说里,诗"总在酝酿之中"(toujours en devenir)[39]。这让我们想起了让—伊夫·塔迪埃(Jean-Yves Tadié)的著名的《诗意叙事》(*Récit poétique*，1994）。的确，塔迪埃在书中所列出的诗意叙事的特点，例如对人物特征的模糊化处理、对当下的沉思、对别处或彼岸的追寻、圆形结构、神话等等，我们都能在勒克莱齐奥的作品中找到。然而，比这些更重要的是，勒克莱齐奥作品的诗意首先建立在他的文字上。正如塔迪埃所说：

> 要承认一段文字是有诗意的，首先要考察它的语言处理。无论是对人物的塑造，还是对时间、空间或结构的构思，这些都不是充分的条件。相反，密度、音乐性和意象，这些缺一不可。有了这些，当我们进入这些故事时，就像在读长篇散文诗一样。叙事之所以被当作诗来对待，因为它想从音乐和诗歌中找回属于自己的东西。[40]

因此，富有诗意的语言首先必须是有声响的音乐性语言，它的作者必须是一个心中有音乐的小说家，他不会为那些"没有耳朵的人"写作。[41] 被塔迪埃归为这类的法国作家有普鲁斯特、让·吉罗杜（Jean Giraudoux）、让·吉奥诺（Jean Giono）等等，这些作家在语言的声响和韵律方面钻研很深，以致于我们在阅读他们的小说时能感受到一种近似诗歌的音乐密度。

勒克莱齐奥寻找的正是一种有声响的音乐性语言，他在《大地上的陌生人》中写道："我只想做这一件事：用文字玩起音乐。"我们不要忘记，勒克莱齐奥所指的音乐并不限于人为创作的乐曲，而是包括了宇宙中的所有声响。因此，他所追求的音乐性不仅取自其作品中引用的摇滚、爵士歌曲，或者《沉没的大教堂》《波莱罗》，还应包含风、昆虫、鸟、流水、火光、岩石和大海的语言。他在一次采访中曾称，作家的首要任务正是将"把文字和世界紧紧联系在一起"[42]。

事实上，人类的语言本就与周围的环境息息相关。夏弗在《为世界调音》中就指出，人类发明的形容动物叫声的词语，就是再现其不同声响的拟声词，比如狗的汪汪声、猫的喵喵声和呼噜声、牛的哞哞声、羊的咩咩声、狼的嗷呜声、猪的哼哼声、老鼠的吱吱声等等。[43] 亨利·梅肖尼克（Henri Meschonnic）在《韵律与生活》（*La rime et la vie*, 2006）一书中补充道，语言与大自然之间的密切关系不仅体现在这些传统的拟声词中，它还存在于例如"鼻子"（nez）、"牙齿"（dent）和"嘴"（bouche）这些分别以鼻化辅音、齿音和唇音开头的简单词语中。[44] 此外，他还引用了查尔勒·诺蒂埃（Charles Nodier）在《拟声词辞典》（*Dictionnaire des onomatopées*, 1808）中对法语单词"地下墓穴"（catacombe）的诠释，该单词的两个成分"cata"和"combe"最初是为了重现棺材跟跄倒下的声音：

> "Catacombe"：源自希腊语 katà，意为下坠或坠落的动作，它可能演变成我之前提到的拉丁文 cado；后半段来自古法语 combe，意为山谷、峡谷、空洞或地下。将这两个词完美地结合在一起，就能达到语言的一种绝好的模仿效果。我们不可能找到一连串比这个更加如画的声音，将棺材一层一层地在石头的锐角上滚动，在墓穴中间突然停顿下来。[45]

我们在上文中看到的有关拟声词的例子，无论是显性的还是隐性的，都体现了语言开创者的听觉灵敏性，这也是他们在所处的庞大音响世界中有意识地记录那些熟悉或不熟悉的声音的重要成果。其实，我国第一部诗集《诗经》（公元前 11 世纪到公元前 6 世纪）的第一首诗《关雎》就是由拟声词"关关"开始的，用来模仿雎鸠的鸟鸣声：

> 关关雎鸠，在河之洲。
> 窈窕淑女，君子好逑。[46]

语言除了能引起听觉感受之外，还能制造强烈的视觉效果，特别是黏着于具象的中国字。台湾作家唐诺在他的《文字的故事》（2010）中以一个甲骨文"望"来开始全书的内容，这个甲骨文代表的是一个人，他的身体很紧张，眼睛被夸张放大好几倍，他站在一块石头上，眺望着远处。唐诺这样解读这个睁大眼睛怔怔看向前方的人：

> 我们当然不会晓得数千年前引颈于广阔华北平原的这个人到底在看什么，有可能是打猎的人正贪婪看着远远的麋鹿成群；有可能是家中妻子有点焦急地等出门的丈夫回来；也极可能只是谁谁不经意走上某个高处，却忽然发现眼前的风景和平日看的不一样了，不由自主地驻足下来；更有可能就只是很平常的，像我们今天任谁都有过的，看着眼前，发发呆，让时间流过去，光这样而已。[47]

无论这个文字是在何种心境下被创造出来的，我们看着它时仍可以感受到它所代表的这个人的孤独和倔强不羁。卢梭曾说，最初发明的语言是"生动的、形象的"[48]，大体建立在对自然和人的模仿、类比的基础，就像我们听到"地下墓穴"这个法语单词时，能立刻生出某种走在崎岖的道路上，然后跌入深渊的不愉快的感觉。声音和具象作为一个文字的"能指"（signifiant）[49] 的两种可能性，亨利·梅肖尼克将它们称为"所见及所闻的物质性"（matérialité vue et entendue）[50]，可以对文字的"所指"（signifié），也就是概念起到联想或暗示的作用。对于西方字母来说，其声音的"模仿欲望"（désir mimétique）[51] 一直以来令哲学家、语言学家和诗人深深着迷。在上一章节中，笔者已提到兰波在他的诗歌《元音》里写下的诸如"A，是苍蝇的黑色胸衣"的诗句；而早在柏拉图的《克拉底鲁篇》中，这位古希腊哲学家就说过这样的话：

> ……在我看来，字母 R 似乎用来表达任何移动的状态……因为……最早取名的人观察到，在这个字母的发音中，舌头动得比较厉害，很少休息，……同样的道理，他用字母 i 来表现事物的细微运动……[52]

索绪尔和他的追随者们认为，语言的声响与概念之间的关系是"任意"的，索绪尔曾说："'车'（voiture）这个单词（而不是其他任何声音的排列方式）之所以代表这种四轮的东西的唯一原因就是，人们同意它如此。"[53] 然而，也有许多语言学家则坚持词语的声音是有表达价值，并力图证实这一点。莫利斯·格拉蒙（Maurice Grammont）在他的《法语诗体小论》（*Petit traité de versification française*, 1911）中，将元音按照发音方式进行分类后发现，每一种元音都有其自身的"表现力"[54]。例如，在 17 世纪法国悲剧家拉辛（Jean Racine）的作品《费德尔》（*Phèdre*, 1677）里，"万物苦我，害我，共谋害我"（Tout m'afflige et me nuit, et conspire à me nuire.）中重复出现的高音元音 /i/ 就能制造一种尖锐的感觉，这是一个会发出高亢哭声的声响、喊叫或情感；在拉封丹（Jean de La Fontaine）的《寓言诗》（*Fables*, 1668-1694）中，"睁开眼，伸长耳，宴席上的百里香香喷喷"（L'œil éveillé, l'oreille au guet, S'égayoient, et de thym parfumoient leur banquet）中的反复的清脆元音 /e/ 和 /ɛ/ 想展现的则是轻松欢快、甜美优雅的田园意境；而《在凯旋门》（À l'arc de Triomphe）中"胜利的众声将吹响它的号角"（La victoire aux cent voix sonnera sa fanfare）的明亮元音 /a/ 和 /o/ 旨在烘托宏伟的场面，或描绘威武雄壮的人物；高乃依（Corneille）的戏剧《罗多古娜》（*Rodogune*, 1647）中的那句"为了祝愿你们所有的不幸，从你们身体里生出一个和我相像的儿子吧"（Et, pour vous souhaiter tous les malheurs ensemble, Puisse naître de vous un fils qui me ressemble.）里多次出现的黯淡元音 /u/ 则发出了威胁的低吼。[55]

勒克莱齐奥显然会认同格拉蒙的观点，在他看来，语言中重要的不是概念，而是声音能说话，互相回应，渐渐远去，作家称它们为"生命的话语"（les paroles de la vie），亨利·梅肖尼克则将它们称为"字词的生命"（la vie des mots）[56]。在《大地上的陌生人》中，勒克莱齐奥用敏锐的听觉和大胆的想象力，考察了不同语种的富有乐感的、激动人心的生命力：

> 英语的音乐，有高有低，落下时跌跌撞撞的；法语则带鼻音，有些单调，声音清晰，辅音生硬；瑞典语轻柔地滑动着；芬兰语是流动的、拖长了的；

越南语和老挝语是蛇形音乐；西班牙语连珠炮似的；意大利语的双辅音；皮埃蒙特方言有奇异的声响；阿拉伯语十分柔和，但又能立刻变得粗暴；俄语的嘘嘘声，像水声，一种被闷住的尖音；印地语像军乐一样庄严；日语过分华丽……

在这段文字中，作家依次介绍了每一种语言特有的音色：跌跌撞撞的英语、轻柔滑动的瑞典语、液态的芬兰语、蛇形的越南语和老挝语、军乐般的印地语等等。有趣的是，勒克莱齐奥对法语（他的写作语言）的评价并不怎么样，认为它有点单调。事实上，他在作品中曾多次表达了对法语生硬枯燥的不满，比如，他认为法语无法描述大海的壮美，而后者总像女神一样：

不，语言文字还不能派上用场。这里有过于强大的力量、过于充盈的空间。因此，语言文字被一扫而过，一串串的鸡蛋和明胶，立刻溶解在阴影中。那些写在疯狂的小纸片上的词语在液态的风中旋转着，散落一地。（《另一边的旅行》）

如果说语言文字不能表现自然界的宏伟，它也势必无法描述出人类内心的细微感受。瓦西里·康定斯基在《艺术中的精神》中就指出，色调在人的灵魂中引起的短暂的、细腻的震颤是无法用语言来全部形容的，他说："随着时间的推移，每种基调都能找到物质词汇的表述，不过它们各自也永远还是语言无法穷尽的。"[57]在《另一边的旅行》中，词语很快就被一阵阵风吹得消散开来，像尘埃一样飞走，是哪些词语呢？勒克莱齐奥在小说中明确道，它们是一个动词，一个副词，一个补语，都是来自博须埃的东西。这位法国国王路易十四的太子导师、法兰西学院（Académie Française）成员使用的语言被评价为"无聊"的，这在某种程度上显示出勒克莱齐奥对精英文化的厌恶，更准确地说，是对法国17世纪以理性、礼节（bienséances）和心理分析为主导的上流文化的厌恶。心理分析小说（roman d'analyse）这种体裁正是诞生于法国古典时代，从拉法耶特夫人（Madame de Lafayette）的著名小说《克莱夫王妃》（*La Princesse de Clèves*, 1678）开始。而作家反对任何形式的心理分析。在随笔《物质的狂喜》中，勒克莱齐奥称心理小说是"虚幻的"（illusoire），他写道："它（心理小说）不允许被靠近，不允许被了解。它只是一个系统，只是被人们瞥见的真相的一个侧面。"在小说《战争》中，作家取笑那些端坐在一杯牛奶咖啡前的人，他们谈论着精神病、灵魂转生和这类事情。在《诉讼笔录》的最后一章中，勒克莱齐奥对精神病科的医学生们进行了嘲讽式的描写，他们试图采访主人公亚当·波洛，从而对其心理测试。然而，这些学生没有一人在看他，而是专注地在笔记本上写着什么。当一个年轻女子终于把目光投向病人时，她的目光严肃，充满理解，又富有文化修养。最具讽刺意味的是，主治医生在重读了学生的笔记后，批评学生分析得不够透彻：

> "你们不知道怎么入手，"他说道，然后又坐了下来，"你们在笔记本上记了许多毫无价值的东西。记什么：'记不清到医院已有多长时间——三四天，'又写什么：'记不清为何离家出走，'还有：'不喜欢穿衣服。原因为：不喜欢纽扣！'这一切根本就没有一点用处。相反，可能有价值的东西，你们却没有记录：你们无需记下这些玩意儿，而应该这样写：记忆混乱——性困扰，不负责任的胡思乱想——这样一来，就有了初步诊断，好了，继续吧。"

简而言之，勒克莱齐奥所摒弃的，是冷冰冰的、干巴巴的分析，因为它从未揭示出人心的敏感和细腻。勒克莱齐奥的感性美学使我们联想到卢梭，他反对作曲家让—菲利浦·拉莫（Jean-Philippe Rameau）的"高雅"音乐（musique savante），18世纪两人闹过轰轰烈烈的"滑稽剧之争"（Querelle des Bouffons）。拉莫宣扬用精确的理论和方法来规范音乐的逻辑，这显然继承了笛卡尔的理性主义；而卢梭则相反，他主张的是情感和感性美学，它预示了以肖邦、舒伯特和威尔第（Giuseppe Verdi）为代表的浪漫主义音乐。在《论音乐》（*L'Écrit sur la musique*, 1743）中，卢梭批评笛卡尔的理性主义对法国音乐产生的不良影响；在《论语言的起源》（*Essai sur l'origine des langues*, 1781）中，卢梭继续对笛卡尔进行批判，将其视作西方语言"堕落"（dégénérescence）的首要原因[58]。这些语言曾经易于歌唱，充满激情，其音调的转折体现出的那种自然的、富有活力的音乐魅力如今已被干涩、单调的语法规则所取代，而这一切都只为了词义的明朗：

> ……为了弥补音调的消失，我们就通过语法组合和新的发音方式加以补充……（语言）因此变得更准确，但缺少了激情；它用思想代替了感情；它不再对着心说话，而是对着理智……[59]

基于这种语言"堕落"观，卢梭进一步总结道，法语"本不是一门音乐性的语言"[60]。他或许认同夏尔·巴利（Charles Bally）的观点，后者在《总体语言学与法语语言学》（*Linguistique générale et linguistique française*, 1932）一书中评价法语为任意的、分析性的、静态的、清晰的，而与之相反的德语则被认为是梦、诗歌和哲学的语言。[56] 在巴利看来，法语区分了歌曲（chant）、歌谣（chanson）和抒情歌（romance），而德语的浪漫曲（lied）则什么都包含在内。

除此之外，语言音乐性的丧失，不仅是理性主义的结果，它更是语言被"固定"为书面文字的牺牲品。卢梭在《论语言的起源》中写道：

> 书面文字似乎固定住了语言，这恰恰是它改变语言的地方；它改变的不是词语，而是词语的精髓（génie）；它用准确性代替了表现性。我们在说话时表达自己的心情，而在书写时陈述自己的观点。在书写中，我们不得不按照约定俗成来使用所有的字词；而一个在说话的人却可以通过声调来变换这些意思，他随心所欲，不用为了准确性而操心，从而也就多了一

份力量，多了只存在于口语的活力。我们在书写时，写下的是话，而不是声音：然而，在音调丰富的语言中，正是声音、音调和各种转折，才是它最大的能量……[61]

在《谜语，和克里奥尔语及鸟类语言词汇手册》（*Sirandanes, suivies d'un petit lexique de la langue créole et des oiseaux*）这本关于克里奥尔语言的小书中，勒克莱齐奥对语言的书面形式表示抗议："更让我震惊的，是书面文字的不宽容，那种强迫任何口头表达的东西都要被文字记载的绝对要求。"对卢梭来说，理想的语言是南方早期生动、有声响、铿锵、雄辩的语言，它存在于没有理性主义的时代，甚至在印刷文明诞生之前，马歇尔·麦克卢汉（Marshall McLuhan）也将西方世界的从口头文化到视觉文化的变革归结于15世纪印刷术的发明。和卢梭一样，勒克莱齐奥也对尚未有书面形式的语言心驰神往，如美洲印第安语或非洲的语言，作家心中理想的语言是原始的、模仿性的、感官性，这也就解释了为何勒克莱齐奥的研究者们会用"诗意"一词来定义他的写作风格。卢梭就曾说过，最早的语言正是"诗人的语言"（des langues des poëtes）[48]。

勒克莱齐奥对回归语言本源的渴望，充分体现在他对书面文字的处理上，这些方法都旨在模仿外部世界，或者诠释人类的情感。和中国的甲骨文或其他象形文字相似，我们会在作家的许多小说中发现一些有趣的排版处理，比如《诉讼笔录》中的一幅破损的广告海报：

Squa Id ATCH
Bar de Band et James W Brown
Fem in
MARTI
Ritif

在《巨人》中，字母"GULF"以竖向排列的方式倾向于模仿加油站门前的大型霓虹灯柱：

G
U
L
F

在《高烧》收录的短篇小说《老去的一天》（Un jour de vieillesse）中，大写字母"我很冷"（J'ai froid）逐渐倾倒，体现了老妇人的软弱与无助：

J'AI FR
O
I
D

《饥饿间奏曲》最后，主人公艾黛尔的儿子进入一座犹太教堂博物馆，在那里，他看到一张绘制了 20 世纪 40 年代的集中营地图：

Fuhlsbüttel

Neuengamme

Esterwegen　　　　　　　　　　　　　　Ravensbrück

Sachsenhausen

Orianenburg　　　　　　　　　　　　　　Treblinka

Hertogembosch　　　　　　Bergen-Belsen

	Kulmhof	
Moringen Dora		Lichtenburg
	Sorbibor	
Niederhagen-Wewelsburg		Bad-Suza
	Lublin-Majdanek	
Buchenwald	Sachsenburg	Gross-Rosen
	Belzec	
Theresienstadt		
	Plaszow	
	Auschwitz-Birkenau	
Hinzert		Flossenbürg

上图中，一个个集中营的名称按照各自的地理位置排列，仿佛有一张真实的地图展现在读者眼前。勒克莱齐奥的文字排版处理，使我们想起法国 20 世纪初期诗人纪尧姆·阿波利奈尔（Guillaume Apollinaire）的"图形诗"（calligramme），如《领带与手表》（La cravate et la montre）、《王冠心与镜子》（Cœur couronne et miroir）、《下雨》（Il pleut）等，这些图形诗将文字内容放大，使其更形象化，或者如达尼埃尔·贝尔杰（Daniel Bergez）所说，"将文字从话语链（chaîne du discours）中剥离出来，归还其肉体的芬芳"[62]：

e

m

u

f

        i
       u
      q
     é
    m
   u
  l
 l
a
UN CIGARE[63]

  然而，与象形文字相比，由字母组成的语言想要制造视觉效果方法毕竟有限，为了将语言从概念的枷锁中解放出来，勒克莱齐奥常常利用字词音素的组合和句子的节奏，使书面文字发出声响，将其融入更广阔的有声世界。其中最简单直白的方法，就是用拟声词来模仿或再现文本中提到的各种声音。作家在《巨人》中写道："说吧！说吧！把气泡打破！说什么都行，怎么说都可以，怎么说都可以。如果你没有词可说，就不要说词。喊叫、咳嗽、唱歌，随便发出什么声音都行。你就说 Zip！Flak！Waapi！"绰号叫哑巴波果的小男孩专心致志地听着周围所有的声音——咖啡壶里发出的咕噜声、杯子和杯匙清脆的碰撞声、自动收款机一开一关的喀喀声、人们用吸管喝百事可乐的声音，然后张开嘴低声模仿着："Pchchchchch! Louip! Louip! Hing! Rak-rak-rak-rak! Oooooph! Oooooph!"其他的拟声词还出现在《变革》中，罗兹利斯的红雀在"练声"："突咦，突咦咦……呼咦，呼咦，呼咦咦"；还有《金鱼》里的莱拉用喜爱的斯卡特唱法学唱爵士歌曲："巴布里布，巴贝咯啦里，啦里啦咯啦……"；《战争》中，Bea B. 听着收音机里发出的各式各样的噪音：

有些很低沉，wooouwooouwooou 叫个不停，有些极其尖锐，iiiiiiiiiii 地响着。有各种各样的噪音，那是神秘的动物同我说话，呼喊我的声音：

tik tik gloup tik tik gloup tik tik glouip

crrrouiiiccrrroouwooiiik

jjjjjjjjjjjjmmmmmmmmmm

phiouphiouphiouphiouphiou

dddongdddongdddongdddongdddong

tchtchtchtchtchtchtchtchtchtch

hom! hom! hom! hom! hom!

uuuuuuoooooouuuuuuooooo

除了拟声词（其实它们在叙事性文本中的作用非常有限[64]），勒克莱齐奥在语言声响化处理上更多利用谐音，也就是元音的押韵。莫里斯·格拉蒙曾说，元音是诗歌中的"一种音符"[65]。在勒克莱齐奥笔下，元音有一种召唤或暗示的魔力。《寻金者》中，主人公亚力克西模仿印度人的方式呼唤同伴："阿呜哈！阿呜哈！"在《诉讼笔录》中，亚当·波洛透过窗户凝视着太阳，作家在描写这一场景时反复用到了元音 /ɔ/、/o/ 和 /ɔ̃/，显示出太阳星体的圆润：

我看着太阳，它圆圆的，整个儿倚靠着窗台，倚靠着大海，也就是依靠着天际，完全是垂直的。我任何时候都呆在窗前，自信所有的时光都默默地属于我，而不属于任何人。这真滑稽。

（法语原文：）

Je le regarde, lui, tout rond（/ɔ̃/），et tout contre（/ɔ̃/）l'appui, la mer, c'est-à-dire l'horizon（/ɔ/,/ɔ̃/），

我看着太阳，它圆圆的，整个儿倚靠着窗台，倚靠着大海，也就是依靠

着天际，

　　exactement droit. Je reste tous les moments（/ɔ/）devant la fenêtre, et je prétends

　　完全是垂直的。我任何时候都呆在窗前，自信

　　qu'ils sont（/ɔ̃/）à moi, en silence, à personne（/ɔ/）d'autre（/o/）. C'est drôle（/o/）.

　　所有的时光都默默地属于我，而不属于任何人。这真滑稽。

在下面这段中，作家不断重复元音 /a/，这种"明亮的"[66]元音与炙热的太阳光形成呼应：

　　太阳也扭曲了某些东西：阳光下，公路化作了灰白色的薄片；有时，车辆驶过，看似一条普普通通的流线，可突然，黑色金属无缘无故地像炸弹般爆炸开来，发动机罩里迸发出螺旋形的闪光，骤然形成一圈光晕，映红了整个山丘，致使山丘低头，连大气也退缩了数毫米。

　　（法语原文：）

　　Le soleil déformait aussi certaines choses : la（/a/）route, sous ses rayons, se liquéfiait

　　"太阳也扭曲了某些东西：阳光下，公路化作了

　　par（/a/）plaques（/a/）blanchâtres（/a/）; parfois（/a/）, des voitures（/a/）passaient（/a/）

　　灰白色的薄片；有时，车辆驶过，

　　en file simple, et soudain, sans raison apparente（/a/）, le métal（/a/）noir（/a/）éclatait（/a/）

　　看似一条普普通通的流线，可突然，黑色金属无缘无故地像炸弹般爆炸

开来，

　　comme une bombe, un éclair en forme de spirale（/a/）jaillissait（/a/） du capot（/a/）

　　发动机罩里迸发出螺旋形的闪光，

　　et faisait flamber et ployer（/a/） toute la（/a/） colline, d'un coup de son auréole

　　骤然形成一圈光晕，映红了整个山丘，致使山丘低头，

　　déplaçant（/a/）de quelques millimètres l'atmosphère（/a/）.

　　连大气也退缩了数毫米。

　　除了元音，我们还在上文中注意到大量的格拉蒙称之为"自发性的、生硬的"[66]辅音，如 /p/、/b/、/t/、/d/、/k/ 和 /g/ 等，它们干涩地敲击着文本。辅音被卢梭认为是没有音乐性的，现代语言正因为辅音的倍增而变得愈发单调。然而，勒克莱齐奥在这一点上与卢梭不同，他试图探索所有音素的内在音乐性，包括辅音。作家在 1993 年发表的一篇题为《法语颂》（Éloge de la langue française）的文章中谈到辅音之美，他写道："那些湿润的辅音，喉头发出的'r'，那些鼻音，以及那些需要将嘴唇前移才能发出的声音……"[67] 上一段落中出现的元/辅音的巧妙组合，如"灰白色的薄片"（plaques blanchâtres）、"金属爆炸"（métal éclatait）、"发动机罩……螺旋形……闪光"（éclair... de spirale... du capot）和"使山丘低头"（ployer toute la colline）都意在模仿和还原刺眼的阳光下，物体爆裂发出的干涩、响亮的声响。

　　不过，勒克莱齐奥最重视的仍旧是元音的音响效果以及它的暗示作用。在《诉讼笔录》中，重复出现的元音 /a/、/ɔ/ 和 /o/ 与主人公名字 Adam Pollo 的读音相呼应：

　　亚当站起身来，较为迅速地走向屋子深处，走向阴凉的地方；从扔在地上的一堆毯子中拎出一件旧棉布衬衣，不知是绒布衬衣还是平布衬衣，抖一

抖，往身上一套。他一弯腰，衣服便裂开个口子，正好在后背正中两块肩胛骨间，口子裂得很有特色，像一块硬币大小，恰巧豁露出三条尖尖的椎骨，紧绷的皮肤下，像是指甲上套了一层橡胶薄膜。

（法语原文：）

Adam（/a/）se leva（/a/）et marcha（/a/）assez（/a/）rapidement（/a/）vers

亚当站起身来，较为迅速地走向

le fond de la pièce, vers l'ombre; du tas（/a/）de couvertures empilées sur le plancher, il tira（/a/）

屋子深处，走向阴凉的地方；从扔在地上的一堆毯子中拎出

une chemise de vieux coton（/ɔ/），de finette ou de calicot（/o/），la secoua（/a/），

一件旧棉布衬衣，不知是绒布衬衣还是平布衬衣，抖一抖，

et l'enfila（/a/）. Quand il se baissa（/a/），la（/a/）déchirure du tissu au（/o/）milieu du

往身上一套。他一弯腰，衣服便裂开个口子，正好在

dos（/o/），entre les deux omoplates（/ɔ/, /a/），s'ouvrit de façon（/a/）caractéristique（/a/），

后背正中两块肩胛骨间，口子裂得很有特色，

prit la taille（/a/）d'une pièce de monnaie（/ɔ/），et montra（/a/）au（/o/）hasard（/a/）

像一块硬币大小，恰巧豁露出

trois（/a/）vertèbres aiguës, jouant sous la（/a/）peau（/o/）tendue comme（/ɔ/）des

三条尖尖的椎骨，紧绷的皮肤下，

ongles sous une membrane（/a/） de caoutchouc（/a/）.
像是指甲上套了一层橡胶薄膜。

同样，在亚当的朋友米雪儿出现的段落中，元音/ɛ/又与米雪儿名字（Michèle）的读音形成呼应：

……本子的首页写着抬头，像是一封信的格式：
我亲爱的米雪儿：
接着，他又回到窗前坐下。

（法语原文：）
... où il y avait écrit, sur la première（/ɛ/）page, en en-tête（/ɛ/），comme pour une lettre（/ɛ/），
……本子的首页写着抬头，像是一封信的格式：
ma chère（/ɛ/）Michèle（/ɛ/），
我亲爱的米雪儿：
puis il retourna s'asseoir devant la fenêtre（/ɛ/）...
接着，他又回到窗前坐下。

莫里斯·格拉蒙说过，音素的表现力往往通过重复产生。[69] 我们发现，勒克莱齐奥的文字中，元音 /a/ 的重复频率令人惊讶。/a/ 作为第一个元音音素，暗示了勒克莱齐奥笔下的人物回归本源的梦想。在短篇小说《暴雨》中，俊娜母亲在内的"海女"猛地浮出水面，发出了婴儿般的叫声：

顶多三四十秒，她就浮出来了。这时候，她会喊，这是为了换气。她的喊声我很远就能辨别出来，就算我看不见她，就算有别的喊声，别的声音。

有点像鸟的叫声,很尖,结尾的时候很低,像这样:嘿哈!呼呼——哈呜哈!我问过她为什么是这样的声音。她笑了,说她也不知道,她第一次从水底钻出来的时候自己就发出了这样的声音。她开玩笑说我出生的时候也是这样的,我就是这么哭的。

此外,元音 /a/ 的本源性也充分体现在《奥尼恰》和《乌拉尼亚》这两部勒克莱齐奥的小说标题上。奥尼恰(Onitsha)是尼日利亚的一个河港的名字,小说中,萨拉巴亚号航船载着樊当和玛乌远赴非洲,在奥尼恰与阔别多年的父亲吉奥弗洛瓦团聚;而乌拉尼亚(Ourania)则是主人公达尼埃尔童年时期在一本关于古希腊的红皮厚书里发现的名字,指的是天神的国度,为了排解二战带来的恐惧和痛苦,达尼埃尔的母亲每日给他读希腊天神的故事。我们会发现,"奥尼恰"和"乌拉尼亚"所代表的非洲和古希腊都是人类及其文明的摇篮,这两个地名也因此被赋予了一种原始的、近乎梦境般的力量。需要特别指出的是,"奥尼恰"(Onitsha)这个词由"oni"和"tsha"两部分组成,前者意为梦境——古希腊神话里掌管梦的神就叫奥涅伊洛斯(Oneiros)[70],而后者会让人联想到古巴恰恰恰的原始舞蹈,"奥尼恰"将两部分合二为一,把读者带到一个如梦的原始"乌托邦"[71]。在萨拉巴亚号的船舱里,樊当听着母亲玛乌喃喃自语:"奥尼恰。如此遥远,在世界另一端……她(玛乌)如同在诵读祈祷文或课文……你们什么时候到奥尼恰……我等着你们,在奥尼恰……"同样,"乌拉尼亚"这个词也是达尼埃尔从母亲的口中听到,他说道:"我知道那是什么吗?我从来没有见过。我只知道桌布上的图案,硫磺的味道,还有母亲歌唱般的读书声。"

除了地名之外,元音音素 /a/ 还出现在勒克莱齐奥笔下许多小说人物的名字中,其中大多是女性名字。作家在一次采访中曾坦言,他在为主人公起名字时经常会有意避开某个字母:"大多数女性名字中是没有字母'e'的。"[72]此外,笔者还注意到,小说中出现的女性人物的名字往往带有元音 /a/,且伴随着不同的辅音。小说《战争》里的小女孩 Bea B.,其名字中柔和的元音 /e/ 和 /a/ 被唇化

辅音 /b/ 包围着，制造出一种平和的波浪式节奏，多少缓和了小说激烈亢奋的基调；在《另一边的旅行》里，娜嘉·娜嘉（Naja Naja）的名字中鼻音 /n/ 使我们联想到黏糊糊的蛇皮，辅音 /ʒ/ 又模仿了蛇快速滑行的声音，元音 /a/ 夹嵌其中，娜嘉·娜嘉这个名字也就有了皮埃尔·封塔尼埃（Pierre Fontanier）所说的"模仿和谐"（harmonie imitative）[73]：

> 娜嘉娜嘉名副其实。她在石头、小草和人群之间冷冷地滑行，不费吹灰之力，柔软、柔韧、细长，她在所有的障碍之间滑行。那么快，那么悄声无息，人们以为她还在这里，其实她已经到了那里……她在自己的国度里旅行着，一个有着蝾螈和蛇的国度。

除了 Bea B. 和娜嘉·娜嘉，元音音素 /a/ 还出现在勒克莱齐奥笔下的其他女性名字里：《春天》中的扎亚娜（Zayane）；《沙漠》中的拉拉（Lalla），它暗示了女孩高兴时哼唱的习惯（la-la-la）；另外还有短篇小说《哈扎兰》（Hazaran）中的阿丽雅（Alia）、《金鱼》中的莱拉（Laïla）、《奥拉蒙德》的阿娜（Annah）、《寻金者》中的玛姆（Mam）和乌玛（Ouma）、《奥尼恰》中的玛乌和玛丽玛（Marima）、《隔离》中的苏雅瓦蒂（Suryavati）；短篇小说《燃烧的心》（Cœur brûlé）中的约瑟菲娜（Josefina）、克莱蒙蒂娜（Clémentina）、小玛伊拉（La petite Maïra）和雪弗莱（Chevela）……在《乌拉尼亚》中，还是小男孩的达尼埃尔着迷于母亲的名字"罗萨尔巴"（Rosalba），那是个温柔、活泼的名字，一个让人忆起她们海岛的名字，一个与她的微笑、歌声、吉他声相称的名字。[74] 成年后，达尼埃尔来到了墨西哥中部，遇到了他一生的挚爱——一个名叫达莉娅（Dahlia）的女子。与母亲的温柔、轻盈，总是低声细语的形象截然相反，达莉娅这个名字鲜亮、活泼，与她张扬热情的个性相吻合，宛如一朵盛开的热带之花：

> 达莉娅先是哭，然后又笑。她抱住我，亲吻我……她是一头生命力旺盛

的动物，充满激情和冲动，浑身上下都是使不完的力气。她用两条有力的大腿把我夹住，我摸到她背部脊椎两侧的肌腱，还有她腹部的块状肌肉。她在颤抖。

在分析奥尼恰和乌拉尼亚这两个地名时，笔者已提到，元音 /a/ 作为第一个元音音素重复出现，反映出勒克莱齐奥对原始起源的迷恋，这在他笔下的小说人物名字中也有体现。他的第一部小说《诉讼笔录》的主人公名叫亚当·波洛（Adam Pollo），根据米利安·斯坦达尔·布洛斯的分析，如果我们对这个名字进行缩写，它将变成"A. Pollo"，即古希腊神话中的诗神、音乐之神和太阳神阿波罗，[75] 这与小说中亚当·波洛整日注视着太阳的形象形成巧妙呼应。此外，布洛斯还指出，小说《特拉阿玛塔》的主人公尚司拉德（Chancelade）的名字来自法国多尔多涅省（Dordogne）的小城镇，1888 年考古人员在尚思拉德城的一个山洞里发现了一具距今 1.7 万年的人体骨架，将其取名为"尚司拉德人"（l'homme de Chancelade）。[75] 然而，除了亚当·波洛和尚思拉德之外，元音 /a/ 还是更多出现在勒克莱齐奥笔下的女性名字中，且她们多为母亲或人妻。在这些人物中，《寻金者》的母亲玛姆（Mam）和《奥尼恰》的母亲玛乌（Maou）的读音与各国语言的"妈妈"的叫法相近：如"ma""mama""maman"等；至于勒克莱齐奥小说中的其他女性角色，如果说她们在故事开始时还很年轻，比如《沙漠》中的拉拉，她们在结尾处往往成为了母亲。《沙漠》的倒数第二章为读者展现的是拉拉在故乡海边的一棵无花果树下分娩的近乎诗意的场景，拉拉用自己母亲的名字给孩子取名为海娃（Hawa）。《乌拉尼亚》中，达尼埃尔 25 年后重返南美，发现达莉娅在波多黎各创办了一个托儿所和幼儿园，收留有困难的低龄儿童。由此可见，元音音素 /a/ 赋予了勒克莱齐奥笔下的女性角色某种母性的神圣感，象征着她们的温柔、坚韧以及对生命的激情。

上述的例子可以充分表明，勒克莱齐奥通过字词音素的组合尽可能地挖掘书面语言的声响之美，试图将文字的声音与意象调和统一。我们注意到，勒克莱齐

勒克莱齐奥笔下有不少人物是文盲，他们只能通过口头的方式接触语言。在《沙漠》中，北非少女拉拉唱着"地—中—海—海"（Méditerra-né-é-e...），它来自法国歌手蒂诺·罗希（Tino Rossi）的同名歌曲《地中海》（Méditerranée），是拉拉偶然在广播里听到的。在第一章探讨流行音乐时，笔者已提到广播对于战后青少年文化生活的重要性，它促进了流行音乐的全球化发展。每天清晨，拉拉一边在各个居民区间穿梭，一边听着从一家家收音机里传出的连续不断的广播。关于"地中海"这个词，她并不知道它的含义，但这并不妨碍她细细品尝这个她十分喜爱的长而美的名字，这带给她安慰，带给她力量：

  她用手抱住双膝，左右前后地微微摇晃，一边低声用法语哼着一支歌曲，这支歌总是重复着：地—中—海—海……
  拉拉并不知道歌词的含意。有一天，她从广播里听到了这支歌，她只记住了地中海这个词，她十分喜欢这个词。从此，每当她高兴或空闲的时候，当她感到有些无名的悲伤的时候，她就会唱起这支歌来。有时，她独自低声地吟唱，声音是那样轻柔，连她自己也难以听到，有时又放声高唱，几乎是声嘶力竭，其目的是为了唤起回响，驱走恐慌。
  现在，她又低声地唱了起来，因为她感到很幸福。

蒂诺·罗希的歌曲表达的是对地中海的眷恋，《沙漠》中的拉拉正是一个热爱太阳、风和大海的少女。但与蒂诺·罗希歌唱的平静温柔的大海不同，拉拉的地中海像钢一样，一片灰蓝色，它低声咆哮着，将细碎的浪花抖落在坦荡的沙滩上，就像它的法语名字"地中海"（Méditerranée）的读音一样，干脆的辅音 /d/ 和 /t/ 和鼻音 /m/ 和 /n/ 相结合，既生硬又柔和；同时，尖锐、高亢的元音 /e/、/i/、/ɛ/ 和 /a/ 又映照出绚烂的阳光。

  除了法语字词的音素组合，勒克莱齐奥还试图在写作中通过穿插非法语单词的方式，使读者在阅读时可以跳出文字的语义范围，品味其语音之美。《变革》

中，卡特琳姨妈的克里奥尔语韵律将让·马洛带进她童年记忆里的罗兹利斯：

> 克里奥尔语，卡特琳从未忘记。所有的词语都是自然冒出来的，和硬面包、香草茶的味道、词语的韵律掺和在一起，唤起让的回忆……回忆是那么遥远，但是在这里，在这个沉闷房间的天花板下，克里奥尔词语将他带到了罗兹利斯的门廊下，仿佛他也曾在那里生活过，仿佛他当下的生活只是暂时的，总有一天他会回到那里。"水站着，水躺着，小孩打妈妈，跟我一样小，倒是很带劲，谁的果核露在外面？椰子。"

小说中，卡特琳姨妈的克里奥尔语和"硬面包""香草茶"的味道混合在一起，唤起了让对毛里求斯家族的遥远回忆。2014 年，勒克莱齐奥读者协会出版了题为《语言的味道，从语言到作品》（*Le goût des langues, les langues à l'œuvre*）的论文集，探讨的正是勒克莱齐奥写作的多语种维度，其中具代表性的文章有《论勒克莱齐奥作品中异国拟声词的接受》（*Effet de l'onomastique exotique dans la réception de l'œuvre de Le Clézio*）、《勒克莱齐奥的非洲化与克里奥尔化书写》（*Africanismes et créolismes dans la prose leclézienne*）、《勒克莱齐奥作品中的语言与知识》（*Langues et savoirs dans l'œuvre de Le Clézio*）和《天鹅岛、毛里求斯岛和西斯内罗斯岛：勒克莱齐奥——迁徙鸟与词语编织者》（*L'île des Cygnes, l'île Maurice, Isla Cisneros : J.M.G. Le Clézio---oiseau migrateur et tisseur de mots*）。我们在本书的第一章中已看到，勒克莱齐奥在小说里大量引用英美流行歌曲和歌手名字，如滚石乐队的《满足》、强尼基德与海盗乐队的《红河摇》、披头士乐队的《漂泊者》、妮娜·西蒙娜的《我的心上人头发是黑色的》、比莉·何莉黛的《成熟女人》等等。如果说英语歌名和歌手名字还不足以制造明显的阅读疏离感，那么在短篇小说《兹娜》中，勒克莱齐奥大段大段地插入歌剧《唐璜》的意大利语歌词原文，就更能拉大读者与文字概念之间的距离，使读者的注意力集中在声音的美感上，这也十分符合小说的音乐主题。在另一部小说《奥尼恰》中，作家再次大量安插意大利语原文：

玛乌，给我说点儿意大利语吧。
想让我跟你说些什么呢？
给我念诗吧。

她背诵了曼佐尼、阿尔菲耶里的诗，背诵了《安提戈涅》《玛丽·斯图尔特》中的诗句，这些诗句，她在热那亚的桑皮耶里达里纳中学已经牢记在心：

——Incender lascia,

tu che perir non dei, da me quel rogo,

che coll'amato mio fratel mi accolga.

Fummo in duo corpi un'alma sola in vita,

sola una fiamma anco le morte nostre

spoglie consumi, e in una polve unisca.

这段意大利语原文来自意大利剧作家维多利奥·阿尔菲耶里（Vittorio Alfieri）的戏剧《安提戈涅》。在通往奥尼恰的航船上，玛乌为了安抚儿子樊当的旅途不适，将自己最喜欢的诗句背诵给他听。然而，与《兹娜》中具有影射意义的《唐璜》唱词不同，《奥尼恰》里提到的这部神话悲剧与小说情节没有任何关联，樊当只是倾听着词句中流淌出的乐章，海面上的耀眼光芒和暖暖的撒哈拉热风吹拂着他的脸庞，这一切让樊当希望这旅程可以永远继续下去。

因此，勒克莱齐奥在小说中插入的外语原文由于翻译的缺失，其音响特性便更加突显出来。《变革》中，让拿给他的朋友华金（Joaquin）几本纳瓦特尔语的诗歌集，是为了听他用如歌唱般的口音读诗："湿润的tl音，有点爆破音，还有沉重的chl，在'chchlotchitl'这个词里，有点像俄语的"。在《流浪的星星》中，艾斯苔尔进入犹太教堂，第一次听到撒巴庆典的祈祷歌。虽然她完全不明白希伯来语歌词的意思，但还是被咒语般的歌声和女孩们前后摇晃的身体所吸引：

　　她试着在唇间吐出的那些神秘的词语，就用这种语言，它是那么美，在她的内心深处低语，它的音节仿佛震醒了所有的记忆……（她）从来没有听到过这样的歌唱。声音高起来，回响着，再低下去，然后再在别处重新绽放。有时，会有单独的声音，某个女人清脆的声音，唱着一个长长的句子，艾斯苔尔望着她遮着薄纱的身体，女人摇得更厉害了，双臂也微微举起，脸冲着那一簇簇光焰。她停下来的时候，就可以听见周围相和的低语，再沉沉地说，阿门，阿门。接着在别处响起了一个男子的声音，那些奇异的词语又迸出来，那些仿佛音乐一般的词语。第一次，艾斯苔尔知道了什么叫做祈祷。她不知道这是怎么进入她的，但这已确定下来：那低沉的声音，突然间迸发出具体语言的声音，那身体有节奏的摇晃，那星星点点的烛光，那闷热的，充满气味的阴暗的氛围。这是话语的旋涡。

除了希伯来语的祈祷歌，我们还在《流浪的星星》的卷首语中发现了一首秘鲁歌曲，勒克莱齐奥用原文抄录了其副歌部分的歌词：

流浪的星星哟
旅者的心爱
继续你的行程吧
海洋，或是陆地
打破你的铁镣

在小说的中译本的封底，我们发现了这一段歌词的原文：

Estrella errante

> Amor pasajero
> Sigue tu camino
> Por mares y tierras
> Quebra tus cadenas

如果说《兹娜》中出现的歌剧《唐璜》暗示着女主人公的爱情与背叛的经历，那么这首放在《流浪的星星》卷首的秘鲁歌曲则预示了女孩艾斯苔尔的人生历程：转瞬即逝的爱情，以及在陆地和海上的漫长漂泊。歌词第一句"流浪的星星哟"（Estrella errante）与小说标题形成呼应；女孩的名字，她的父亲更喜欢用西班牙语称她 Estrellita，也是"小星星"的意思；更有趣的是，原文摘录的歌词中重复的元音 /o/ 和 /a/ 将声音无限延申，似乎把听者带到了遥远的别处，就像一颗小星星在陆地和海洋间游荡。

除了字词的音色之外，勒克莱齐奥写作语言的音乐性还体现在句子的节奏上。作家在随笔《物质的狂喜》中写道：

> 一切都是节奏。理解美，就是能够让自己的节奏与自然界的节奏相吻合。每一个事物，每一种存在都有其特殊的征象，承载着属于它的歌声。你必须与它融为一体，不可分割。今天，我们要了解节奏，要谈论这个世界，重归这片令人心醉神迷的大地，从表面的喧闹中演奏出温柔而又有力的音乐。

事实上，在成为"美学目标"之前，节奏首先是一种"周期性现象"，它无处不在：海浪的起伏、心脏跳动的频率、呼吸的规律、交通信号灯的交替变换……在《理想国》的第三卷中，苏格拉底在谈到城邦的音乐教育时提出一种"好的节奏"[76]，它与美好的心灵和品格相匹配，是一种表现有秩序的勇敢的生活节奏。因此，他认为，节奏不仅存在于语言或音乐中，还体现在生活的方方面面，如绘画、纺织、刺绣、建筑、家具制作、动物身体以及植物树木等的自然体态。在前文中，我们已反复看到，勒克莱齐奥的音乐不仅指的是人为创作的流行歌曲或古典乐曲，它还是我们周围一切的声响世界，勒克莱齐奥所追求的音乐性语言也因此和广阔的声音景观融为一体。当他谈到节奏时，他将它称为自然的节奏；当他谈到语言风格时，他认为它是自然的产物。这里要强调的是，勒克莱齐奥对"自然"的理解远远超出了传统生态环境的范畴，而是指人类创造的整个世界，包括冰箱、汽车、飞机、桥梁、高速公路和水泥建筑……总之，勒克莱齐奥的理想节奏来自风、大海、雨，也来自城市的角角落落。

从这个角度来说，勒克莱齐奥或许会同意《英文大辞典》（*Dictionary of the English Language*, 1755）的编撰者塞缪尔·约翰逊（Samuel Johnson）的观点，后者曾将词语称为"大地的女儿"（Words are the daughters of the earth）[77]；他或许也会认可美国认知语言学家乔治·莱考夫（George Lakoff）和罗纳德·朗格克（Ronald Langacker）的观点，他们二人反对诺姆·乔姆斯基（Noam Chomsky）以及他的生成语法学，而认为语言的创造、习得和使用必须通过认知，即人对外部世界的认识、观察和感知。乔治·莱考夫在《我们赖以生存的隐喻》（*Metaphors we live by*, 1980）一书中声称，隐喻（或者隐喻性的语言）存在于我们平凡生活的每一个瞬间，由被称为"原型"（prototypes）的物质成分构建而成。莱考夫还列出以日常生活中为原型的三种隐喻：结构隐喻[78]、方向性隐喻[79]和本体隐喻[80]。打个比方，如果我们以法语单词"床"（lit）为例，其原义为供人躺卧、睡觉的家具，如桃花心木床（lit d'acajou）、行军床（lit de camp）、双人房（chambre à deux lits）等，而后来人们通过观察和想象，用这有形物体来命名无形的抽象概念，如结婚（lit nuptial）、古代最高法院会议（lit de justice）、战争（lit d'honneur）等等。在《垂直的声音》一书中，布鲁诺·克莱芒对修辞和自然之间的这种鸡生蛋、蛋生鸡的关系进行了思考：

如果说隐喻真的是一种表示相似性的修辞手法，那么还有什么理由说它与自然界中的相似性（比如父母和子女之间的相似性）在逻辑上没有关系？

如果我们愿意承认换喻是一种表示毗连性的修辞手法，我们还会说这种毗连性与人类每天、每时、每刻、每处都在经历的亲近感（地理上的邻近、家庭的结盟等）无关吗？至于换语，我们能不认为它与我们在自然界中观察到的无数运动毫不相干吗？这些运动有着进退交替的特点，如海浪的起伏，或某些疾病的反反复复。换句话说（或者简而言之），是否是大自然将这些修辞手法放进了我们的话语中？还是我们在大自然里投射出有关相似性、毗连性或进退反复性的修辞种类？ 81

让我们回到勒克莱齐奥的节奏中，它总是与外部世界牵连着一条纽带。《奥尼恰》中，樊当在萨拉巴亚号船上低声念着非洲城市的名字——圣—路易（Saint-Louis）、达喀尔（Dakar）、野蛮角（Langue de Barbarie）、戈雷岛（Gorée），轮船在海上破浪前行，这些词语回荡在起伏的海浪中。在前面两个章节，我们已看到，勒克莱齐奥在写作中经常使用摇摆节奏，由于它原指爵士乐的一种节奏类型，所以作家首先将它运用在爵士乐出现的文本中，如之前已提到的音乐成长小说《金鱼》——"我想到什么/就弹奏什么""没有顺序/没有停歇""不是用我的耳朵/而是用我的整个身体""它们和我的血液//和我的呼吸混在一起/它们和留在我脸颊、背脊的汗水混在一起"。在《流浪的星星》中，比莉·何莉黛的摇摆歌曲随着海风一阵阵地飘出来，"这一切都远了，然后又回来了"。《流浪的星星》可以说是"水"元素最多的一部勒克莱齐奥小说，文中随处可见的摇摆节奏常常与海浪的起伏联系在一起，如特里斯当梦见母亲弹奏《沉没的大教堂》的那一段落中，"他听得见她们的笑声，说话声""这是在戛纳，是另一段时光，另一个世界""钢琴里飘出的曲声渐渐大起来，溢满了整个旅馆的房间，在走廊上飘游，响彻每一层楼"，这些句子都展现了滚滚的海浪中大教堂渐渐升起的壮丽景观。在出发去耶路撒冷的航船上，艾斯苔尔听着犹太教士约伯·约埃尔（Reb Joël）用希伯来语背诵祷文，随着海浪轻摇的节奏缓缓发颤：

这些词随海浪一道涌来,咆哮着,翻滚着,那么温和,可是又那么有力,那是希望的词,死亡的词,比世界还要大,比死亡还要有力……对我来说,约伯·约埃尔的话仿佛一直在船里回响着。我不在其外,我不是一个陌路人。是这些词把我带走了,带往另一个世界,带往另一种生活。我知道,现在我明白了,就是约埃尔的这些话会把我们一直带到那里,带到耶路撒冷。即使有风暴,即使我们被抛弃了,我们依然会和这些祈祷的词一起到达耶路撒冷的。

在这一段落中,许多形容词、动词和介词短语总是成双成对地出现,如"比世界还要大,比死亡还要有力""我不在……我不是……""带往……带往……""我知道……我明白……""到那里……到耶路撒冷……"等。此外,模仿和谐不仅出现在成对的短语中,它还表现在一些对比性很强的动词、形容词和名词组合,形成了互补的二元对立,如"咆哮"与"翻滚""温和"与"有力""希望"与"死亡"。总而言之,勒克莱齐奥笔下的摇摆节奏大多是用来模仿海水的律动。作为"岛民"(îlien)[82]的勒克莱齐奥从小伴着滚滚海浪长大,对他而言,语言就是一种"潮起潮落的话语"(un flux et reflux de paroles)[82]。短篇小说《春天》中,萨巴的母亲为她唱的摇篮曲随着大海摇摆:

人们离开了,远去了。只有声音在我身边哼唱着,那不是话语,那在话语之前……它来了又走,走了又回来,摇摇摆摆,晃晃悠悠。在我的周围,在广场上,一切都在振动,绷紧。天空是平坦的、蔚蓝的。

《寻金者》中,亚力克西听海的段落里也有相当多的二分节奏语句,如"那声音混合在木麻黄针叶间的风中,在永不停息的风中""我听见它……我把它带到所行之处""波涛在远处的堡礁上碎成浪花,在黑河岸边的沙滩上销声匿迹""没有一日我不去海边,没有一夜醒来时""我是否真的看见它,是否听见它?"等等。短篇小说《没有身份的女孩》以"我想起了……缓缓推进的海浪，海的声音，海的气味"开始，主人公拉歇尔来到陌生的西方城市，"行走，行走"，耳边响起阿瑞莎·弗兰克林和贝西·史密斯的歌声。《奥尼恰》中，萨拉巴亚号在海上前行，朝"其他的港口，其他的海湾"开去，甲板的航标灯每五秒钟闪一下，"左舷绿光，右舷红光"。船舱内，玛乌感觉到自己"烧退了，滑向了远处"；樊当躺在床铺上一动不动，"静听玛乌的呼吸，静听大海的喘息"；在这艘"在滑行，在远去"的航船的一角，比莉·何莉黛正慵懒地唱着《成熟女人》：不，成熟女人啊，我知道，你想念失去已久的爱；而无人在旁时，你会哭泣，象征了玛乌对吉奥弗洛瓦的思念之情。在下一段中，玛乌给樊当读父亲的来信，我们注意到，诸如"奥尼恰""尼日尔""吉奥弗洛瓦·艾伦""你（的）父亲"和"等"的关键词反复出现，好似不断涌起的浪花：

> 他们要去世界的另一端，或许吧。他们要去非洲。有一些名字，他很久之前就听到过。玛乌慢慢地说出这些熟悉而又可怕的名字，奥尼恰，尼日尔。奥尼恰。如此遥远。在世界的另一端。那个男人在等待。吉奥弗洛瓦·艾伦。玛乌给他看过那些信。朗读这些信时，她如同在诵读祈祷文或课文。她停了下来，看着樊当，眼里闪亮，露出急不可耐。你们什么时候到奥尼恰。我等着你们两个，我爱你们。她说："你父亲写了信，你父亲说……"这个男人有和他同样的姓氏。我等你们。螺旋桨在大洋幽黑的水里的每一次转动都是在诉说，重复这些名字，可怕而又熟悉，吉奥弗洛瓦·艾伦、奥尼恰、尼日尔，这些可爱又可怕的名字，我等着你们，在奥尼恰，在尼日尔河畔。我是你的父亲。

如果说勒克莱齐奥笔下无处不在的摇摆节奏本质上是模仿海浪起伏的律动，那么其作品中同样频繁出现的敲击性节奏则出自鼓点声。在本书的第一章中，笔者已列举了大量来自勒克莱齐奥早期小说的带有敲击性节奏的短小、精悍的语句,如《战争》中的"战争远没有终止,没有,没有!""灭亡吧,都灭亡吧!不再有思想!不再有行动!""都是蛮荒!与生俱来的仇恨!无知!沉默!"。这些铿锵有力的语句与小说中多次提到的摇滚歌曲在美学上形成呼应:摇滚乐队的电吉他和电贝司制造高分贝的音量,而架子鼓则为旋律击打出强劲狂野的节拍。我们发现,勒克莱齐奥在作品中经常提到鼓这一乐器,鼓点声使人着迷,同时也令人心生恐惧。弗兰克·贝尔杰罗在《爵士全方位》中记载道,当黑人奴隶初到美洲大陆时,美国一些州甚至禁止鼓的使用,因为鼓声能号召反动。[83]雷蒙·穆雷·夏弗在《为世界调音》中写道,当欧洲人直到 19 世纪还以敲响教堂钟的方式宣告一天的结束,就像托马斯·哈代在小说《卡斯特桥市长》(*The Mayor of Casterbridge*, 1886)中写的那样,"教堂钟声的深沉的音符刚刚掠过房屋上空,高街从这端到那端就响起一阵哗啦啦的关百叶窗的声音,几分钟之内,卡斯特桥市的所有生意都停止了。"[84];而波斯人则在日落时击鼓吹号:"远远地,我听到了国王乐团的喧闹声,雷鸣般的鼓声,还有洪亮的吹号声……"[85]1085 年,在摩尔人抵抗卡斯蒂利亚人的战役中,前者用了欧洲人从未听到过的非洲鼓,震耳欲聋的鼓点声吓坏了作战的欧洲基督徒。[86]在勒克莱齐奥的《墨西哥之梦》中,我们发现了相似的场景,作家大段转述了贝尔纳尔·迪亚斯在《征服新西班牙信史》中回忆的阿兹特克食人节上听到的形同妖魔的鼓声:

  贝尔纳尔·迪亚斯写道:"吾军撤退后,但闻战神与天神所在之主神庙上乐声喧天;中有一鼓,其音凄然似鬼,声震两里之外;又有许多巨鼓、海螺、喇叭及哨声……"献祭的音乐在西班牙人耳中分外恐怖,他们知道,他们的同胞在受难。贝尔纳尔·迪亚斯记录这段经过时,又再次感受到当时的恐惧:"战神之鼓复又擂响……"
  这是特诺奇蒂特兰灭亡之前的最后一个食人节,节日的欣醉将一直持续到最后一刻。每个夜晚,贝尔纳尔·迪亚斯和他的战友都能听到那裂人肝胆、不绝于耳的"可恶鼓声",因为这是"世间最可恶、最惨烈之音响,声震云霄；印第安人燃起大火，呐喊吹哨，形同妖魔。"

原始社会中大量使用的鼓发出的"分外恐怖"的声音从未停止让欧洲人害怕。《奥尼恰》中，玛乌第一次在非洲土地上听到敲击耳膜的鼓声时不禁害怕得身体一颤：

> 她听到鼓声隆隆，从很远的地方，从河的另一边传来，仿佛一声叹息。正是这个声音将她惊醒，她不知道是什么，就像是她皮肤上的一阵抽搐。

接下来的日子里，玛乌渐渐习惯了河的另一边传来的鼓点声。当鼓声响起时，她开始回忆起战争期间她和樊当在法国，与在非洲工作的吉奥弗洛瓦分居两地的漫长岁月。以下这段文字有着近似远方回响的鼓点节奏：

> 玛乌久久地待着，也许待了几个小时，坐在藤椅里一动不动。她什么都不想。她只是在回忆，仅此而已。在她肚子里渐渐长大的孩子，在菲耶索莱的等待，沉寂。非洲的信总是不见来。樊当出生，去尼斯。再也没有钱，得打工，在家里做缝纫活，做清洁工。战争。吉奥弗洛瓦只是写过一封信，说他要穿过撒哈拉沙漠，一直到阿尔及尔，来找她。后来，杳无音信……

在这一段落中，句子大多是不完整的，且缺乏连接词，玛乌的记忆闪回（flash-back）随着远方鼓点的节奏在跳跃，十分具有顿挫感。在考察小说《金鱼》中的音乐时，我们已看到，莱拉在演唱原创歌曲《在屋顶》时脑中浮现的记忆意象的一个接一个缓缓流淌："我给我的歌曲起名《在屋顶》，为了纪念加弗洛路和那段通向顶楼的消防梯……我想起从前在塔布里克村庄常常听的吉埃玛……"与歌曲的爵士抒情风格颇为一致，而《奥尼恰》中段落的节奏则与之截然不同。

小说临近尾声时，玛利玛带着玛乌和樊当到河对岸参加节日庆典活动，那里正是玛乌每晚听到的鼓点声的来源地。玛乌一边走在路上,心脏随着鼓点节奏而跳动,一边想着玛利玛教她做的当地菜肴,"做芙芙,烤木薯饼,做山蓣粥,还有花生汤",夜空的月亮"鲜亮,一闪一闪,令人陶醉",这一段文字同样有着跳动的节奏。当她走近跳舞的人群时,她看到男人们用脚掌击打着地面,双臂张开,眼睛睁得大大的,这又使我们想起勒克莱齐奥曾多次记录或描写的部落舞蹈,无论是《墨西哥之梦》里的印第安仪式舞蹈,还是《歌唱的节日》中的"贝卡"舞和洪水搏斗之舞,抑或是《沙漠》中的蓝人祈祷舞,甚至是以原始舞步风格编排的《波莱罗》芭蕾舞,舞者们无一不迎合着整齐划一的鼓点,双脚跺着地面,被疯狂的劲头卷走似的,长时间重复着简单机械的舞蹈动作。《奥尼恰》中,玛乌感到阵阵的鼓点声深入到她的内心深处,使她一片晕眩。在小说《饥饿间奏曲》的最后,我们同样发现了长长的一段带有令人"晕眩"的鼓点节奏的段落,它记录的是主人公艾黛尔在二战爆发后对当时欧洲的丑恶意识形态算的一笔总账:

  朝三暮四的人,"艺术家们",唯利是图者,投机倒把者,寄生虫们。还有所有那些曾经万分高傲地炫耀其道德和智力优越性的人,保王党人,傅立叶主义者,种族主义者,霸权主义者,神秘主义者,通灵论者,斯威登堡、克洛德·德·圣马丁、马丁内兹·德·帕斯卡利、戈比诺、里瓦罗尔的徒子徒孙,莫拉派分子,国王的报贩子,毛尔德雷尔分子,和平主义者,慕尼黑派,合作分子,仇英派,凯尔特狂热分子,寡头政治主义者,联立政体主义者,无政府主义者,帝国主义者,蒙面党徒和法兰西行动团员……

这段"清单式"的列举型段落使我们想到《巨人》中积满商品的超级市场("一块块奶酪、一盒盒牛奶、一管管奶油、一包包明胶、一罐罐酸奶、一瓶瓶蛋奶点心、一杯杯冰点"),或者《逃之书》中叙述者对社会形形色色的人的咒骂("下流胚!臭大粪!无赖!骗子!笨蛋!平足!秃脑瓜!怪物!蠢货!猪!白痴!混蛋!没教养的人!流氓!……")。在本书的第一章中,笔者已将勒克莱齐奥笔下这种具有十足顿挫节奏的堆砌式语句与摇滚歌曲的节奏与布鲁斯挂钩。的确，无论是《饥饿间奏曲》中艾黛尔对战前政治团伙的梳理（"保王党人，傅立叶主义者，种族主义者，霸权主义者，神秘主义者……"），还是《逃之书》中叙述者对传统文学类型的讽刺（"心理小说、爱情小说、武侠小说、现实主义小说、系列小说……"），都体现了主人公（极有可能也是作家本人）对各种既有意识型态的反感和反叛，就像约翰·列侬在歌曲《给和平一个机会》中假装玩世不恭地叫吼着"手袋主义、蓬乱主义、拖拉主义、癫狂主义、戏弄主义、紧随主义、这个主义、那个主义……"总而言之，与平缓温和的大海律动般的摇摆节奏正好相反，强有力的鼓点式节奏给读者留下紧张、严酷、甚至恐怖的阅读体验。短篇小说《逃犯》中，塔亚穿过阴暗潮湿的单人牢房走廊，那里回响着"砰！砰！砰！"的三遍关门声。《奥尼恰》中的玛乌在殖民地行政官官邸的聚会上听到黑人苦役犯挖红土的可怕声音：

> 他们一镐镐、一锹锹，正在辛普森想修游泳池的地方挖着红土……花园的尽头，在用作围墙的栅栏旁，黑人们在太阳下仿佛要燃烧起来，汗水在他们的背上、肩上闪耀着。他们喘息不断，每一次用劲挖土，都伴随着一声痛苦的"吭哟"。

上文描写的画面能使我们联想到安哥拉监狱非裔囚犯的劳作歌《带上这铁锤》（Take This Hammer）[87]。在没有鼓的情况下，这些被关押的黑人用手中的铁镐、铁锹、铁锤击打出整齐一致的节奏，这既是劳动的节奏，也是宣泄的节奏。《奥尼恰》中，萨拉巴亚号航船的前甲板传来令人不安的声音，樊当走到船头，找到了声音的源头：

> 整个萨拉巴亚号的前甲板上满是黑人，他们正蹲着身子，用小锤一记记地击打舱口、船壳和船舷骨，清除铁锈……黑人们紧贴着甲板，贴着船舷骨，

仿佛缠挂在一头巨兽之上,他们用小小的尖头锤子一记一记不规则地敲击着。声音回响,充斥了整条船,在大海的天空蔓延开来,似乎渗透到远在天际的陆地里,如同一首生硬而沉重的曲子,填满了你的心,让你无法忘却。

为了支付自己和家人到下一港口的船票,萨拉巴亚号的黑人们日夜劳作,用小铁锤为航船除锈,这一情节来自勒克莱齐奥的个人记忆。7岁那年,勒克莱齐奥跟着母亲坐船离开尼斯,去尼日利亚寻找在那里当医生的父亲——《奥尼恰》的前半段正是由作家的亲身经历改编——在这艘载满了非洲男人、妇女和小孩的航船上,还是男孩的勒克莱齐奥看到他们挤在船头的甲板上,男人们用小铁锤敲打着船体,给船除锈,以此支付了通行费。[88] 这个画面深深地印刻在作家的记忆中,他笔下的樊当眼睛再也无法离开那些为船壳除锈的黑人,他的心跳加快,仿佛在聆听一首曲子,一种秘密的语言。

注释：

1. 参见：SOUNAC F. Modèle musical et composition romanesque : Genèse et visages d'une utopie esthétique[M].Paris : Classiques Garnier, 2014 : 61.
2. 赋格一词来自拉丁语 fuga，意为"逃跑"。
3. 参见：SCHAFER R M. Le paysage sonore : Le monde comme musique[M]. Marseille : Éditions Wildproject, 2010 : 160.
4. 参见：MÂCHE F-B. Musique au singulier[M].Paris : Éditions Odile Jacob, 2001 : 133.
5. 参见：MÂCHE F-B. Musique au singulier[M].Paris : Éditions Odile Jacob, 2001 : 46.
6. 参见：DEBUSSY C. Monsieur Croche[M].Paris : Gallimard, 1987 : 325.
7. 参见：希翁．声音 [M]．张艾弓，译．北京：北京大学出版社，2013 : 223.
8. 参见：Encyclopaedia Universalis II (Migration – Œdipe)[M].Paris : Encyclopaedia Universalis France S.A., 1978 : 478-479.
9. 参见：MASUO H. Les bruits chez Proust[J].Études de langue et littérature françaises, 1994 (64) : 117.
10. 参见：傅修延．听觉叙事初探 [J]．江西社会科学，2013（2）: 220.
11. 参见：普鲁斯特．追忆似水年华 I：在斯万家那边 [M]．李恒基，译．南京：译林出版社，1992 : 85.
12. 参见：DUTTON J. Le Clézio : le chercheur d'or et d'ailleurs : l'utopie de J.M.G. Le Clézio[M].Paris : L'Harmattan, 2003 : 49.
13. 参见：傅修延．论音景 [J]．外国文学研究，2015（5）: 62.
14. 参见：SCHAFER R M. Le paysage sonore : Le monde comme musique[M]. Marseille : Éditions Wildproject, 2010 : 39.
15. 参见：MÂCHE F-B. Musique au singulier[M].Paris : Éditions Odile Jacob, 2001 : 130-131.

16. 参见: DI SCANNO T. La vision du monde de Le Clézio : Cinq études sur l'œuvre[M]. Napoli : Liguori Editore, 1983 : 92.

17. 参见: SAINT-EXUPÉRY A (de). Le Petit Prince[M].Paris : Gallimard, 2005 : 91.

18. 参见: SCHAFER R M. Le paysage sonore : Le monde comme musique[M]. Marseille : Éditions Wildproject, 2010 : 59.

19. 参见: QUIGNARD P. La haine de la musique[M].Paris : Éditions Calmann-Lévy, 1996 : 15.

20. 参见: SABATIER F. La musique dans la prose française, des Lumières à Marcel Proust[M].Paris : Fayard, 2004 : 640-641.

21. 参见: ROUSSEAU J-J. Essai sur l'origine des langues[M].Paris : Bibliothèque du Graphe, 1817 : 529.

22. 参见: QUIGNARD P. La leçon de musique[M].Paris : Hachette, 1987 : 35.

23. 参见: 普鲁斯特. 追忆似水年华 I：在斯万家那边 [M]. 李恒基，译. 南京: 译林出版社，1992 : 44.

24. 参见: SCHAFER R M. Le paysage sonore : Le monde comme musique[M]. Marseille : Éditions Wildproject, 2010 : 61.

25. 参见: BALZAC H (de). Le lys dans la vallée[M].Paris : Gallimard, 1972 : 46.

26. 参见: BALZAC H (de). Le lys dans la vallée[M].Paris : Gallimard, 1972 : 47.

27. 参见: CLÉMENT B. La voix verticale[M].Paris : Éditions Belin, 2012 : 6.

28. 勒克莱齐奥在《乌拉尼亚》中写道："马里奥穿过村口的高地，他把炸弹藏在包里，一路飞跑，也许被一个小土块绊了一下，他摔倒了。炸弹爆炸了。可是，人们没有找到他的任何东西，这很神奇。"然而事实上，人们在爆炸现场发现了马里奥的一簇红色的头发，这个细节被作家写进《流浪的星星》中："他们只看见在草地中央有一个大洞，一个巨大的洞，周边给烧得黑黑的，还能够闻见烟味。他们在周围的草丛里找了一会儿，发现了一簇红色的头发，他们就是这样知道马里奥死了的。"

29. 参见：CORTANZE G (de). Le Clézio. Le nomade immobile[M].Paris : Éditions du Chêne, 1999 : 36.
30. 参见：DEBUSSY C. Monsieur Croche[M].Paris : Gallimard, 1987 : 325.
31. 参见：ZELTNER, Gerda. Jean-Marie Gustave Le Clézio : le roman antiformaliste[M]// Positions et oppositions sur le roman contemporain. Paris : Klincksieck, 1971 : 215-226.
32. 参见：FAYET O. L'écriture de J.M.G. Le Clézio : une écriture magique[M].Paris : Université Paris X, 1988.
33. 参见：CHUNG O. Le Clézio : une écriture prophétique[M].Paris : Éditions Imago, 2001.
34. 参见：RIDON J-X. Henri Michaux, J.M.G. Le Clézio : L'exil des mots[M].Paris : Éditions Kimé, 1995.
35. 参见：LABBÉ M. Le Clézio, l'écart romanesque[M].Paris : L'Harmattan, 1999.
36. 参见：BOULOS M S. Chemins pour une approche poétique du monde : Le roman selon J.M.G. Le Clézio[M].Copenhagen : Museum Tusculanum Press, 1999; Association des lecteurs de J.M.G. Le Clézio. Les Cahiers J.-M.G. Le Clézio : La Tentation poétique[J].2012 (5). Paris : Éditions Complicités, 2012; Association des lecteurs de J.M.G. Le Clézio. Les Cahiers J.-M.G. Le Clézio : Le goût des langues, les langues à l'œuvre[J].2014 (7). Paris : Éditions Complicités, 2014.
37. 参见：JOLLIN-BERTOCCHI S. J.M.G. Le Clézio : l'érotisme, les mots[M].Paris : Éditions Kimé, 2001.
38. 参见：THIBAULT B, MOSER K. J.M.G. Le Clézio: Dans la forêt des paradoxes[M]. Paris : L'Harmattan, 2012.
39. 参见：Association des lecteurs de J.M.G. Le Clézio. Les Cahiers J.-M.G. Le Clézio : La Tentation poétique[J].2012 (5). Paris : Éditions Complicités, 2012 : 11.
40. 参见：TADIÉ J-Y. Le récit poétique[M].Paris : Gallimard, 1994 : 179.

41. 参见：TADIÉ J-Y. Le récit poétique[M].Paris：Gallimard, 1994：182.
42. 参见：LHOSTE P. Conversations avec J.M.G. Le Clézio[M].Paris：Mercure de France, 1971：101.
43. 参见：SCHAFER R M. Le paysage sonore：Le monde comme musique[M]. Marseille：Éditions Wildproject, 2010：75.
44. 参见：MESCHONNIC H. La rime et la vie, édition revue et augmentée[M].Lagrasse：Éditions Verdier, 2006：22.
45. 参见：MESCHONNIC H. La rime et la vie, édition revue et augmentée[M].Lagrasse：Éditions Verdier, 2006：23.
46. 参见：诗经 [M]. 北京：中华书局，2011：2.
47. 参见：唐诺. 文字的故事 [M]. 上海：上海人民出版社，2010：5.
48. 参见：ROUSSEAU J-J. Essai sur l'origine des langues[M].Paris：Bibliothèque du Graphe, 1817：505.
49. 来自索绪尔的语言"能指"（signifiant）和"所指"（signifié），参见：SANDERS C. Cours de linguistique générale de Saussure[M].Paris：Hachette, 1979：31.
50. 参见：MESCHONNIC H. La rime et la vie, édition revue et augmentée[M]. Lagrasse：Éditions Verdier, 2006：251.
51. 参见：MESCHONNIC H. La rime et la vie, édition revue et augmentée[M]. Lagrasse：Éditions Verdier, 2006：61.
52. 参见：CRESSOT M. Le style et ses techniques：Précis d'analyse stylistique[M]. Paris：Presses Universitaires de France, 1991：29.
53. 参见：SANDERS C. Cours de linguistique générale de Saussure[M].Paris：Hachette, 1979：18.
54. 参见：GRAMMONT M. Petit traité de versification française[M].Paris：Armand Colin, 2003：127.

55. 参见：GRAMMONT M. Petit traité de versification française[M].Paris : Armand Colin, 2003 : 128-131.

56. 参见：MESCHONNIC H. La rime et la vie, édition revue et augmentée[M]. Lagrasse : Éditions Verdier, 2006 : 36.

57. 参见：康定斯基. 艺术中的精神 [M]. 李政文，魏大海，译. 北京：中国人民大学出版社，2003：83.

58. 参见：ROUSSEAU J-J. Essai sur l'origine des langues[M].Paris : Bibliothèque du Graphe, 1817 : 539.

59. 参见：ROUSSEAU J-J. Essai sur l'origine des langues[M].Paris : Bibliothèque du Graphe, 1817 : 507-508.

60. 参见：ROUSSEAU J-J. Essai sur l'origine des langues[M].Paris : Bibliothèque du Graphe, 1817 : 515.

61. 参见：ROUSSEAU J-J. Essai sur l'origine des langues[M].Paris : Bibliothèque du Graphe, 1817 : 511.

62. 参见：BERGEZ D. Littérature et peinture[M].Paris : Armand Colin, 2009 : 135.

63. 阿波利奈尔的图形诗《一支点燃的雪茄》（Un cigare allumé qui fume）。参见：APOLLINAIRE G. Calligrammes : Poèmes de la paix et de la guerre (1913-1916)[M].Paris : Gallimard, 1925 : 27.

64. 相反，拟声词在法国字母派（lettrisme）诗人伊西多尔·伊苏（Isidore Isou）和加布里埃尔·波莫朗（Gabriel Pomerand）的作品中则至关重要，字母派主张诗歌应完全挣脱内容意义的束缚，仅展现字词的音响之美。

65. 参见：GRAMMONT M. Le vers français : ses moyens d'expression, son harmonie[M]. Paris : Librairie Delagrave, 1954 : 195.

66. 参见：GRAMMONT M. Petit traité de versification française[M].Paris : Armand Colin, 2003 : 130.

67. 参见：GRAMMONT M. Petit traité de versification française[M].Paris : Armand

Colin, 2003 : 134.

68. 参见：LE CLÉZIO J-M G. Éloge de la langue française[J].L'Express, 1993(7) : 4.

69. 参见：GRAMMONT M. Le vers français : ses moyens d'expression, son harmonie[M]. Paris : Librairie Delagrave, 1954 : 208.

70. "Oni"在日语中也有特殊含义，意为幽灵。

71. 正如罗兰·巴特所说："语言的沙沙声建立了一个乌托邦……"参见：BARTHES R. Le Bruissement de la langue[M].Paris : Seuil, 1984 : 100.

72. 参见：Association des lecteurs de J.M.G. Le Clézio. Les Cahiers J.-M.G. Le Clézio : La voix des femmes[J].2013 (6). Paris : Éditions Complicités, 2013 : 34.

73. 参见：FONTANIER P, Les figures du discours[M].Paris : Flammarion, 1977 : 346.

74. 中译本中，"罗萨尔巴"被意译为"玫瑰鸥"。

75. 参见：BOULOS M S. Chemins pour une approche poétique du monde : Le roman selon J.M.G. Le Clézio[M].Copenhagen : Museum Tusculanum Press, 1999 : 66.

76. 参见：柏拉图. 理想国 [M]. 郭斌和，张竹明，译. 北京：商务印书馆，2009：109.

77. 参见：JOHNSON S. Johnson's Dictionary. A Modern Selection[M].London: Victor Gollancz Ltd., 1963: 7.

78. 莱考夫在书中提到的三句"You're wasting my time."（你在浪费我的时间）、"How do you spend your time these days?"（你每天怎么消耗时间的？）和"That flat tire cost me an hour."（这只瘪轮胎花去我一个小时）都是从"时间就是金钱"（Time is money）这个概念出发的结构隐喻。参见：LAKOFF G. Metaphors We Live By[M].Chicago: The University of Chicago Press, 2003: 11.

79. 方向性隐喻指的是用方位词表示抽象的概念，如"I'm feeling up/down."（我情绪高涨 / 情绪低落）或"He fell ill."（他病倒了）。参见：LAKOFF G. Metaphors We Live By[M].Chicago: The University of Chicago Press, 2003: 16.

80. 最常见的本位隐喻是以容器为工具，如"How did you get into window-washing

as a profession?"（你是怎么进擦窗这一行的？或 "He's out of the race now."（他现在已经不比赛了），其中，擦窗的工作和比赛活动都被视作某种容器。参见：LAKOFF G. Metaphors We Live By[M].Chicago: The University of Chicago Press, 2003: 27.

81. 参见：CLÉMENT B. La voix verticale[M].Paris : Éditions Belin, 2012 : 33-34.

82. 参见：LE CLÉZIO J-M G. Éloge de la langue française[J].L'Express, 1993(7) : 3.

83. 参见：BERGEROT F. Le jazz dans tous ses états[M].Paris : Larousse, 2015 : 14.

84. 参见：SCHAFER R M. Le paysage sonore : Le monde comme musique[M].Marseille : Éditions Wildproject, 2010 : 102.

85. 这段文字取自英国外交家詹姆斯·莫里埃（James Morier）的随笔《哈吉巴巴》（*Hadji Baba*），转引自 SCHAFER R M. Le paysage sonore : Le monde comme musique[M].Marseille : Éditions Wildproject, 2010 : 102.

86. 参见：SCHAFER R M. Le paysage sonore : Le monde comme musique[M].Marseille : Éditions Wildproject, 2010 : 87.

87. 出自 2014 年专辑《非裔美国囚犯真实劳作歌》（Authentic African-American Prison Work Songs）。

88. 参见：CORTANZE G (de). Le Clézio. Le nomade immobile[M].Paris : Éditions du Chêne, 1999 : 61

Conclusion

结　语
为何音乐？何为音乐？

在本书中，笔者依次考察了勒克莱齐奥笔下的三大音乐类型（流行乐、古典乐和如乐的声响世界）。前两章中，我们已充分看到欧美流行歌曲和古典乐曲在勒克莱齐奥作品中的重要性，作家通过主题呼应和美学借鉴，将小说与小说中提到的音乐作品有机地结合在一起。其实，在阅读勒克莱齐奥的小说时，我们还会注意到，作家笔下的流行歌曲的数量远比古典乐曲的多。无论是早期作品，还是 80 年代后出版的小说，以摇滚乐和爵士乐为主的英美流行乐贯穿着勒克莱齐奥的整个写作生涯。相比较，古典乐则排在了相对次要的位置。那么，勒克莱齐奥为何如此青睐流行音乐？

记得一位法国记者曾问村上春树，他在作品中多次提到西方大众文化，是否为了区别三岛由纪夫、川端康成、谷崎润一郎等传统日本作家而采取的手段，村上春树这样回答："年轻的时候，我听披头士和大门乐队的歌，读推理小说和科幻小说，看黑色电影……我常常沉浸其中，所以现在想聊一聊这些东西。"[1] 虽然勒克莱齐奥从未公开对流行乐的偏好作出解释，但笔者认为其中最主要的原因和村上春树相同，青年时期的他常常沉浸在以流行乐为代表的西方大众文化中，这也就自然而然地影响了他的写作。除此之外，勒克莱齐奥还热衷于接触西方的前卫艺术，尤其是尼斯学派（École de Nice），这是 20 世纪 50 年代末在法国尼斯诞生的一支视觉艺术先锋流派，它直接影响了日后的新现实主义（le Nouveau Réalisme）和激流派（Fluxus）。勒克莱齐奥年轻时与尼斯学派的艺术家来往密切，特别是一位叫本（Ben）[2] 的画家，后者在勒克莱齐奥读者协会的第一期文集《关于尼斯》（À propos de Nice）中发表了一篇题为《我记忆中的勒克莱齐奥》（Je me souviens de Le Clézio）的文章，并在作家第一部小说《诉讼笔录》改编的同名电影中饰演了主人公亚当·波洛。[3] 因此，可以看出，勒克莱齐奥是一位主动与"正统"文化背道而驰的作家,这也是为何 2008 年瑞典文学院在诺贝尔文学奖的颁奖致辞中称他为"游离于主流文明之外的人性探索家"。据说勒克莱齐奥在小说《诉讼笔录》获得雷诺多文学奖的第二天接受采访时,用颇具黑色幽默的回答对"主流"文学进行了冷嘲热讽:

- 您的床边书是什么?
- 我没有床头柜。
- 您最喜欢的作家是谁?
- 我不读书。
- 阿拉贡?罗伯-格里耶?
- 我再说一遍,我不读书,除了《爱丽丝梦游仙境》和《鲁滨逊漂流记》……[4]

在随笔《物质的狂喜》中,作家对"文化势利眼"进行了长篇抨击,他认为,真正的文化存在于人本身和他的日常生活中,比如头发的颜色、走路的节奏、血型、疾病、邻里关系等等,这些生活细节远比古希腊神话或葡萄牙诗歌更令人欣醉。他在随笔中写道:

……日常用品、手势、其他人的表情对我们的影响要比阅读或参观博物馆大得多。莎士比亚,我们一辈子就读一次(如果我们读的话);而街上的莫里斯电影宣传柱,我们每天都能看到它们!

这一段话出自一位诺贝尔文学奖得主看似令人惊讶,但如果我们结合勒克莱齐奥作品的内容和写作风格来看,就不难理解他对大众文化的青睐是一种反权威、反主流、反传统思想的表现,这无疑与作家的成长时代环境密不可分。其实,不仅仅是流行乐,勒克莱齐奥对精英主义的厌恶也体现在他笔下的古典乐中：《兹娜》里反复出现的《唐璜》实际上就是一部讽刺贵族上流社会的歌剧，在风格上，莫扎特也采用了以日常题材和简单的地方性语言为特点的意大利喜歌剧体裁，而不是主要用来唱诵古希腊罗马神话或史诗的严肃歌剧；至于《奥尼恰》中玛乌弹奏的萨蒂更是如此，这位叛逆的作曲家拒绝追随壮美恢宏的瓦格纳式音乐主流，反而更喜欢反映街头巷尾人情风貌的歌舞厅文化；而《饥饿间奏曲》的主题曲《波莱罗》更是摒弃了西方古典音乐一切"先进"的技巧，坚持使用最原始的简单的反复，也正因为这样，当我们在听完一遍乐曲后，能毫不费力地哼出它的旋律。

　　因此，我们可以得出这样的结论：勒克莱齐奥在写作中有意打破艺术的精英主义，消除高雅与通俗、精英与大众、"主流"与"非主流"之间的文化隔阂，这一原则在他对流行乐和古典乐的选择中都得到了充分映证。而在第三章"勒克莱齐奥笔下的如乐世界"中，我们进一步看到，作家不仅旨在颠覆艺术内部的等级，还通过扩大"音乐"本身的概念范畴，在周围的声响世界中寻找共通的音乐之美，从而试图消解艺术与非艺术的传统界限。2011年，勒克莱齐奥应巴黎卢浮宫博物馆的邀请，参与策划了一场主题为"博物馆—世界"（Le Musée monde）的大型展览。该展览展出了来自海地、非洲、墨西哥、瓦努阿图及其他地区的艺术品，如瓦努阿图的彭特科特岛编席、日本阿伊努伊人的传统歌谱、海地的革命题材绘画、美国墨西哥裔移民的"趴地弹跳车"等等，其中一些作品此前甚至从未踏进过任何博物馆。在这场展览中，勒克莱齐奥通过混搭的方式，将非西方展品与卢浮宫馆藏的欧洲艺术品一同陈列，如古希腊的雅典娜大理石头像与刚果的尼克斯·孔第（Nkisi nkondi，又称"猎手"）木雕；或法国中世纪的"圣母怜子"木板油画与墨西哥的热塔博罗斯（retablos）；或在德农馆的战神圆厅（Rotonde de Mars）中央放置瓦努阿图手工编席，而它的头顶上方则是著名的题为"普罗米修斯创造人，雅典娜赋予其灵魂"的19世纪法国壁画，这不仅旨在挑战艺术世界的西方中心主义和精英主义，消除艺术内部的等级理论，还试图打破艺术的外部边界。在为展览所写的导览性文章《博物馆即世界》（Les musées sont des mondes）中，勒克莱齐奥提出疑问："我们在这里谈艺术，在那里谈工艺，但界限到底在哪里呢？"[5] 对此，他显然有自己的答案：

> 艺术不在展厅的墙上，不是买卖和膜拜的对象，它是活生生的，在大街上、在墙上，被所有人看见。艺术在民众的脸上，在他们的想象中，在他们的舞蹈中，在他们的狂热中。它被刻在日常物品上，刻在大地里……[6]

由此可见，这些古老的亚洲、非洲、大洋洲和南美印第安文化中最令勒克莱齐奥心驰神往的，便是人与自然和谐地融为一体：对他们而言，生活本身就是一种艺术。当作家向瓦努阿图的彭特科特岛首领文森特·布雷孔纳（Vincent Boulékone）询问为何不在岛上建一座博物馆时，对方回答："先生，对我们来说，整座岛就是我们的博物馆。"勒克莱齐奥从非西方文化中获得的这些灵感和启示，深深影响了他的写作。因此他的文字是有声响的、富有乐感的，与我们所生活的广阔的声音景观紧紧融合在一起。或许，我们应该大声朗读勒克莱齐奥的小说和随笔，从而更好地品味其语言的音乐美。不要忘了，最早的文学几乎都是"唱"出来的，木心曾将它们总结为战歌、祷词、劳动号子。文学与音乐的紧密联系在诗歌中最为普遍，诗人通过节奏和押韵来追求文字的音乐效果，使诗歌琅琅上口。法国 19 世纪诗人保罗·魏尔伦（Paul Verlaine）在《诗的艺术》中就曾说过："音乐为万物之首"（De la musique avant toute chose），他在诗作《秋之歌》（Chanson d'automne）中循环使用"小提琴"（violon）一词的元音音素 [ɔ] 和 [ɔ̃]，制造出小提琴呜咽的声音效果。除了诗歌，不少小说家通过使用生动活泼的通俗语言，来增强文字的听觉感知，如拉伯雷、乔治·桑、左拉、让·吉奥诺、塞林纳、马克·吐温（Mark Twain）、威廉·福克纳（William Faulkner）、老舍、贾平凹、金宇澄等等。总之，文学的口头性由中外民族世世代代传承了下来。在《音乐与文学：艺术的比较》（*Music and Literature：A Comparison of the Arts*）中，卡尔文·布朗将艺术分为"视觉的"（visible）和"听觉的"（audible），称音乐与文学是应该被聆听的艺术：

>没有人把印在乐谱上的音符当成音乐：这些是向演奏者展示它们要发出的声音的符号，而声音本身才是音乐。文学也是如此，任何一个文盲都不会有这方面的困惑。我们在音乐上没有这种困惑的唯一原因，就是我们大多数人是乐盲：五线谱上的符号除了被译成声音外，对我们来说几乎没有任何意义。但是，我们已经对印刷文字习以为常……[7]

15世纪的印刷术使西方文学慢慢走向视觉化，而我们在勒克莱齐奥的作品中却看到一种"倒退"的艺术思想，这是一个回归语言和文学本源的梦。当他回忆自己在南美印第安部落的生活经历时，他想起艾尔薇拉，一个捶着胸唱着神话的歌女，她的故事里只有歌声、手势和沉默；他还想到坦加苏安·钦奇查国王（Tangáxoan Tzíntzicha）的祭司们夜夜唱诵的人神事迹，祭司们洪亮的嗓音响彻整座米却肯王宫，但它也是短暂的，当他们的声音结束时，整个民族的命运也就结束了。也许，这就是勒克莱齐奥心中完美的语言，一种有声响的、深情的，同时也是转瞬即逝的语言。与其长存于历史之河，不如化作一江春水。当他找到这样的语言时，他或许不再需要写作：

>到了那时，我就会闭嘴，就这么简单。神奇的寂静会重新回到我的身边，伟大的寂静，它使一切如此美丽，如此持久……到了那时，言语、音乐才会真正自由，最终逝去。它们的声音是它们唯一的真相，在炙热的阳光下，在白色的石头上，在大海的不远处。[8]

注释：

1. 参见：栗原裕一郎等. 音乐·村上春树[M]. 丁冬，译. 西安：陕西师范大学出版社，2019：1.

2. 其真名为本杰明·沃蒂埃（Benjamin Vautier）。

3. 参见：VALDMAN É. Le Roman de l'École de Nice[M].Paris：La Différence, 1991：122.

4. 参见：CORTANZE G (de). Le Clézio. Le nomade immobile[M].Paris：Éditions du Chêne, 1999：139.

5. 参见：LE CLÉZIO J-M G. Les musées sont des mondes[M].Les musées sont des mondes. Paris：Gallimard/Musée du Louvre éditions, 2011：39.

6. 参见：LE CLÉZIO J-M G. Les musées sont des mondes[M].Les musées sont des mondes. Paris：Gallimard/Musée du Louvre éditions, 2011：33-34.

7. 参见：BROWN C S. Music and Literature: A Comparison of the Arts[M].Hanover: University Press of New England, 1987：8.

8. 参见：LE CLÉZIO J-M G. L'Inconnu sur la terre[M].Paris：Gallimard, 1978：390-391.

参考文献

AMAR R. Les structures de la solitude dans l'œuvre de J.M.G. Le Clézio[M].Paris : Publisud, 2004.

ANOUN A. J.-M.G. Le Clézio : Révolutions ou l'appel intérieur des origines[M]. Paris : L'Harmattan, 2005.

APOLLINAIRE G. Calligrammes : Poèmes de la paix et de la guerre (1913-1916) [M]. Paris : Gallimard, 1925.

ATÉBA R M. Identité et fluidité dans l'œuvre de Jean-Marie Gustave Le Clézio : Une poétique de la mondialité[M].Paris : L'Harmattan, 2008.

Association des lecteurs de J.M.G. Le Clézio. Les Cahiers J.-M.G. Le Clézio : À propos de Nice[J].2008 (1). Paris : Éditions Complicités, 2008.

Association des lecteurs de J.M.G. Le Clézio. Les Cahiers J.-M.G. Le Clézio : Migrations et métissages[J].2011 (3-4). Paris : Éditions Complicités, 2011.

Association des lecteurs de J.M.G. Le Clézio. Les Cahiers J.-M.G. Le Clézio : La Tentation poétique[J].2012 (5). Paris : Éditions Complicités, 2012.

Association des lecteurs de J.M.G. Le Clézio. Les Cahiers J.-M.G. Le Clézio : La voix des femmes[J].2013 (6). Paris : Éditions Complicités, 2013.

Association des lecteurs de J.M.G. Le Clézio. Les Cahiers J.-M.G. Le Clézio : Le goût des langues, les langues à l'œuvre[J].2014 (7). Paris : Éditions Complicités, 2014.

BACKÈS J-A. Musique et littérature[M].Paris : Presses Universitaires de France, 1994.

BALINT A. Imaginaires et représentations de la mobilité[M].New York : Peter Lang, 2020.

BALZAC H (de). Le lys dans la vallée[M].Paris : Gallimard, 1972.

BARTHES R. Le Bruissement de la langue[M].Paris : Seuil, 1984.

BAUDELAIRE C. Œuvres complètes[M].Paris : Gallimard, 1975.

BERGEROT F. Le jazz dans tous ses états[M].Paris : Larousse, 2015.

BERGEZ D. Littérature et peinture[M].Paris : Armand Colin, 2009.

BORGOMANO M. Rencontres dans les romans de J.M.G. Le Clézio, et spécialement Etoile errante, utopie diégétique, réalité textuelle[M]//FRÖLICH J. Point de rencontre : Le Roman. Actes du colloque international d'Oslo 1994. Oslo : Presses de l'Université d'Oslo, 1995.

BOTHOREL N, DUGAST F, THORAVAL J. Les Nouveaux romanciers[M].Paris : Bordas, 1976.

BOULOS M S. Chemins pour une approche poétique du monde : Le roman selon J.M.G. Le Clézio[M].Copenhagen : Museum Tusculanum Press, 1999.

BROWN C S. Music and Literature: A Comparison of the Arts[M].Hanover: University Press of New England, 1987.

BUREAU C. Linguistique fonctionnelle et stylistique objective[M].Paris : Presses Universitaires de France, 1976.

CARLES P, CLERGEAT A, COMOLLI J-L. Le Nouveau dictionnaire du jazz[M]. Paris : Éditions Robert Laffont, 2011.

CAVALLERO C. Le Clézio, témoin du monde[M].Paris : Éditions Calliopées, 2009.

CAVALLERO C. Le Clézio, Glissant, Segalen : la quête comme déconstruction de l'aventure[M].Annecy : Presses de l'université de Savoie, 2011.

CHAHINE B. Le chercheur d'or de J.M.G. Le Clézio : problématique du héros[M]. Paris : L'Harmattan, 2010.

CHUNG O. Le Clézio : une écriture prophétique[M].Paris : Éditions Imago, 2001.

CLÉMENT B. La voix verticale[M].Paris : Éditions Belin, 2012.

CORTANZE G (de). Le Clézio. Le nomade immobile[M].Paris : Éditions du Chêne, 1999.

CRESSOT M. Le style et ses techniques : Précis d'analyse stylistique[M].Paris : Presses Universitaires de France, 1991.

CUDDY-KEANE M. Virginia Woolf, Sound Technologies, and the New Aurality[M]// Virginia Woolf in the Age of Mechanical Reproduction: Music, Cinema, Photography, and Popular Culture. New York: Garland, 2000: 69-96.

DAMAMME-GILBERT B. Les enjeux de la mémoire dans Onitsha et L'Africain de J.M.G. Le Clézio[J].Australian Journal of French Studies, 2008 (45) :16-32.

DEBUSSY C. Monsieur Croche[M].Paris : Gallimard, 1987.

DI SCANNO T. La vision du monde de Le Clézio : Cinq études sur l'œuvre[M]. Napoli : Liguori Editore, 1983.

DUTTON J. Le Clézio : le chercheur d'or et d'ailleurs : l'utopie de J.M.G. Le Clézio[M].Paris : L'Harmattan, 2003.

DUTTON J. Jazz Routes or the Roots of Jazz Music as meaning in Le Clézio's Poisson d'or[J]. Nottingham French Studies, 2004, 43(1):108-116.

Encyclopaedia Universalis II (Migration – Œdipe)[M].Paris : Encyclopaedia Universalis France S.A., 1978.

FANON F. Les Damnés de la terre[M].Paris : François Maspero, 1961.

FAYET O. L'écriture de J.M.G. Le Clézio : une écriture magique[M].Paris : Université Paris X, 1988.

FOENKINOS D. Charlotte, avec des gouaches de Charlotte Salomon[M].Paris : Gallimard, 2015.

FOL S. Billie Holiday[M].Paris: Gallimard, 2005.

FONTANIER P, Les figures du discours[M].Paris : Flammarion, 1977.

FOUCAULT M. Le Langage de l'espace, Le Procès Verbal[J].Critique, 1964 (203) :

379-380.

GENETTE G. Seuils[M].Paris : Seuil, 1987.

GENETTE G. Discours du récit[M].Paris : Seuil, 2007.

GILLER-PICHAT M. Image, imaginaire, symbole : la relation mythique dans l'œuvre de J.M.G. Le Clézio : Les Géants, L'Inconnu sur la terre, Désert[M].Lille : ANRT, 1992.

GILLETT C. The sound of the city: The rise of Rock & Roll[M].London: Souvenir Press, 1996.

GLAZIOU J. La Ronde et autres faits divers, de J. M. G. Le Clézio. Parcours de lecture[M].Paris : Bertrand-Lacoste, 2001.

GNAYORO J-F R. La nature comme un cadre matriciel, dans quelques cas d'œuvres chez Giono et Le Clézio[M].Paris : Éditions Edilivre, 2009.

GNAYORO J-F R. L'expression de la nature chez Giono et chez Le Clézio, [M]. Sarrebruck : Éditions Universitaires Européennes, 2011.

GNAYORO J-F R. La Naturévasion de Giono et Le Clézio[M].Mauritius: Éditions Universitaires Européennes, 2018.

GRAMMONT M. Le vers français : ses moyens d'expression, son harmonie[M]. Paris : Librairie Delagrave, 1954.

GRAMMONT M. Petit traité de versification française[M].Paris : Armand Colin, 2003.

GUT S. Le phénomène répétitif chez Maurice Ravel, de l'obsession à l'annihilation incantatoire[J].International Review of the Aesthetics and Sociology of Music, 1990 (21) : 29-46.

HERTZ E, ROESSNER J. Write in Tune : Contemporary Music in Fiction[M]. London: Bloomsbury, 2014.

JOHNSON S. Johnson's Dictionary. A Modern Selection[M].London: Victor Gollancz Ltd., 1963.

JOLLIN-BERTOCCHI S. J.M.G. Le Clézio : l'érotisme, les mots[M].Paris : Éditions Kimé, 2001.

JOLLIN-BERTOCCHI S. Chanson et musicalité dans l'œuvre de J.M.-G. Le Clézio[M]//J.M.-G. Le Clézio. Nantes : Éditions du Temps/Presses de l'Université de Versailles-Saint-Quentin-en-Yvelines, 2004 : 143-159.

KERN-OUDOT C. Poétique du chant dans l'œuvre de J.M.G. Le Clézio[M]// MIMOSO-RUIZ B R. Toulouse, J.M.G. Le Clézio, Ailleurs et origines : parcours poétiques. Toulouse : Éditions Universitaires du Sud, 2006 : 147-159.

KOUAKOU J-M. Le Clézio : Accéder en vrai à l'autre culturel[M].Paris : L'Harmattan, 2013.

LABBÉ M. Le Clézio, l'écart romanesque[M].Paris : L'Harmattan, 1999.

LAKOFF G. Metaphors We Live By[M].Chicago: The University of Chicago Press, 2003.

LATHAM A. The Oxford Companion to Music[M].Oxford: Oxford University Press, 2002.

LE BON S. Le port d'attache de Jean-Marie Gustave Le Clézio : La quête d'une vérité et d'une nouvelle identité[M].Saarbrücken : Verlag Dr. Müller, 2009.

LE CLÉZIO J-M G. Le procès-verbal[M]. Paris : Gallimard, 1963.

LE CLÉZIO J-M G. La Fièvre[M].Paris : Gallimard, 1965.

LE CLÉZIO J-M G. Le Déluge[M].Paris : Gallimard, 1966.

LE CLÉZIO J-M G. Terra Amata[M].Paris : Gallimard, 1967.

LE CLÉZIO J-M G. L'Extase matérielle[M].Paris : Gallimard, 1967.

LE CLÉZIO J-M G. La Guerre[M].Paris : Gallimard, 1970.

LE CLÉZIO J-M G. Haï[M].Genève :Éditions Albert Skira, 1971.

LE CLÉZIO J-M G. Les Géants[M].Paris : Gallimard, 1973.

LE CLÉZIO J-M G. Voyages de l'autre côté[M].Paris : Gallimard, 1975.

LE CLÉZIO J-M G. L'Inconnu sur la terre[M].Paris : Gallimard, 1978.

LE CLÉZIO J-M G. Printemps et autres saisons[M].Paris : Gallimard, 1989.

LE CLÉZIO J-M G. Le malheur vient dans la nuit[M].Jean-Marie G. Le Clézio. Marseille : SUD, 1990 : 5-20.

LE CLÉZIO J-M G. Sirandanes, suivies d'un petit lexique de la langue créole et des oiseaux[M].Paris : Éditions Seghers, 1990.

LE CLÉZIO J-M G. Étoile errante[M].Paris : Gallimard, 1992.

LE CLÉZIO J-M G. Éloge de la langue française[J].L'Express, 1993(7) : 3-6.

LE CLÉZIO J-M G. Poisson d'or[M].Paris : Gallimard, 1997.

LE CLÉZIO J-M G. La fête chantée et autres essais de thème amérindien[M].Paris : Gallimard, 1997.

LE CLÉZIO J-M G. Révolutions[M].Paris : Gallimard, 2003.

LE CLÉZIO J-M G. Ritournelle de la faim[M].Paris : Gallimard, 2008.

LE CLÉZIO J-M G. La liberté, comme une supplique, comme un appel dans la voix du blues et du jazz[J].Cahiers Sens Public, 2009 (2) : 9-11.

LE CLÉZIO J-M G. Les musées sont des mondes[M].Les musées sont des mondes. Paris : Gallimard/Musée du Louvre éditions, 2011 : 18-39.

LE CLÉZIO J-M G. Une porte qui s'ouvre [J].Diogène, 2012 (1) : 5-11.

LE CLÉZIO J-M G. Bitna, sous le ciel de Séoul[M].Paris : Éditions Stock, 2018.

LE CLÉZIO J-M G. Chanson bretonne suivi de L'enfant et la guerre[M].Paris : Gallimard, 2020.

LÉVI-STRAUSS C. L'Homme nu[M].Paris : Librairie Plon, 1971.

LHOSTE P. Conversations avec J.M.G. Le Clézio[M].Paris : Mercure de France, 1971.

LOCATELLI A. Jazz belles-lettres : Approche comparatiste des rapports du jazz et de la littérature[M].Paris : Classiques Garnier, 2011.

MÂCHE F-B. Musique au singulier[M].Paris : Éditions Odile Jacob, 2001.

MAILLARD N. Le jazz dans la littérature française (1920-1940)[J].Europe, 1997 (820-821) :46-57.

MARNAT M. Maurice Ravel[M].Paris : Fayard, 1986.

MARTIN J-P. La bande sonore : Beckett, Céline, Duras, Genet, Perec, Pinget, Queneau, Sarraute, Sartre[M].Paris :José Corti, 1998.

MASUO H. Les bruits chez Proust[J].Études de langue et littérature françaises, 1994 (64) : 113-121.

MAURIAC F. Le Désert de l'amour[M].Paris : Bernard Grasset, 1925.

MEIZOZ J. L'Âge du roman parlant (1919-1939) : Écrivains, critiques, linguistes et pédagogues en débat[M].Genève : Droz, 2001.

MESCHONNIC H. La rime et la vie, édition revue et augmentée[M].Lagrasse : Éditions Verdier, 2006.

NADEAU M. le roman français depuis la guerre[M].Paris : Gallimard, 1970.

NERVAL G (de), Sylvie[M].Paris : Librairie Générale Française, 1999.

OMINUS J. Pour lire Le Clézio[M].Paris : Presses Universitaires de France, 1994.

PIEN N. Le Clézio, la quête de l'accord originel[M].Paris : L'Harmattan, 2004.

PIERREPONT A. Le champ jazzistique[M].Marseille : Parenthèses, 2002.

PYE P. Sound and Modernity in the Literature of London, 1880–1918[M]. New York : Palgrave Macmillan, 2017.

QUIGNARD P. La leçon de musique[M].Paris : Hachette, 1987.

QUIGNARD P. La haine de la musique[M].Paris : Éditions Calmann-Lévy, 1996.

RABELAIS F. Gargantua[M].Paris : Gallimard, 2007.

RICHER J-F. Balzac sonoriste : Les sons du Colonel Chabert[M]//L'Année balzacienne. Paris : Presses Universitaires de France, 1937 : 327-351.

RIDON J-X. Henri Michaux, J.M.G. Le Clézio : L'exil des mots[M].Paris : Éditions Kimé, 1995.

RIMBAUD A. Œuvres complètes[M].Paris : Gallimard, 1972.

ROMANO C. De la couleur : un cours de Claude Romano[M].Chatou : Les Éditions de la Transparence, 2010.

ROUSSEAU J-J. Essai sur l'origine des langues[M].Paris : Bibliothèque du Graphe, 1817.

ROUSSEAU J-J. Écrits sur la musique[M].Paris : Éditions Stock, 1979.

ROUSSEL-GILLET I. Le Clézio, danser l'écriture[M]//Le Clézio, passeur des arts et des cultures. Rennes : Presses Universitaires de Rennes, 2010 : 203-216.

SABATIER F. Miroirs de la musique : La musique et ses correspondances avec la littérature et les beaux-arts (XIXe - XXe siècles) II[M].Paris : Fayard, 1995.

SABATIER F. La musique dans la prose française, des Lumières à Marcel Proust[M]. Paris : Fayard, 2004.

SAINT-EXUPÉRY A (de). Le Petit Prince[M].Paris : Gallimard, 2005.

SALLES M. Le Clézio : Notre contemporain[M].Rennes : Presses universitaires de Rennes, 2006.

SALLES M. Le Clézio, peintre de la vie moderne[M].Paris : L'Harmattan, 2007.

SANDERS C. Cours de linguistique générale de Saussure[M].Paris : Hachette, 1979.

SCHAFER R M. Le paysage sonore : Le monde comme musique[M].Marseille : Éditions Wildproject, 2010.

SÉITÉ Y. Le jazz, à la lettre[M].Paris : Presses Universitaires de France, 2010.

SIRINELLI J-F. Les baby-boomers : Une génération 1945-1969[M].Paris : Fayard, 2003.

SOUNAC F. Modèle musical et composition romanesque : Genèse et visages d'une utopie esthétique[M].Paris : Classiques Garnier, 2014.

ST CLAIR J. Sound and Aural Media in Postmodern Literature: Novel Listening[M]. New York: Routledge, 2013.

TADIÉ J-Y. Le récit poétique[M].Paris : Gallimard, 1994.

THIBAULT B. J.M.G. Le Clézio et la métaphore exotique[M].New York : Éditions Rodopi B.V., 2009.

THIBAULT B, MOSER K. J.M.G. Le Clézio: Dans la forêt des paradoxes[M]. Paris : L'Harmattan, 2012.

VALAYDON V. Le mythe de Paul et Virginie dans les romans mauriciens d'expression française et dans Le Chercheur d'or de J.M.G. Le Clézio[M].l'île Maurice : Éditions de l'Océan indien, 1992.

VALDMAN É. Le Roman de l'École de Nice[M].Paris : La Différence, 1991.

VAN ACKER I. Carnets de doute. Variantes romanesques du voyage chez J.M.G. Le Clézio[M].Amsterdam/New York : Rodopi, 2008.

WAELTI-WALTERS J. Icare ou l'évasion impossible, étude psycho-mythique de l'œuvre de J.M.G. Le Clézio[M].Sherbrooke : Éditions Naaman, 1981.

WESTERLUND F. La musique qui transporte et transforme : fonction de la musique dans Révolutions[M]//J.-M.G. LE CLÉZIO. Ailleurs et origines: parcours poétiques. Toulouse : Éditions Universitaires du Sud, 2006 : 161-168.

ZELTNER, Gerda. Jean-Marie Gustave Le Clézio : le roman antiformaliste[M]// Positions et oppositions sur le roman contemporain. Paris : Klincksieck, 1971 : 215-226.

ZOLA É. Au bonheur des dames[M].Paris : Gallimard, 1980.

阿达利. 噪音：音乐的政治经济 [M]. 宋素凤，翁桂堂，译. 郑州：河南大学出版社，2017.

埃科. 埃科谈文学 [M]. 翁德明，译. 上海：上海译文出版社，2015.

奥海姆. 萨蒂钢琴作品集 [M]. 常罡，译. 北京：世界图书出版公司，1998.

鲍德里亚. 消费社会 [M]. 刘成富，全志钢，译. 南京：南京大学出版社，2017.

柏拉图. 理想国 [M]. 郭斌和，张竹明，译. 北京：商务印书馆，2009.

陈小莺 . 同处当地和异域，属于不同的历史——勒克莱齐奥小说解读 [J]. 外国文学研究，2009（4）：99-103.

村上春树 . 爵士乐群英谱 [M]. 林少华，译 . 上海：上海译文出版社，2013.

德彪西：钢琴曲集 II[M]. 北京：人民音乐出版社，2006.

樊艳梅，许钧 . 风景、记忆与身份——勒克莱齐奥笔下的"毛里求斯"[J]. 外国文学研究，2017（3）：34-43.

傅修延 . 听觉叙事初探 [J]. 江西社会科学，2013（2）：220-320.

傅修延 . 论音景 [J]. 外国文学研究，2015（5）：59-69.

戈德史密斯 . 噪声的历史 [M]. 赵祖华，译 . 北京：北京时代华文书局，2014.

海勒 . 色彩的性格 [M]. 吴彤，译 . 北京：中央编译出版社，2011.

荷马 . 伊利亚特 [M]. 罗念生、王焕生，译 . 北京：人民文学出版社，2003.

加缪 . 局外人 [M]. 柳鸣九，译 . 上海：上海译文出版社，2010.

焦亚 . 如何听爵士 [M]. 孙新恺，译 . 北京：北京联合出版公司，2018.

凯恩斯 . 莫扎特和他的歌剧 [M]. 谢瑛华，译 . 上海：上海三联书店，2014.

康定斯基 . 艺术中的精神 [M]. 李政文，魏大海，译 . 北京：中国人民大学出版社，2003.

康图南 . 拉威尔的《波莱罗》舞曲 [J]. 人民音乐，1984（2）：49-50.

莱特 . 聆听音乐 [M]. 余志刚，李秀军，译 . 北京：生活·读书·新知三联书店，2015.

拉威尔 波莱罗 为乐队而作 [M]. 全国音乐院系教学总谱系 No.8023. 长沙：湖南文艺出版社，2008.

雷伊 . 萨蒂画传 [M]. 段丽君，译 . 北京：中国人民大学出版社，2005.

勒克莱齐奥 . 诉讼笔录 [M]. 许钧，译 . 上海：上海译文出版社，2008.

勒克莱齐奥 . 战争 [M]. 李焰明，袁筱一，译 . 南京：译林出版社，2008.

勒克莱齐奥 . 乌拉尼亚 [M]. 紫嫣，译 . 北京：人民文学出版社，2008.

勒克莱齐奥 . 飙车 [M]. 金龙格，译 . 北京：人民文学出版社，2009.

勒克莱齐奥. 饥饿间奏曲 [M]. 余中先，译. 北京：人民文学出版社，2009.

勒克莱齐奥. 巨人 [M]. 赵英晖，译. 北京：人民出版社，2010.

勒克莱齐奥. 蒙多的故事 [M]. 顾微微，译. 长沙：湖南少年儿童出版社，2010.

勒克莱齐奥. 沙漠 [M]. 许钧，钱林森，译. 北京：人民文学出版社，2010.

勒克莱齐奥. 流浪的星星 [M]. 袁筱一，译. 北京：人民文学出版社，2010.

勒克莱齐奥. 奥尼恰 [M]. 高方，译. 北京：人民文学出版社，2010.

勒克莱齐奥. 逃之书 [M]. 王文融，译. 上海：上海译文出版社，2012.

勒克莱齐奥. 墨西哥之梦 [M]. 陈寒，译. 北京：人民文学出版社，2012.

勒克莱齐奥. 寻金者 [M]. 王菲菲，许钧，译. 北京：人民文学出版社，2013.

勒克莱齐奥. 变革 [M]. 张璐，译. 北京：人民文学出版社，2018.

勒克莱齐奥. 暴雨 [M]. 唐蜜，译. 北京：人民文学出版社，2018.

列维—斯特劳斯. 神话学：裸人 [M]. 周昌忠，译. 北京：中国人民大学出版社，2007.

李明夏. 勒·克莱齐奥小说的音乐性：论《饥饿间奏曲》的《波莱罗》情结 [J]. 中国比较文学，2014（2）：107-113.

李明夏. 勒克莱齐奥与爵士乐 [J]. 外国文学，2016（3）：134-142.

李明夏. 论勒克莱齐奥作品中的流行乐元素与作家创作思想的演变 [J]. 中国比较文学，2019（4）：180-188.

里乌，西里内利. 法国文化史 IV 大众时代：二十世纪 [M]. 吴模信，潘丽珍，译. 上海：华东师范大学出版社，2006 年.

栗原裕一郎等. 音乐·村上春树 [M]. 丁冬，译. 西安：陕西师范大学出版社，2019.

普鲁斯特. 追忆似水年华 I：在斯万家那边 [M]. 李恒基，译. 南京：译林出版社，1992.

普鲁斯特. 追忆似水年华 II：在少女们身旁 [M]. 桂裕芳，译. 南京：译林出版社，1992.

普鲁斯特. 驳圣伯夫：一天上午的回忆 [M]. 沈志明，译. 天津：百花文艺出版社，2013.

赛音. "渐强"思维配器手法——对拉威尔《波莱罗》与肖斯塔科维奇《第七交响乐》第一乐章的配器比较研究 [J]. 音乐创作，2010（03）：116-119.

萨特. 萨特文集 [M]. 沈志明，艾珉，译. 北京：人民文学出版社，2005.

沈旋. 杰出的管弦乐色彩大师——法国作曲家拉威尔 [M]. 北京：人民音乐出版社，1983.

诗经 [M]. 北京：中华书局，2011.

唐诺. 文字的故事 [M]. 上海：上海人民出版社，2010.

汪薏. 音乐的彩色魔方——拉威尔配器的艺术风格 [J]. 文艺争鸣，2011（4）：127-130.

魏迈尔. 萨蒂 [M]. 汤亚丁，译. 罗沃尔特音乐家传记丛书. 北京：人民音乐出版社，2003.

沃尔德，马丁，米勒，塞克勒. 西方音乐史十讲 [M]. 刘丹霓，译. 北京：世界图书出版公司，2015.

吴知言. 力量与色彩的涌动——《波莱罗》游走在单纯与丰富之间 [J]. 人民音乐，2003（6）：42-45.

希翁. 声音 [M]. 张艾弓，译. 北京：北京大学出版社，2013.

许钧. 我所认识和理解的勒克莱齐奥 [J]. 经济观察报 [2008-10-20]：1-3.

袁筱一. 探索人性的预言世界——论勒克莱齐奥的作品 [J]. 当代外国文学，2009（2）：81-89.

于斯曼. 逆流 [M]. 余中先，译. 上海：上海译文出版社，2016.

朱秋华. 德彪西 [M]. 北京：东方出版社，1997.

左拉. 巴黎的肚子 [M]. 骆雪涓，译. 北京：文化艺术出版社，1991.

致　谢

这本书以我的博士论文《勒克莱齐奥作品中的音乐》（La musique dans l'œuvre de J.M.G. Le Clézio）为基础，对勒克莱齐奥作品的音乐维度进行了更深入的探讨。在本书即将出版之际，我要感谢许多给了我启发、教益和帮助的人。

我想感谢法国艾克斯—普罗旺斯政治学院（IEP d'Aix-en-Provence）的 Yannick Resch 教授和 Philippe Carreau-Gaschereau 教授。2009 年，我在艾克斯—普罗旺斯政治学院做交换生，在 Resch 教授的"文学与政治"课上第一次读到勒克莱齐奥的小说，从那时起就对这位具有世界视野和情怀的法国作家产生了浓厚兴趣。同年，Carreau-Gaschereau 教授的"艺术与政治"课也对我影响颇深，他每每讲到激动时，就会把整个左腿抬到课桌上。不知为何，Carreau-Gaschereau 教授总让我想起《达芬奇密码》中的罗伯特·兰登（Robert Langdon）。我很幸运，能在法语学习阶段认识这两位优秀的老师，在很大程度上，他们激起了我对法国文学，对艺术的热爱。

我想感谢上海外国语大学的钱培鑫教授，他是我的本科、硕士、博士论文指导教师。钱老师的"法语文体学"课启发了我深入文学作品肌理的许多途径和方法；他一直把我的研究课题放在心上，时常推荐我相关的书籍和影音材料，其中亨利·梅肖尼克的《韵律与生活》成为了本书重要的参考文献之一。另外，我还要感谢我的联合培养导师，法国巴黎第八大学的 Bruno Clément 教授。在巴黎读书期间，我每周四晚上去位于拉丁区的国际哲学院（Collège International de Philosophie）听 Clément 教授的"亨利·柏格森：文学与哲学双重阅读"系列讲座，课后他总是推着自行车和我走到地铁站，这是我每周固定的向他汇报读书和写作进展的时间。

我要特别感谢上海外国语大学的查明建教授。大学四年级时，我在查老师的"比较文学"课上听他背诵托马斯·格雷（Thomas Gray）的《墓畔挽歌》（Elegy Written in a Country Churchyard），第一次萌生从事文学与音乐比较研究的想法。在查明建教授的鼓励和指导下，我在硕士期间赴法国参加第二十届国际比较文学峰会，并宣读了论文，正式走上比较文学研究的道路。查老师是本书书稿的第一位读者，并为本书写序，对此我想再次表示诚挚的感激。

我还要感谢教过我的上海外国语大学法语系的老师们：曹德明教授、陈伟教授、董伟琴副教授、黄晓玲副教授、李沁教授、黎鑫老师、王海洲副教授、王惠德副教授、王文新教授、肖云上教授、张彤副教授和朱燕副教授，是他们带领我踏入美妙的法语世界。另外，我要感谢上海音乐学院的周湘林教授，本书与音乐相关的分析离不开他的专业指导。我还要感谢 Pierre Bayard 教授、Samira Belyazid 教授、Florence de Chalonge 教授、François Noudelmann 教授、褚孝泉教授、刘思远副教授、宋炳辉教授、王静教授、汪小玲教授、许钧教授、张曼教授、周乐诗教授和周敏教授，他们在我的研究写作过程中给予了许多宝贵的意见和帮助。感谢我的表妹赵沁旸，感谢我的"弹钢琴奶奶"陆穗子女士，她是我的音乐启蒙老师。

特别感谢上海大学出版社的许家骏老师、于欣老师和缪炎栩老师，我的书得以顺利出版，全靠他们的支持和帮助。

最后，我要感谢我的父母，李基安先生和陆远女士，感谢他们带给我一切。他们永远是我的支柱，我的榜样。

李明夏

2021 年 8 月 1 日